U0431688

Walden

瓦尔登湖断章

——被忽视的四十个细节

[美] 罗伯特·瑞（Robert B. Ray）著

刘靖 译

生活·讀書·新知 三联书店

图书在版编目（CIP）数据

瓦尔登湖断章：被忽视的四十个细节／（美）罗伯特·瑞（Robert B.Ray）著；刘靖译. —北京：生活 · 读书 · 新知三联书店，2022.1
ISBN 978－7－108－07286－3

Ⅰ. ①瓦…　Ⅱ. ①罗… ②刘…　Ⅲ. ①亨利 · 戴维 · 梭罗（Henry David Thoreau 1817-1862）－散文－文学研究　Ⅳ. ① I712.076

中国版本图书馆 CIP 数据核字（2021）第 236267 号

责任编辑　李静韬
装帧设计　蔡立国
责任校对　张国荣
责任印制　卢　岳
出版发行　生活 · 讀書 · 新知 三联书店
　　　　　（北京市东城区美术馆东街 22 号 100010）
网　　址　www.sdxjpc.com
图　　字　01-2018-8825
经　　销　新华书店
印　　刷　北京隆昌伟业印刷有限公司
版　　次　2022 年 1 月北京第 1 版
　　　　　2022 年 1 月北京第 1 次印刷
开　　本　880 毫米 × 1092 毫米　1/32　印张 8.5
字　　数　176 千字
印　　数　0,001－5,000 册
定　　价　59.00 元
（印装查询：01064002715；邮购查询：01084010542）

谢　词

我要感谢丹尼尔·赫威茨（Daniel Herwitz）慷慨阅读了本书手稿并提出了中肯的意见；感谢印第安纳大学出版社的简·本肯（Jane Behnken）给予本书的宝贵支持和建议；还要感谢文字编辑德瓦尼（M. J. Devaney），她的工作一丝不苟、细致严谨。尽管维克多·珀金斯（Victor Perkins）和安德鲁·凯万（Andrew Klevan）并不是梭罗研究者（Thoreauvians），而是电影学者，但他们关于电影的文字却给这本书带来多方面的启迪。我还要感谢加里·克兰（Cary Crane），他为本书设计的封面质朴可爱，与《瓦尔登湖》一书的气息彼此呼应。最后，我要感谢詹姆士·纳尔默尔（James Naremore）、格里高利·阿尔莫（Gregory Ulmer）和克里斯汀·基斯利（Christian Keathley），感谢他们一直以来的友情和鼓励。

文本注释

本书所引《瓦尔登湖》(*Walden*)文字均引自 *Walden*, *Civil Disobedience*, *and Other Writings*(《瓦尔登湖,论公民不服从的权利及其他作品》),3rd ed.,威廉·罗西(William Rossi)编,New York: Norton,2008。本书涉及的《瓦尔登湖》中译文主要参照徐迟先生的翻译(上海译文出版社,2006年)。

《康科德河和梅里麦克河上的一星期》(*A Week on the Concord and Merrimack Rivers*,简称《一星期》),引文出处:*A Week on the Concord and Merrimack Rivers*,卡尔·F. 霍夫德(Carl F. Hovde)、威廉·L. 豪沃思(William L. Howarth)和伊丽莎白·哈尔·威瑟雷尔(Elizabeth Hall Witherell)编,Princeton: Princeton University Press,1980。

《梭罗日记》(*Thoreau's Journal*,简称《日记》),日期见夹注。本书引用的是十四卷本 *The Journal of Henry David Thoreau*(《亨利·戴维·梭罗日记》),布拉德福德·托里(Bradford Torrey)和弗朗西斯·H. 艾伦(Francis H. Allen)编,Salt Lake City,

UT：Peregrine Smith，1984。

目前有两个《瓦尔登湖》注释本质量上乘：

《瓦尔登湖》（注释本），瓦尔特·哈丁（Walter Harding）注，*Walden: An Annotated Edition*，Boston：Houghton Mifflin，1995。

《瓦尔登湖》（全编注释本），杰弗里·S. 克莱默（Jeffrey S. Cramer）编，*Walden: A Fully Annotated Edition*，New Haven：Yale University Press，2004。

为了便于读者阅读，本书中出现的外文著作，均在首次出现时直接采用其中译书名，原著的书名及其他出版信息也同时标注。

目　录

序　言

一

1991年，在美国大学的一项调查中，《瓦尔登湖》荣膺“十九世纪文学课必读书榜第一名”。[①] 与其他文学经典不同（包括排名紧随其后的《红字》[②] 和《白鲸》[③]），梭罗的这部书即便在课堂之外也向来不乏读者。民权活动家、

① 该文学榜单基于现代语言学会（Modern Language Association）1991年的一份调查问卷，我在这里引用的是劳伦斯·比尔（Lawrence Buell）所著《环境想象》一书中收录的相关部分，见 *The Environmental Imagination*（Cambridge：Harvard University Press，1995），第9页。斯蒂芬·芬德（Stephen Fender）在他为《瓦尔登湖》一书所写的序言中也引用了该评选结果，见 *Walden*（Oxford：Oxford University Press，1997），第 xxii 页。

②《红字》：美国作家纳撒尼尔·霍桑创作的长篇小说，发表于1850年。——译注

③《白鲸》：又名《莫比·迪克》，美国小说家赫尔曼·梅尔维尔的代表作，发表于1851年。——译注

环保主义者、固执己见的社会边缘人士，都会不时翻开《瓦尔登湖》，在字里行间寻找金方良策。但凡这世间尚有一只漂鸟[①]，总能够在这里找到一个家[②]。新的插图本、注释本每年都会面世，书中文字也被摘录出来做成年历或日记本。然而尽管如此，坊间流传的关于亨利·戴维·梭罗的一切都与事实不尽相符。

＊首先值得讨论的是梭罗这个名字，其英文 Thoreau 一词的发音与 hello 一词并不相像，而是与 thorough 一词近似，而且因为两个词同音，常常被作者用作双关语。[③]另外梭罗受洗时的名字其实是戴维·亨利·梭罗，但是由于他的父母和朋友总爱叫他亨利，因此大学毕业之后的某一天，他索性将戴维和亨利掉了个个儿。

＊和爱默生一样，梭罗生于波士顿近郊的康科德（Concord），后来赴哈佛就学；如今这些地方闻名遐迩，但在梭罗的年代不过是名不见经传的小地方。康科德小城人口不足两千，梭罗在哈佛读书时同学不超过五十名，至于教职员工则只有三十五名。

＊梭罗林居的时间并不是几个月，而是两年有余：准确

---

① 漂鸟（Wandervogeln）：19 世纪末德国的青年人发起的一场运动，他们倡议学习候鸟精神，踏上旅程，在漫游大自然的过程中追寻生活的真理，在自然中历练生活的能力，创造属于青年的新文化。——译注

② 在《瓦尔登湖》中“找到一个家”的说法，呼应的是爱默生写给梭罗的悼词的最后一句话：“无论在什么地方，只要有学问，有美德，有美，他会找到一个家”，参见 *Walden, Civil Disobedience, and Other Writings,* 3rd ed., ed. William Rossi（New York：Norton, 2008），第 409 页。

③ Thoreau 一词的发音与 hello 一词并不相像，而是与 thorough 一词近似：Thoreau 一词与 thorough 一词两者均在第一个音节重读，而 hello 一词的重音落在第二个音节上。——译注

地说，始于1845年7月4日，止于1847年9月6日，共计二十六个月。1845年3月，当赫尔曼·梅尔维尔[①]结束他的捕鲸之旅，拔锚返航之时，梭罗开始着手修筑小屋（所在土地为爱默生拥有）。林居期间，他在父母的家中待过一周，为在小屋过冬做准备。1846年这一年离开过两周，到缅因州做了一次短途旅行。

* 尽管谈及前往瓦尔登湖的决定时，梭罗用了尽可能积极的措辞，“我到林中去，因为我希望去谨慎地生活”（65[②]），此举背后的另外一个动因却是，梭罗正在经历职场上的危机。他先后当过老师，写过书，做过演讲嘉宾，但都不大成功。他不愿意在父亲经营的铅笔厂里上班，虽说在这家工厂里，他还设计过一种铅笔，这种铅笔至今仍在销售，应该称得上是一种成就。

* 与大众视野中的隐士形象不符的是，瓦尔登湖并非远离尘嚣，梭罗也谈不上离群索居。该湖距离康科德市中心不过两三公里的距离（步行不超过20分钟）；梭罗不仅常有访客登门（包括给他送来家中饭菜的妈妈和姐姐），他本人每天都会进城。一位传记作家在谈及这一点时，引用了一位当代作家的话，梭罗实际上并未离开家，因为他每天都会回家，他

---

① 赫尔曼·梅尔维尔（Herman Melville，1819—1891），美国浪漫主义小说家、散文家和诗人，与纳撒尼尔·霍桑齐名，有美国的“莎士比亚”之誉。代表作品有《白鲸》《水手比利·巴德》等。——译注

② 这里的夹注指《瓦尔登湖》英文第3版（即上页的 *Walden*，*Civil Disobedience*，*and Other Writings*，New York：Notron，2008）的页码，后文不再标注。

不过是在他的小屋里“露营”罢了。[1]一次，梭罗在前往康科德的路上由于拒绝缴纳人头税被捕入狱，其后正是根据这次经历，写成了如今脍炙人口的《论公民不服从的权利》(*Civil Disobedience*)。

*尽管《瓦尔登湖》一半左右篇幅的内容可以算作林居期间的产物，但整部书并不是在瓦尔登湖时期完成的。瓦尔登湖期间他完成的其实是另外一本书，《康科德河和梅里麦克河上的一星期》，以此纪念曾与他同游的哥哥。

*《瓦尔登湖》一书在梭罗结束实验后未能马上面世，七年以后才得以付梓；其间增删七次，作者还要与不时袭来的抑郁情绪和摆脱不掉的生计压力斗争。《康科德河和梅里麦克河上的一星期》商业上遭遇惨败，应该是《瓦尔登湖》一书迟迟无法面市的主要原因。

*《瓦尔登湖》一版印数极少，虽然最终售罄，但梭罗并没能借此扬名。事实上，在19世纪的大部分时间里，他都只是被视为爱默生[2]的门生而已。直到20世纪，随着政治抗议(political protest)和环保主义的兴起，梭罗才声名鹊起。

---

① “在他的小屋里‘露营’”，引自威廉·E.凯恩（William E. Cain）撰写的“Henry David Thoreau, 1817-1862: A Brief Biography”(《亨利·戴维·梭罗小传：1817—1862》)，详见 *A Historical Guide to Henry David Thoreau*, ed. William E. Cain（Oxford: Oxford University Press, 2000)，第35页。凯恩在这里借用的是梭罗的朋友F. B.桑伯恩（F. B. Sanborn）的说法。

② 拉尔夫·沃尔多·爱默生（Ralph Waldo Emerson, 1803—1882），美国思想家、文学家、诗人，新英格兰超验主义代言人，被认为是确立美国文化精神的代表人物。代表作品有《论自然》《美国学者》等。——译注

* 梭罗通常被划入超验主义者阵营[1]，为此流派发声的人物是爱默生。该流派后来逐渐发展成为一种新柏拉图派哲学[2]，认为世界是呈现出来的一系列现象或者说符号，其背后是永恒、神圣、非此尘世的真相，有待人类去破译和解读。当梭罗步入那片森林，或许确实怀抱一位超验主义者的心境，有意"试听着风声"（15），但几乎可以肯定的是，一些不同的声音正在他的脑海中萌生，他坚信，"我们有福了，如果我们常常生活在'现在'"（211）。他不再渴望参透这个世界，而是选择将自己浸润其中。事实上，他预先道出了20世纪哲学家路德维希·维特根斯坦[3]的心声：

> 我可以说：如果我想去的地方只能借助梯子才能登上去，那么我就会放弃去那里。因为我真正要去的地方就是我实际上已经在那里的地方。要借助梯子才能到达的地方，我都不感兴趣。[4]

---

① 超验主义（transcendentalism），美国思想史上一次重要的思想解放运动，兴起于19世纪30年代的新英格兰地区。主张人能超越感觉和理性而直接认识真理，强调直觉的重要性，认为人类世界的一切都是宇宙的一个缩影。——译注

② 新柏拉图派（Neoplatonism）：公元3—6世纪流行于古罗马的唯心主义哲学流派，对西方中世纪的基督教神学产生过重大影响。开创者是阿蒙尼阿·萨卡（Ammonius Saccas，约175—约242），著名代表是普罗提诺（Plotinus，约205—270）。——译注

③ 路德维希·维特根斯坦（Ludwig Wittgenstein，1889—1951），英国犹太裔哲学家，出生于奥地利，逝世于英国剑桥郡，其研究领域主要在数学哲学、精神哲学和语言哲学等方面，代表作品有《逻辑哲学论》《哲学研究》《文化与价值》等。——译注

④ 引自维特根斯坦《文化与价值》（*Culture and Value*，trans. Peter Winch，Chicago：University of Chicago Press，1980）一书，见第7页。

* 梭罗要做的是为他自己，为我们，从无数人沦陷其中的“静静的绝望的生活”（8）中找到一条出路。罗伯特·理查德森（Robert Richardson）是最好的梭罗传记作者之一，他鼓励我们，“去读这本书吧……读了会让你的生命更加美好”[①]。然而梭罗开出的药方是彻底掉转人生的方向，因此并不像表面看上去那么简单。维特根斯坦的一段话可谓再次击中要害：

> 就像一个人在一个房间里面壁而立，墙上画有许多假门。为了走出房间，这个人笨拙地摸索着，试图打开这些门，但一个接一个试了个遍，却都打不开，于是从头再来，自然不过是枉费气力。与此同时，他并没有意识到，背后的墙上其实有一扇真正的门，他要做的不过是转身打开这扇门罢了。若想帮他走出这个房间，我们要做的不过是让他掉转方向回头望。但这并不容易做到，因为，他认定出口就在他认为的地方，为了走出房间，他会拒绝我们劝他回头的提议。[②]

梭罗坚信，只有学会还事物以本来面目，才能够找到通往幸福之门。比如说“钱”，并不仅仅用来购买其他商品，因

---

① 罗伯特·理查德森为《瓦尔登湖》一书封底所写的推荐语，见 *Walden*（Boston：Beacon Press，1997）。

② 维特根斯坦所做一个人被困在画有假门的房间里的比喻来源于 D. A. T. 加斯金和 A. C. 杰克逊的回忆文章《作为教师的维特根斯坦》（“Wittgenstein as a Teacher,” *Ludwig Wittgenstein: The Man and His Philosophy*, ed. K. T. Fann，Atlantic Highlands，N.J.：Humanities Press，1967），第 52 页。

为钱本身也是商品，必须付出代价方能得到。[1]“所谓物价，”梭罗指出，“乃是用于交换物品的那一部分生命，或者立即付出，或者以后付出。”（24）

虽说《瓦尔登湖》一书颇鼓舞人心，然而作者本人的反复无常却常令读者却步。一位读者抱着好感翻开此书，会发现某些文字与自己的想法如此贴近，以至于觉得梭罗简直就是自己的孪生兄弟。但读到另外一些章节，又会发觉作者是如此不近人情、咄咄逼人、直白露骨，以至于令这位读者如鲠在喉，只想合上书一走了事。爱默生在写给梭罗的悼词中提到过这一点，他说，梭罗有时候极难相处，对朋友多有苛责，对于事物的未臻完美之处也颇为挑剔。梭罗一直告诫读者：你必须改变你的生活。他本人就是个活生生的例子。

二

《瓦尔登湖》一书现在有口皆碑，但第一次翻开这本书的读者却常常吃惊地发现，这并不是一本好读的书。梭罗本人就曾先行警告，这本书对读者是有一定要求的：

---

① 梭罗对待金钱的态度，可参阅罗伯特·路易斯·史蒂文森（Robert Louis Stevenson）在他的《散文选》（*Selected Essays*, Chicago：Regnery, 1959，第 140—141 页）中收录的《亨利·戴维·梭罗》。“问题的关键在于他的人生观是否健全，他对金钱地位抱有怎样的认识，以及他对财富和生计问题作何考虑。尽管行为乖张，他却已经认识到一个放之四海而皆准的真理，并且正在依照这个真理行事。因为金钱在人的一生中扮演着两个不同的角色。对我们每个人来说，一定数量的金钱，根据欲望多寡和欲望大小而数额不等，在当今的社会秩序中都是必不可少的。但是超过了这个数量，金钱就是一种可以买也可以不买的商品，是一种奢侈，我们可以放纵自己，也可以有所节制，就像其他任何商品一样。”

> 读得好书，就是说，在真实的精神中读真实的书，是一种崇高的训练，这花费一个人的力气，超过举世公认的种种训练。这需要一种训练，像竞技家必须经受的一样，要不变初衷，终身努力。书本是谨慎地含蓄地写作的，也应该谨慎地含蓄地阅读。(72)

这样高的标准难免令人气馁，并不是每一位读者都愿意按照这种要求去读。不过话说回来，即便对于该书的拥护者来说，也很难做到心无旁骛，把《瓦尔登湖》一口气读完。罗纳德·B. 施瓦茨（Ronald B. Schwartz）写过一篇谈论梭罗的随笔，可谓上佳之作，他在文中评论这本书，“当我潜心细品时，常感索然无味，但读到另外一些内容，又不由深深沉醉”[①]。该如何解释这种现象？究竟是梭罗的过错，还是读者的责任？梭罗在书中花费了不少笔墨描绘湖畔的日常生活，对于这样的生活他评论道，“老式人会因此发疯或烦闷致死的”(90)。[②] 那么我们该如何训练自己，才能更好地阅读这本书呢？

要回答这个问题，首先必须记住两点。其一，梭罗把自己的林居生活描述为一场“实验”，这是他特别爱用的说法(31，41，47，60)。其二，在写《瓦尔登湖》一书时，梭罗

---

① 罗纳德·B. 施瓦茨的评价来源于他的论文《梭罗〈瓦尔登湖〉一书中的私人话语》（“Private Discourse in Thoreau's *Walden*”），见 *Henry David Thoreau's “Walden”*, ed. Harold Bloom（New York：Chelsea House，1987），第 79 页。

② 梭罗在书中表示：“老式人会因此发疯或烦闷致死的”，关于这一点，斯坦利·卡维尔（Stanley Cavell）在他的《瓦尔登湖之感》（*The Senses of Walden*，San Francisco：North Point，1981）一书中有精彩评论，第 20 页。

采用的是其独创的写作模式，即把历年来在日常生活的触动之下有感而发的日记内容打乱，重新整合在一起再加以修改润色的写法。其所有的作品都是采用这种方法整理的日记的衍生品。梭罗很早就开始用这种写法进行创作。1845年夏，在湖畔安顿下来之后，他对这种写法进行了准确的描述：

> 这些灵感，从罗盘指向的脚下的每一寸土地，到头顶上方的每一片天空，如约而至，并以同样的次序被记入日记。随后，当时机成熟，它们被簸扬去壳化为讲稿，然后再一次，在适当的时机，再从讲稿变作一篇篇随笔。（《日记》，1845年夏）

为了将独立成篇的日记缝缀成篇幅较长的作品，梭罗花费了大量心血，但有时，他也会对这种做法表示遗憾，即便在修改《瓦尔登湖》一书期间也不例外：

> 我不知道，但是用日记形式记录下来的这些想法，或许就用它们本来的样子出版更好——而不是将有关的内容糅合在一起变成一篇篇随笔。此刻，它们与生活彼此交融——在读者的眼中也不显得牵强附会。它要更质朴——更少雕琢……
>
> 对于我的思想而言，也许再也找不到一种比我现在正要将它们从中舀出的更好的容器了。（《日记》，1852年1月27日，28日）

因此，如果想要为了更好地阅读这本书而进行自我训练，我们或许可以借鉴梭罗自己的说法，采用一种实验性的阅读方法，那就是，接受该书文字吉光片羽的状态，而不去过度诠释：或许反而能够达到梭罗追求的那种境界："更质朴""更少雕琢"。总的来说，正如作者在写《瓦尔登湖》一书时那样，"做得少极了"。(10)

本书在这里呈现的正是为了做到"谨慎"阅读而进行的自我训练，具体说来，是我为自己和我的学生们布置的命题作文。

完成一部由至少26篇各自独立的小文章组成的文集，文章题目选择26个字母中的一个作为首字母，且均需围绕《瓦尔登湖》一书中的某个词语或段落展开。具体说明如下。

1. 最好从《瓦尔登湖》一书中的某个令你有所触动但又无从表达的事物着手。这种原始的神秘感会推动你展开罗兰·巴特[1]所说的那种"带着质疑阅读"(interrogative reading)。[2]相反，如果你先入为主，带着某个关于梭罗或《瓦尔登湖》的观点展开阅读，然后想方设法寻找佐证，往往会发觉自己不过是在老调重弹，而非别有洞见。换句话说，就是把梭罗描写林居生活的写作方法当作研究和发现的手段，并在此基础上进行创作。

2. 牢记传媒科学的规律：信息的功用是传递意外之事。如果你发现自己反复提取的都是众所周知的事实，那么就去寻找

---

① 罗兰·巴特(Roland Barthes，1915—1980)，法国作家、思想家、社会学家、社会评论家和文学评论家。1977年被选为法兰西学院文学与符号学主席。主要作品有《符号帝国》《写作的零度》《符号学基础》《文之悦》等。——译注

② 罗兰·巴特在他的论文《第三意义》("The Third Meaning")中倡导"带着质疑阅读"，参见 *The Responsibility of Forms*，trans. Richard Howard (New York：Hill and Wang，1985)，第43页。

其他线索，探寻那些你起初无法完全理解的事物。梭罗在一篇日记里提供了好的建议："只有当我停止思考时，我才开始发现……事物。"（《日记》，1851 年 2 月 14 日）如果想要进一步加深对《瓦尔登湖》一书的理解，也许只需要单纯地从未解之处出发，并以此为通路向前进发。

这项练习的好处在于，至少无法囫囵吞枣：若非潜心细读，是无法完成这项作业的。然而，令我吃惊的是，即使是最优秀的学生，完成这份作业也有相当的难度。或者更恰当的说法是，这项作业对于成绩特别出色的学生而言更难完成，因为他们个个都称得上是演绎式"阅读"的大师。这种阅读方式有其理论依据，最早根植于社会科学领域，后来逐渐延伸到对文学文本的解读。[①] 我指导的本科生中，那些优等生会更倾向于借用马克思主义解析梭罗的《经济篇》，或者从性别角度对作者含蓄隐晦的性生活进行分析，又或者针对他对美国原住民的态度写上一篇述评——对于如何按需定制出这样的论文，他们了然于心，而且极有可能预先推导出了结论。然而，他们中很少有人懂得"谨慎地阅读"的艺术。好在这些学生头脑聪明且求知若渴，我希望他们能够通过这本书施展才华。书中的每一篇都是由他们从《瓦尔登湖》一书中注意到的某一个点开始写起，之后我将他们的想法整合在一处，对文字进行了润色和扩

---

① 对当代文学研究的有力批驳见马克·爱德蒙森（Mark Edmundson）《反对阅读》（"Against Readings"）一文，见 *Chronicle of Higher Education*，24 April 2009，B7—10。关于这方面更详细的讨论，尤其是与《瓦尔登湖》相关的内容，见安东尼·T. 珂容曼（Anthony T. Kronman），*Education's End: Why Our Colleges and Universities Have Given Up on the Meaning of Life*（New Haven：Yale University Press，2007）。

充，同时补充上我个人的一些想法。因此，如果没有他们打下的基础，这本书是无法完成的。

有些读者或许会记得，在我之前出版的《好莱坞经典ABC》（*The ABCs of Classic Hollywood*）一书[①]中，我曾经指出，这种写法与电影制作的方法有相似之处，因为电影制作的成品是由一系列不连续的、单个的镜头剪辑而成的。我并不打算收回这种说法，而且想在这里重申，梭罗的写作构筑在不同时间、不同地点所写的日记基础之上，虽然不能就此说它预示了电影的诞生，至少两者使用的是类似的方法。按照约瑟夫·伍德·克伦奇（Joseph Wood Krutch）的观点，梭罗的写作方法与电影剪辑的流程非常相似：

> 恒常不变、当下自明的时刻永远不存在……俄耳甫斯[②]式的深奥厚重……被作为碎片书写下来，既不连续，也无关联，然后多年后的某个时刻，它们被用这样的一种方式，精心地挑选出来并结合在一起，眼前看起来如烟花炸开般的绚烂，实际上是一位耐心的工匠，将一粒粒经年累月积藏的宝石仔细比对，镶嵌而成的结果。[③]

---

① 我之前使用的ABC法，见拙作 *The ABCs of Classic Hollywood*（Oxford：Oxford University Press，2008）。

② 俄耳甫斯，希腊神话人物，著名的诗人与歌手。其父是太阳神阿波罗，其母是缪斯女神卡利俄帕。曾凭借他的琴声，帮助伊阿宋制服巨龙，夺取金羊毛，也曾用琴声帮助“阿尔戈”号上的英雄们摆脱海妖塞壬歌声的诱惑。——译注

③ 克伦奇的观点见其著作 *Henry David Thoreau*（New York：William Sloane，1948），第120页。

我和我的学生们无意对《瓦尔登湖》做维特根斯坦式的解读，不过在下文中你会发现，路德维希·维特根斯坦的影响颇为显著。维特根斯坦希望通过“明显的关联物”[①]来了解事物。我追溯了《瓦尔登湖》与一系列人物之间的关联，其中包括华兹华斯[②]、尼采[③]、布勒东[④]、萨特[⑤]和安德烈·巴赞[⑥]。然而，梭罗与维特根斯坦之间的关联是最多的。两人都瘦小结实；沉浸于自我的天地；在使用工具或从事具体工作时都有一双巧手；惯于长时间的徒步、远足；每天笔耕不辍——这两个人就像是用同一块布料裁剪出的衣裳。最重要的是，两人全神贯注思考的是同一个问题，那就是该如何生活，两个人也都参悟了能够让自己找到答案的唯一方法。

尼采的《朝霞》一书文字跳跃，谈及自己的这部作品时他

① “明显的关联物”（seeing connections），见维特根斯坦《哲学研究》（*Philosophical Investigations*，trans. G. E. M. Anscombe，Oxford，U.K.：Blackwell，2001），第42页。

② 华兹华斯（William Wordsworth，1770—1850），英国浪漫主义诗人。其诗歌理论动摇了英国古典主义诗学的统治，有力地推动了英国诗歌的革新和浪漫主义运动的发展。代表作品有《抒情歌谣集》《丁登寺旁》《序曲》等。——译注

③ 弗里德里希·威廉·尼采（Friedrich Wilhelm Nietzsche，1844—1900），德国哲学家、思想家、文学家、作曲家。主要著作有《权力意志》《悲剧的诞生》《不合时宜的考察》《查拉图斯特拉如是说》《希腊悲剧时代的哲学》《论道德的谱系》等。——译注

④ 安德烈·布勒东（André Breton，1896—1966），法国作家、评论家，超现实主义创始人之一。代表作品有诗歌《超现实主义宣言》，小说《娜嘉》，散文《有魔力的艺术》等。——译注

⑤ 让-保罗·萨特（Jean-Paul Sartre，1905—1980），法国文学家、哲学家和政治评论家，无神论存在主义的主要代表人物。一生中拒绝接受任何奖项，包括1964年的诺贝尔文学奖。代表作品有《存在与虚无》《恶心》等。——译注

⑥ 安德烈·巴赞（André Bazin，1918—1958），法国战后现代电影理论大师。1945年发表《摄影影像的本体论》，奠定了电影现实主义理论体系的基础。50年代创办《电影手册》杂志。并担任主编。被誉为“电影新浪潮之父”“电影的亚里士多德”。——译注

曾这样写道："像本书这样一本书，不是给人通读的……而是用来翻一翻的；我们必须能把书拿得起放得下。"[①] 这个建议大概也适用于本书，这本书显然也不是"给人通读的"。如果哪位读者执意这样做，一定会发现某些段落是重复出现的，不只在一个章节中被引用和讨论过。其本意是希望每次出现时都有不同的侧重，就像同一座城市的地标从不同角度看起来会形态各异。维特根斯坦认为，"从事哲学的唯一方法是把每件事情做两遍"[②]。为了支持自己的观点他打了一个比方。"教哲学时，"他说道，"我就像一个向导，告诉你如何在伦敦找到路……直到我已经带着你，从各个不同的方向，多次穿过城市，其中任何一条特定的街道，我们都应该已经穿过了不止一次——每一次穿街走巷，都会组成一次不同的旅程。"[③]

作为一位作家，梭罗最重要的特质是心无旁骛。他所有的体悟都归于那个他真正关心的问题：如何才能找到最好的方法来度过这一生？《瓦尔登湖》一书体现了他为找到答案付出的努力。其解决之道的核心就是重复。在瓦尔登湖畔居住的两年多时间让梭罗确信，任何一件事都应该至少重复做两遍。通过《瓦尔登湖》一书，他其实要颂扬的，是那些我们生活中习以为常的事物。譬如，一个不大不小的湖，一条穿过树林的小

---

① 见尼采《朝霞：关于道德偏见的思考》（*Daybreak: Thoughts on the Prejudices of Morality*, trans. R. J. Hollingdale，Cambridge：Cambridge University Press，1982），第457页。

②"把每件事情做两遍"，见《维特根斯坦剑桥讲演集（1930—1932年）》（*Wittgenstein's Lectures: Cambridge*，*1930-1932*，ed. Desmond Lee，Oxford，U.K.：Blackwell，1980），第24页。

③ 向导的比喻来自前引加斯金和杰克逊的《作为教师的维特根斯坦》。

路，那些与我们共享一片天地的动物，夜空，故乡，二三知己。它们其实都有着数不清的面貌，随着四季的更替、伴着一天里不同的辰光以及我们情绪的起落，变化万千，永不止息。这才是读懂《瓦尔登湖》一书的钥匙，要想找到它，就不能心急。我们必须心甘情愿地，一遍又一遍地，回到一些特定的段落，寄希望于每一条新的小路都会带来一次新的邂逅，从而在组成我们大多数日子的重复之中生发出梭罗所推崇的那种发现快乐的能力。

章一

探 险 Adventure

> 他在得到了这些生命所必需的事物之后，就不会要过剩品而要另一些东西；也就是说，现在他要展开生命的探险了。(14)

《瓦尔登湖》记述的是不是一场探险？如果是，梭罗在谈及这二十六个月的林居生活时为何从来没有使用过这个字眼？《瓦尔登湖》现在被公认为19世纪美国最伟大的探险文学作品之一，但作者本人却更愿意把它说成是一个科研项目（见《实验》）。也许在他看来，用临床医生一样的冷静口吻有助于取信于乡邻，能够让自己看上去不至于那么游手好闲，而是在有板有眼地从事科学研究。或者他已经意识到，瓦尔登湖离城太近，况且自己几乎每天都会进城，因此任何与“探险”沾边儿的说法都显得夸张，难免遭人耻笑：毕竟，对于康科德城的大多数居民来说，梭罗不过是借爱默生的宝地搞搞露营罢了，其实和一个小孩子在自家后院里露宿没什么两样。

当然，若细究此事还另有隐情。梭罗本人很喜欢阅读旅行类的书，特别是探险故事。但他同时认为这种趣味是一种罪过，因此反对读这一类书取乐。“在我的工作之余，我还读过一两本浅近的关于旅行的书，”他在《瓦尔登湖》中忏悔说，“后来我自己都脸红了，我问了自己到底是住在什么地方。”（71）在《瓦尔登湖》最后的《结束语》一章，梭罗用开头的一整段文字探讨这个问题，并且直言不讳地劝告读者：

> 让你自己成为考察自己的江河湖海的门戈·派克[①]、刘易士[②]、克拉克[③]和弗罗比秀[④]之流吧。……你得做一个哥伦布，寻找你自己内心的新大陆和新世界，开辟海峡，并不是为了做生意，而是为了思想的流通。……到你内心去探险。这才用得到眼睛和脑子。只有败军之将和逃兵才能走上这个战场，只有懦夫和逃亡者才能在这里入伍。（215—216）

---

① 门戈·派克（Mungo Park，1771—1806），苏格兰探险家。——译注

② 梅里韦瑟·刘易士（Meriwether Lewis，1774—1809），美国探险家。——译注

③ 威廉·克拉克（William Clarke，1770—1838），美国探险家。——译注

④ 马丁·弗罗比秀（Martin Frobisher，约1535—1594），英国航海冒险家。——译注

然而问题在于，连梭罗自己也认为这一点很难做到，究其原因与他对待写作的矛盾态度有关。首先，邻居们不久就会发现，他的大多数时间都消磨在写作上，而不是到林子里探险或打猎，那么他又怎么能把羁留湖畔的这段时光描述为“一场探险”呢？梭罗对于自己的写作并不笃定，他在瓦尔登湖期间完成了《康科德河和梅里麦克河上的一星期》的草稿。在这本书中他承认，“很难在一本日记中写下任何时候都令我们感兴趣的事儿，因为写日记并不是我们的兴趣”（《一星期》，332）。

梭罗的创作生涯，或者说他的生命，最终会超越这种矛盾，焕发出一派生机。《瓦尔登湖》会成为他的第一篇宣言，不仅对他自己如此，对于读者来说亦然。他的写作非但没有将探险之门关上，反而使之开启。事实上，梭罗通过写作实践的，正是后来萨特笔下的人物安东尼·罗昆丁（《恶心》）领悟到的：

> 要使一件平庸无奇的事成为奇遇，必须也只需讲述它……当你生活时，什么事也不会发生。环境在变化，人们进进出出，如此而已。从来不会有开始。日子一天接着一天，无缘无故地。这是一种没有止境的、单调乏味的加法。[①]

可是当你讲述生活时，一切都变了。

这种说法的诱人之处在于，你会觉得这样的讲述会化为一

---

① 让-保罗·萨特，《恶心》（*Nausea*，trans. Lloyd Alexander，New York：New Directions，1964），第39页。

道魔咒，让周遭的一切，甚至我们自身，都焕发出别样的光彩。然而梭罗通过讲述要打开的，却是带着觉察的一双慧眼。只有用不带陈规陋习的眼光去看待世界，我们才有可能担负起尼采所倡导的那种责任，“作为叫作‘人’的那个内在世界的冒险者与环球航行者，……作为‘测量者’（surveyor）”[①]。当然，在离开瓦尔登湖之后的那些年月里，梭罗仍旧主要靠当测量员来维持生计，但他依旧每天不间断地写日记。他终将明白一点，那就是，写作，能让最平凡的日子也成为一场探险，不管它是多么的平淡无奇、波澜不惊。

---

① 尼采关于冒险者与环球航行者的说法，见《人性的，太人性的》（*Human，All Too Human*，trans. Marion Faber and Stephen Lehmann，London：Penguin，1984），第10页。

章二

蚂　蚁　Ants

在《禽兽为邻》一章里，有一个描摹蚂蚁之间厮杀的段落，行文犹如带有讽喻意味的英雄体诗歌，这段文字名气很大，但其中蕴含着《瓦尔登湖》的一个写作困境：那就是在灵感四溢与枯燥乏味之间不停摇摆。就像是那些为了艺术而艺术的命题作文，尽管辞藻华丽，但由于缺乏主题动机而无法尽施文采。不过梭罗的创作激情通过这段文字传递了出来，倒也不失为一种贡献。究其本质，这种困境是当时社会低就业率的一种映射：这种现代社会面临的难题在《村声》[1]杂志中有所体现。在这份杂志里，受过良好教育却口袋空空的知识分子，一边满怀愤懑，一边为新近流行的唱片写着乐评。对于梭罗，失业的窘境与创作的饥渴如孪生兄弟般相伴相随，其洋洋洒洒二十六卷本的日记就是明证，这样的大部头对于一个有固定工作的人来说是不可能完成的。

梭罗满怀激情，但很快就遭遇到写作的瓶颈。写故事需要想象力，而作为一名以写随笔为主的作家，梭罗最不擅长的就是写故事，他甚至连一则趣闻都写不好。瓦尔登湖吸引他的地方，恰恰在于那里的生活波澜不惊，什么故事也不会发生。在《鲁滨逊漂流记》一类的作品里，一般都会有一个悬念推动故事的发展，那就是，主人公最终是否能够回到家乡？而梭罗的现实处境是，瓦尔登湖距离自己的家只有 1.25 英里。不妨说，他原本就待在家门口，因此《瓦尔登湖》一书在写法上只能另辟蹊径。讲故事需要信息来源，但无论是官方的新闻还是地方上的流言，梭罗一概都不感兴趣，因此实际上与信息绝缘。[2]如此一来，《瓦尔登湖》一书就只能依靠与大自然之间的交流，并借此给“信息”一词赋予全新的定义。

更为重要的是，如果放弃叙事，就只能依赖另外两种文体，说明文（议论文）或者诗歌。当然，《瓦尔登湖》一书还

---

①《村声》（*The Village Voice*）周刊于 1955 年 10 月 26 日在美国纽约格林威治村创办，意为该村的声音，因所在地有大量艺术家聚居，故该报纸着眼于文化艺术的报道与评论，持左翼立场，在美国知识分子中有较大影响力。创办人为丹 · 沃尔夫、埃德 · 范彻和诺曼 · 梅勒。该周刊 2015 年被收购，2018 年停刊。——译注

② 当然，梭罗并非与新闻、家庭、邻居完全隔绝；他坦然承认，“我散步在村中，爱看一些男人和孩童”（115）。但即便写的是散步到村子里去的情形，作者在这一章里对街市上的流言依然不以为然，反而花费了更多笔墨描写夜归木屋途中在林间迷路的经历。

是提供了一个故事梗概：一个男人，为了探索生命以及如何生活，远离尘嚣，隐居山林。不过，梭罗将故事性降到了最低，自始至终，故事要素都只是被用作说理（简单，简单啊）或者是抒情的手段。这一点从“蚂蚁”一节中可见一斑。按照传统写法，本来可以把蚂蚁之间的厮杀作为故事中的一个情节加以刻画，但由于梭罗放弃了传统的叙事，因此不得不动用大量的说明性文字和诗歌体文字作为补偿，并以此为模板解决《瓦尔登湖》一书面临的写作难题。换句话说，就是在故事缺席的情况下，尽其所能维持读者的阅读兴趣。20 世纪 20 年代法国的印象派电影内容也不连贯，可以说是该书最好的参照物。该电影流派拒绝讲故事——“电话一响，一切尽毁”。让·爱泼斯坦[①]对于那些会推动情节发展的场景发出过这样的抱怨——他的电影实践专注于捕捉各自独立的光影瞬间，追求的是一种流动的视觉诗歌。[②]今天看来，这些电影沉闷异常，说明无论是写文章还是拍电影，诗歌都无法替代传统的叙事，甚至会形成巨大的干扰。

---

① 让·爱泼斯坦（Jean Epstein，1897—1953），电影导演，早期电影理论家。主要作品有《三面镜》《风暴》《二三十年代早期实验电影》等。——译注

② 爱泼斯坦的看法来自其随笔《感官 1（b）》，见《法国电影理论与批评，1907—1939 年》（*French Film Theory and Criticism*，*1907-1939*），2 vols.，ed. Richard Abel（Princeton：Princeton University Press，1988），卷 1，第 242 页。

章三

清　醒　Awake

早晨是我醒来时内心有黎明感觉的一个时候。改良德行就是为了把昏沉的睡眠抛弃……清醒就是生活。我还没有遇到过一个非常清醒的人。要是见到了他，我怎敢凝视他呢？（64）

梭罗自身的多面性是《瓦尔登湖》一书层次丰富的神秘感的来源。“事实上，”他在日记中这样写道，“我是一个神秘主义者、超验主义者，除此之外，还是一个自然主义哲人。”

(《日记》,1853 年 3 月 5 日)[1] 爱默生开创的超验主义继承了新柏拉图主义传统，认为物质世界的一切不过是指向更崇高的精神实相的一系列符号，这一观点在《瓦尔登湖》一书中多有体现。因此，尽管梭罗不厌其烦地描写了种植和培育庄稼的诸般细节，并口气坚定地说："我下定决心要弄懂豆子。"但他随即又话锋一转，"这样做并不是为了要吃豆子……也许只是为了给将来一个寓言家用吧，为了譬喻或影射，总得有人在地里劳动。"(111)至于《禽兽为邻》一章，梭罗表面上写的是湖畔的野生动物，实际上却是要重申自己的观点："动物……都负有重载，可以说，是负载着我们的一些思想的。"(153)

不过，梭罗也能够（嘭的一声关上门），结束神游物外的文字飞翔，像海明威一样回到地面上来。斯蒂芬·芬德写过一篇关于《瓦尔登湖》的书评，内容十分精彩。[2] 在文中，他提醒读者留意《经济篇》中一个段落，这段文字描写了梭罗是如何观察一条赤链蛇的。这条蛇躺在水底下不止一刻钟了，"显然毫不觉得不方便"，"也许它还没有从蛰伏的状态中完全醒来吧"。作者继而发出感慨：

> 照我看，人类还残留在目前的原始低级状态中，也是同样的原因；可是人类如果感到万物之春的影响把他们唤

① 梭罗的自述（"我是一个神秘主义者"）源自他对科学促进会（Association for the Advancement of Science）主持的一项调查问卷做出的回应，参见罗伯特·理查德森《亨利·梭罗：心灵生活》(*Henry Thoreau: A Life of the Mind*, Berkeley: University of California Press, 1986）一书，第 285 页。

② 斯蒂芬·芬德以这篇谈梭罗的书评为基础为牛津世界经典（Oxford World's Classics）丛书版《瓦尔登湖》一书（Walden, 1997）撰写了序言。

醒了起来，他们必然要上升到更高级、更升华的生命中去。(31—32)

说出这段话的是爱默生式的梭罗，但行文至下一段，说话的却似乎又变成了另外一个人：

> 以前，我在降霜的清晨看到过路上一些蛇，它们的身子还有一部分麻木、不灵活，还在等待太阳出来唤醒它们。4月1日下了雨，冰融了，这天的大半个早晨是雾蒙蒙的，我听到一只失群的孤鹅摸索在湖上，迷途似的哀鸣着，像是雾的精灵一样。(32)

"很难解释这段话为何如此迷人。"芬德分析道。——也许其魅力正在于"天马行空"。梭罗笔触摇曳，时而是眼前之物，时而是象征之物，时而渴望觅得"神来之笔"，时而又对这份渴望心生抗拒；时而描绘眼前这片树林真实的样貌，时而又述说其背后奥义——所有这一切都荡漾在《瓦尔登湖》的波心之中。"4月的第一天，雨水融化了坚冰。"寥寥几字蕴含了梭罗的全部主张，因为在他看来，"事实、名称和日期本身传递出来的东西远远超出我们的想象"(《日记》，1852年1月27日)。尽管瓦尔登湖常常被视为一个意象，但梭罗还是希望我们能够对以下事实有所了解，1845年，瓦尔登湖"全面冻结的第一夜是12月22日的晚上，1946年是16日那一夜冻的；1949年大约是31日夜里；1950年大约是12月27日；1952年，1月5日；1953年，12月31日"(168)。"春天"

是《瓦尔登湖》的倒数第二章，作者起笔时对大自然的不朽以及“旷野的营养”大加礼赞，收笔时的文字却变得像一位船长的航海日志：“我第一年的林中生活便这样说完了，第二年和它有点差不多。最后在1847年的9月6日，我离开了瓦尔登。”（213—214）

不管这样的巨大反差是如何形成的（与爱默生之间俄狄浦斯式的对抗？[①]拜浪漫主义所赐？对张口就来的虔敬的嫌恶？对大自然发自内心的钟爱？抑或源于想象力的衰减？），然而，《瓦尔登湖》一书的魅力却正根植于此。若说爱默生的文字被读者束之高阁，是因为他一心追求“更高的法则”，19世纪自然主义[②]作家的作品吸引不了读者，则在于笔触太过直白。正是摇曳于现实描写与象征隐喻之间的特征成就了《瓦尔登湖》：这个湖变得不再只是一片水域，而是一种“永恒”的象征，我们更愿意接受这一点，正是因为我们从作者那里得知，这片湖水在1845年“12月22日的夜晚完全冻结了”。

超验主义和经验主义[③]在《瓦尔登湖》一书中同时并存，

---

① 俄狄浦斯，希腊神话中英雄忒拜王拉伊俄斯和王后伊俄斯特的儿子。他在不知情的情况下，杀死了自己的父亲并娶了自己的母亲。后来精神分析学派的创始人西格蒙德·弗洛伊德（Sigmund Freud）借用其悲剧情节发明了一个心理学术语，即俄狄浦斯情结，亦称恋母情结，以反映男孩爱母憎父的本能愿望。——译注

② 自然主义，文学艺术创作中的一种倾向，于19世纪下半叶至20世纪初在法国兴起。作为创作方法，自然主义一方面排斥浪漫主义的想象、夸张、抒情等主观因素，另一方面轻视现实主义对现实生活的典型概括，追求绝对的客观性，崇尚单纯地描摹自然。——译注

③ 经验主义亦称“经验论”，是一种诞生于古希腊的认识论学说，不认同“天赋论”，亦与“理性主义”相对，认为感性经验是知识的唯一来源，一切知识都通过经验获得，并在经验中得到验证。——译注

但两者之间的关系并非只是简单的切换，而是在互动中不断调整，就好像作者在旋转收音机的旋钮，试着把两种来自不同波段却相互关联的声音合成在一起。同样的技巧也被应用于文体风格，尤其是体现在一些关键词汇的使用上，梭罗在隐喻义和字面义之间切换自如。[①] 本文开头的引文旨在教化世人，其中“清醒”一词隐喻的是道德、智识、精神上的觉醒，而昏沉的睡眠象征着“浑浑噩噩的人生”，甚至是道德沦丧。“人们如果不是在浑浑噩噩地睡觉，”梭罗诘问道，“那为什么他们回顾每一天的时候要说得这么可怜呢？”

他们都是精明人嘛。如果他们没有被昏睡征服，他们是可以干成一些事的。几百万人清醒得足以从事体力劳动；但是一百万人中，只有一个人才清醒得足以有效地服役于智慧；一亿人中，才能有一个人，生活得诗意而神圣。（64）

这种象征性意象在《瓦尔登湖》的《结束语》一章中再次出现，尤其是收尾的三句话，格外激荡人心：

> 只有我们睁开眼睛醒过来的那一天，天才亮了。天亮的日子多着呢。太阳不过是一个晓星。（224）

当发现某人大错特错时，我们的脑海里会蹦出这么一句

---

① 梭罗惯于使用双关语或者词语活用，《瓦尔登湖》中最重要的一些词语大多如此，关于这一现象评论很多，有两位作者的研究对我尤其有帮助，即斯坦利·卡维尔的 *The Senses of Walden*，以及朱迪斯·P. 桑德斯的《重新定义的经济学隐喻：〈瓦尔登湖〉中的超验主义资本家》（“Economic Metaphor Redefined：The Transcendentalist Capitalist at Walden”），见 *Henry David Thoreau's “Walden”*，第 59—67 页。

话:“醒醒吧!”在上述语境中,梭罗用“醒过来”(awake)一词传达了同样的意思。在《结束语》一章,比上面这段引文更靠前一点的文字中,“wakefulness”(觉醒)一词,被用作“asleep”(睡着)一词的反义词,更准确地来说,又回归到这个词的本义(醒着)。“我们不知在哪里,”梭罗写道,“况且有差不多一半的时间,我们是沉睡(asleep)的。”当然,除了失眠症患者,我们倒也确实如此。只是梭罗本人的问题与失眠症恰好相反,他患有一种遗传性的嗜睡症[①],在《瓦尔登湖》中,他用玩笑的口吻提到过:

> 这年冬天……我害了瞌睡病,——说起来,我也不知道这是否家传的老毛病,但是我有一个伯父,刮刮胡子都会睡着……也许另外的一个原因是这年我想读查尔莫斯[②]编的《英国诗选》,一首也不跳过去,所以读昏了的。(174)

因此,对于梭罗而言,是否运用比喻取决于上下文的语境。

然而,这个标准并不是一成不变的。比如“wakefulness”(觉醒)一词,梭罗到底想要用它表达什么?警觉(alertness),专注(attentiveness),还是觉察力提升的一种状态?华兹华斯在长诗《序曲》(*The Prelude*)中对梭罗追求的境界有过

① 关于梭罗遗传性的嗜睡症,理查德森发现,“梭罗反复使用‘清醒’一词作为意识和心灵生活的隐喻,其动因正源于这种痛苦,既富巧思又令人感伤”(见理查德森 *Henry Thoreau: A Life of the Mind*,第126页)。

② 亚历山大·查尔莫斯(Alexander Chalmers,1759—1834),英国作家、编辑。——译注

描述："每个人都有过神圣的时光"（卷三，193—194行），当"它的闪烁……昭示了/肉眼不见的世界"（卷六，601—602行）。华兹华斯认为，这种"觉醒"（wakefulness）与一些"瞬间"（spots of time）有关，也就是那些"令人振奋的美德"（renovating virtue）的特殊时刻（卷十二，208页，210页）。对于梭罗而言，问题自然而来：这样一种境界，能否通过人为的努力实现？《瓦尔登湖》一书正是这个问题的产物，作者编写了一本行动手册，试图为自己找到解决之道："我们必须学会再苏醒，更需学会保持清醒而不再昏睡。"作者满怀渴望，希望通过这部书找到答案，但有时又担忧答案不够圆满，于是念兹在兹，使得"饭食、衣物，小屋、独处、散步，甚至闲坐无事"，都成了解决方案的一部分。离开瓦尔登湖之后，梭罗进一步感受到问题的紧迫性。罗伯特·理查德森曾经评论道，"梭罗那近乎无止境的好奇心"，可谓他最伟大的品质。[①]但时至1851年，在离开瓦尔登湖四年之后，他似乎开始为自己灵感的消退感到悲伤。"我担心，"他在日记中袒露，"我的知识一年年变得越来越精细和科学化——如此一来，我的视野不复天穹一般辽阔，而是逐渐变窄，就像显微镜下的视界一样。"（《日记》，1851年8月19日）不过，虽然这个段落经常被引用，但多数情况下都漏引了下面这段总结性的话，因此难免以偏概全：

我看到了细节，既不是整体，也不是洞穴的阴影。我数

① 关于梭罗的"好奇心"，见理查德森 *Henry Thoreau: A Life of the Mind*，第376页。

了数零件，然后说，“我明白了”。此刻，在松林近旁的干涸的田野里，空气中满是蟋蟀的鸣叫。(《日记》，1851年8月19日)

梭罗习惯于在冥想与现实之间摇摆，这正是他的一大特点，《瓦尔登湖》一书中有一段话描写了一条冻僵的蛇，用的也是前后反差很大的写法，与上面一段如出一辙。

从某种意义上说，梭罗正在经历的，不过是一个典型的浪漫主义者对于衰老的恐惧，华兹华斯对这一点可谓直言不讳(《序曲》，卷十，277—282行)：

往日重返
似能再现生命的曙光
储藏生命能量的秘处重又开启
我想接近它们，但它们又关闭。
如今，我只见其隐约地显现，年老时
可能再不被看见。

另外还有一点值得关注。《瓦尔登湖》中经常有这样的暗示，梭罗心目中的觉醒与其说是刻意努力的结果，倒不如说纯属机缘巧合，“巧合”(chance)以及它的一些近义词，在《瓦尔登湖》一书中经常出现：

有一次巧极了(it chanced that)，我就站在一条彩虹的穹顶之下。(138；徐迟：179)

我注意地等待着春天的第一个信号，倾听着一些飞来鸟雀的偶然的乐音（the chance note）。（203；徐迟：264）

我们有福了，如果我们常常生活在“现在”，对任何发生的事情（every accident），都能善于利用，就像青草承认最小一滴露水给它的影响。（211；徐迟：275）

梭罗在1841年的一篇日记中承认，这本书并不只是努力的结果：“总会有些信笔写下的东西，为某些碰巧发生的事件留下纪念。”（《日记》，1841年2月8日）综观全书，开头两章催人奋进的笔调逐渐让位给华兹华斯所说的那种“睿智的无为”，随着作者在湖畔安顿下来，书中文字也归于平实。尽管《经济篇》《我生活的地方，我为何生活》《结束语》三篇推崇决心和努力，《瓦尔登湖》一书总体来说却呈现出另外一种风格——更安静，更多思，更寄托于每一个新的一天里风儿送来的消息。这种觉醒更接近于华莱士·史蒂文斯[①]在《最高虚构笔记》（*Notes towards a Supreme Fiction*）一诗中所描述的：

不是我们成就的
而是就这样产生的平衡。

当一个男人和女人一见钟情，
也许有一些苏醒的时间，

① 华莱士·史蒂文斯（Wallace Stevens，1879—1955），美国著名现代诗人，1955年获得普利策诗歌奖。代表作品有《冰激凌皇帝》等。——译注

极端，幸运，私密，在其中

我们不只是苏醒，坐在睡眠的边缘，
如在一种升华之上，并凝望
像一团雾中的构造般的学园。[1]

“睡眠的边缘”，明显与清醒的状态相对，但梭罗内心某些领悟的瞬间恰恰就发生在这样的时刻：

有时候，在一个夏天的早晨里，照常洗过澡之后，我坐在阳光下的门前，从日出坐到正午，坐在松树、山核桃树和黄栌树中间，在没有打扰的寂寞与宁静之中，凝神沉思，那时鸟雀在四周唱歌，或默不作声地在我的屋前疾飞而过，直到太阳照上我的西窗，或者远处公路上传来一些旅行者的车辆的辚辚声，提醒我时间的流逝。我在这样的季节里生长，好像玉米生长在夜间一样。(79)

有时也会发生在某个垂钓于月光之下的昏昏欲睡的夜晚：“这些体验对我而言非常珍贵，非常值得纪念。”(120)事实上，《瓦尔登湖》一书告诉我们的就是：领悟往往就发生在半梦半醒之间：

---

① 摘自华莱士·史蒂文斯《最高虚构笔记》(“Notes toward a Supreme Fiction”)，见 *Collected Poems* (New York: Vintage, 1982)，第 386 页。

不管是睡觉或是心不在焉，每一个人都应该在清醒过来之后，经常看看罗盘上的方向。非到我们迷了路，换句话说，非到我们失去了这个世界之后，我们才开始发现我们自己，认识我们的处境，并且认识了我们的联系之无穷的界限。(118)

梭罗比弗洛伊德更早指出，最紧要的哲学问题常随睡梦降临。“睡过了一个安静的冬天的夜晚，而醒来时，印象中仿佛有什么问题在问我，而在睡眠之中，我曾企图回答，却又回答不了——什么——如何——何时——何处？”（189）梭罗起身迎向这些问题，不过虽然他的觉察、付出、审慎以及“有意识地努力”等一切都值得称扬，但《瓦尔登湖》中那些最崇高的升华的瞬间，却大多来自某种臣服，臣服于冥想、机缘，甚至是昏沉的白日梦。

（联合撰文：布伦达·马克西-比林斯、罗伯特·麦克唐纳、亚当·尼古拉迪斯）

章四

篮　子　Basket

《经济篇》开篇不久，梭罗就将一桩趣闻编织成了一则寓言：

> 不久以前，一个闲步的印第安人到我的邻居，一位著名律师家中兜卖篮子。“你们要买篮子吗？”他说。回答是：“不，我们不要。”“什么！”印第安人出门叫道：“你们想要饿死我们吗？”看到他的勤劳的白种人邻居，生活得如此富裕——因为律师只要把辩论之词编织起来，就像有魔术似的，富裕和地位都跟着来了——因而这印第安人曾自言自语：我也要做生意了；

我编织篮子；这件事是我能做的。他以为编织好篮子就完成了他的一份，轮下来就应该是白种人向他购买了。他却不知道，他必须使人感到购买他的篮子是值得的，至少得使别人相信，购买这一只篮子是值得的，要不然他应该制造别的值得叫人购买的东西。我也曾编织了一种精巧的篮子，我并没有编织得使人感到值得购买它。在我这方面，一点儿也不觉得我犯不着编织它们，我非但没有去研究如何编织使人们感到更加值得购买，倒是研究了如何可以避免这买卖的勾当。(16)

那只兜售不出去的篮子，自然指的就是梭罗出版的第一本书，《康科德河和梅里麦克河上的一星期》。[①] 为了出版此书，梭罗被迫签署了包销协议，借用一位文学评论家的说法，此举完全是“一场商业上的灾难，这部书堪称美国文学史上卖得最烂的一部书，尽管其作者后来被推上了神坛”[②]。该书的滞销不久就把梭罗拽入债务的泥淖；他不得不将积压的图书全部拉回家中，并尴尬地自嘲说：“我现在竟也有了近九百本藏书了，其中七百多本都是我自己写的。”(《日记》，1853

① 史蒂文·芬可（Steven Fink）用了一整本书讨论梭罗如何试图通过写作解决生计问题，见 *Prophet in the Marketplace: Thoreau's Development as a professional Writer*（Columbus：Ohio State University Press，1999）。

② 认为《一星期》完全是“一场商业上的灾难”的评论家是加里·沙恩霍斯特（Gary Scharnhorst），参见其著作 *Henry David Thoreau: A Case Study in Canonization*（Columbia，S. C.：Camden House，1993）。我是在威廉·E. 凯恩撰写的“Henry David Thoreau，1817-1862：A Brief Biography”中看到这种说法的，见 *A Historical Guide to Henry David Thoreau*，第 37 页。

年10月27日）威廉·E.凯恩由此断言："他无法靠文学养活自己。"这倒和梭罗的自我评价不谋而合。

事实上，梭罗面对的是一个现代社会特有的问题，只不过他是最早遭遇到这个问题的艺术家群体中的一员罢了。在今天，任何一位在风格上有所创新的作家、画家或是音乐家，都必须接受一个现实，那就是独创性作品的推广与大众的认同之间存在着一个鸿沟。[①] 任何一位想要靠其职业赚钱的艺术家都不得不缩小这道鸿沟。这种状况早期在法国最为突出。法国大革命之后，安筑在一种精致文雅、趣味相投的小圈子文化之上的保护人制度不复存在，圈子成员随时会委托创作或购买艺术品的时代也随之消亡。不过其消亡也为绘画带来了一批全新的受众——资产阶级，此时他们刚刚掌握权力（无论是政治上还是经济上），但还缺乏经验，对自己的品位也不够自信。事实证明，这样的一批受众（迷失在专业细分的世界里的通才的雏形）不可避免地会保守行事，势必跟不上新机制刺激下不断加速的风格创新（这种机制最终会演变为创意为王的市场）。换句话说，大众的品位需要得到教育，以弥补其知识的不足。一些艺术家干脆另谋出路养活自己。司汤达[②] 果断决定放弃巴尔

① 更多关于独创性作品的推广与大众认可之间存在的鸿沟的讨论，见拙作"How to Start an Avant-Garde," *How a Film Theory Got Lost and Other Mysteries in Cultural Studies*（Bloomington：Indiana University Press，2001），第74—82页。

② 司汤达（1783—1842），原名马里－亨利·贝尔（Marie-Henri Beyle），19世纪法国批判现实主义作家。代表作有《阿尔芒斯》、《红与黑》（1830年）、《帕尔马修道院》（1839年）等。早年曾随拿破仑的军队转战欧洲大陆，波旁王朝复辟后郁郁不得志，其间曾经在教皇管辖下的一个意大利滨海小城当过领事。——译注

扎克[①]式的成功，以准外交官工作作为自己的主业："我已经购得了一张彩票，"他夸口说，"开奖的结果将是一份大奖：在1935年赢得读者。"[②]这样做当然无可厚非，对于一位有创新精神的艺术家来说，除非不介意扬名于身后（巴尔扎克的《幻灭》[③]一书是先锋派神话的主要精神源头，作为"货真价实"的案例可谓独领风骚），他就必须想方设法跨越这道鸿沟，以免被饿死。[④]

法国印象派画家[⑤]在很多方面都堪称先锋派运动的先驱，他们是最早一批有组织、有步骤地思考这一困境的人物。他们中的一些成员出身蓝领，没有其他的收入来源，参选年度巴黎沙龙是他们争取市场青睐的唯一出路。结果他们的作品被沙龙

---

① 奥诺雷·德·巴尔扎克（Honoré de Balzac，1799—1850），法国现实主义小说家，被称为"现代法国小说之父"，一生创作量惊人，写出了91部小说，塑造了2472个栩栩如生的人物形象，这些作品合称《人间喜剧》，被誉为"资本主义社会的百科全书"。生前债台高筑，贫病交加。——译注

② 司汤达关于自己将在1935年赢得读者的著名论断出自《亨利·布鲁拉德的一生》（*The Life of Henry Brulard*），本书引文出自《红与黑》一书注释，见 *Red and Black*，trans. Robert M. Adams（New York：Norton，1969），第432页。

③《幻灭》（*Lost Illusions*），巴尔扎克创作的长篇小说，首次出版于1843年。小说中的故事发生在复辟王朝时期。作者塑造了两个外省青年的形象。一个是野心勃勃、贪图虚荣的青年人吕西安，妄想凭借自己的聪明和才华跨入巴黎上流社会，结果弄得身败名裂，狼狈不堪地回到故乡；另一个是兢兢业业、心地淳朴，埋头于科学发明创造的实业家大卫，因敌不过阴险狡猾的资产阶级野心家而被迫放弃发明专利，最终隐居乡间。——译注

④ 弗朗西斯·哈斯凯尔（Francis Haskell）的《现代艺术的敌人》（"Enemies of Modern Art"）一文中有关于本文主题的重要探讨，我从中受益匪浅，见其著作 *Past and Present in Art and Taste*（New Haven：Yale University Press，1987），第207—233页。

⑤ 印象派，得名于莫奈的画作《日出·印象》，兴起于19世纪60年代，兴盛于70、80年代，反对因循守旧的古典主义和虚构臆造的浪漫主义，在19世纪最后30年间成为法国艺术的主流，并进而影响整个西方画坛。——译注

拒之门外，于是这批画家果敢地采取了行动，其行动方针后来被归纳为“发起先锋运动的八条准则”。[①]

1. 合作（collaboration）。对于被拒之门外的艺术家来说，抱团合作会比单打独斗更容易获得出头机会。浪漫主义作家（柯勒律治[②]和华兹华斯，歌德[③]和席勒[④]）的经验证明了这一点；印象派画家也深谙此道。早在1864年，莫奈[⑤]、雷诺阿[⑥]、西斯莱[⑦]和巴齐耶[⑧]就结伴一起在枫丹白露的森林里作画，后来他们还合

---

① 本书中关于印象派画家行动策略的讨论一部分参阅了哈里森·C. 怀特（Harrison C. White）和辛西娅·A. 怀特（Cynthia A. White）联合撰写的专著 *Canvases and Careers: Institutional Change in the French Painting World*（Chicago：University of Chicago Press，1993）。

② 塞缪尔·泰勒·柯勒律治（Samuel Taylor Coleridge，1772—1834），英国浪漫派诗人、文学评论家。曾经与华兹华斯、骚塞一同隐居于英国西北部的昆布兰湖区，并创作了不少田园诗，被称为“湖畔派诗人”。——译注

③ 约翰·沃尔夫冈·冯·歌德（Johann Wolfgang von Goethe，1749—1832），德国著名科学家、思想家、作家。代表作品有《葛兹·冯·伯利欣根》（1773年）、《少年维特之烦恼》（1774年）、《浮士德》（1831年）等。——译注

④ 约翰·克里斯多弗·弗里德里希·冯·席勒（Johann Christoph Friedrich von Schiller，1759—1805），德国18世纪著名剧作家、诗人。代表作品有《强盗》《阴谋与爱情》《华伦斯坦》三部曲，以及《威廉·退尔》等。生前为歌德挚友，同为德国启蒙主义和狂飙突进运动的代表人物，死后两人葬于一处墓园。——译注

⑤ 克劳德·莫奈（Claude Monet，1840—1926），法国画家，被誉为“印象派领导者”，是印象派代表人物和创始人之一。——译注

⑥ 皮埃尔-奥古斯特·雷诺阿（Pierre-Auguste Renoir，1841—1919），印象派重要画家。以油画著称，亦作雕塑和版画。——译注

⑦ 阿尔弗雷德·西斯莱（Alfred Sisley，1839—1899），法国印象派画家。一生主要以风景画创作为主。——译注

⑧ 让·弗雷德里克·巴齐耶（Jean Frédéric Bazille，1841—1870），法国画家。曾与莫奈、雷诺阿和西斯莱组成“四好友集团”，一起走出画室到大自然中去写生，在印象派画史上占有一定的地位。——译注

用巴黎的画室和公寓。即便是马奈[①]，一个不好交际的人，也时常出现在盖尔布瓦咖啡馆（Café Guerbois）里的非正式沙龙里。在那里，除了画家之外，还会看到作家（特别是左拉[②]）和其他各色艺术家（比如摄影家纳达尔[③]）混迹在一起的身影。

2. 名称响亮（the importance of the name）。印象派之所以成功，名称响亮是非常关键的一个因素。哈里森·怀特和辛西娅·怀特（Harrison & Cynthia White）认为，这个名称“继承了叛逆之名的伟大传统”。起初这个名字只是被当作一个笑柄丢过来贬损这批画家的，但没想到不仅被他们采纳，而且被用作反击的工具，其后更将它高高举起，化作一面胜利的旗帜。当然，他们没能想到一个更好的名字也是一个原因。事实上，用“印象主义”一词来形容他们的大多数作品还是很合适的，这个名称朗朗上口，而且包含一种似乎未完成的风格的意思，从理论上来说还是很客观的评价，尤其是与被官方沙龙认可的当代“消防员”艺术家们[④]“完成度高”“平滑工整”的画作相

---

① 爱德华·马奈（Édouard Manet，1832—1883），法国画家。他本人并未参加过印象派的展览，但他深具革新精神的艺术创作态度，却深深影响了莫奈、塞尚、凡·高等新兴画家，被誉为19世纪印象主义的奠基人。——译注

② 爱弥尔·爱德华·夏尔·安东尼·左拉（Émile Édouard Charles Antoine Zola，1840—1902），法国自然主义小说家和理论家，自然主义文学流派创始人与领袖。代表作品为《卢贡-玛卡一家人的自然史和社会史》，该作包括20部长篇小说，登场人物达1000多人，其中具有代表性的有《小酒店》《萌芽》《娜娜》《金钱》等。——译注

③ 费利克斯·纳达尔（Félix Nadar，1820—1910），法国人像摄影家，同时也是作家和漫画家。——译注

④ “消防员”艺术家（Les Pompier），法语字面意思为消防员。法国学院派艺术家推崇法国新古典主义大师雅克-路易·大卫（Jacques-Louis David），而大卫画中的人物戴的帽子很像19世纪法国消防员所戴的那种，因此当时法国人便戏称学院派艺术家为“消防员”艺术家。——译注

比。[①]

3. 明星人物。先锋派运动需要一位既富个人魅力又勤奋多产的核心人物来聚拢人心，一如立体主义之有毕加索[②]，超现实主义之有布勒东，印象派的明星人物是马奈。马奈家境富裕、睿智风趣、善于表达，而且得益于良好教养和天生性情，他在离经叛道的同时，仍然保持着与法国绘画伟大传统之间的对话。

4. 传统绘画。即便一位艺术家反对现有的规范，但仍要对行业认可的流派有所接触，以便对从事艺术这一行当的过程中将要经受的一切有所准备。有传统画作傍身，就能够证明自己是有意放弃传统，从而为自己的离经叛道进行更好的辩护。在 20 世纪，对毕加索的声望助力最大的正在于他对传统绘画技巧的娴熟把握。几乎所有的印象派画家（塞尚[③]是个伟大的例外），都曾经在美术学院待过或是跟随一些学院派画家学习过。

5. 行业理念。印象派画家们证明了，将注意力从个体画作扩展到整个行业的业态和未来的发展会带来良好收效。他们懂得，从行业的角度思考问题意味着构建一种语境，在这样的语

---

① 关于资产阶级对“平滑工整”（licked surface）的学院派画作的偏好见查尔斯·罗森（Charles Rosen）和亨利·策纳（Henri Zerner）的精彩论文“The Ideology of the Licked Surface：Official Art”，参见其著作 *Romanticism and Realism: The Mythology of Nineteenth Century Art*（New York：Viking，1984），第 203—232 页。

② 巴勃罗·毕加索（Pablo Picasso，1881—1973），西班牙画家、雕塑家。他于 1907 年创作的《亚威农少女》是第一件被认为有立体主义倾向的作品，引发了立体主义运动的诞生。——译注

③ 保罗·塞尚（Paul Cézanne，1839—1906），法国后印象主义画派画家，其绘画凸显主观性，认为即使是画风景、画静物，也要画进灵魂的深处，从而根本上改变了整个西方艺术的进程，被誉为“现代艺术之父”。——译注

境下才谈得上个体的发展。

6. 销售和展览的新途径。鉴于巴黎年度沙龙的大门已向他们关闭，印象派画家们只能依靠自己的力量另谋出路，参加落选者沙龙[①]、由画商筹办的多位画家的联展，甚至举办个人画展。杜兰德–鲁埃尔[②]是印象派画商中举足轻重的人物。他率先把艺术重新定义为一种投资，一种建立在可欣赏性之上的投机交易，从而为艺术开拓出新的市场，尤其是美国市场，从而使那些对钱比对艺术品更在行的资产阶级开始掏腰包。

7. 重新界定劳动分工。法国学院派体系内的画家（至少那些在学院内被高度认可的画家）同时还出任评委，为巴黎年度沙龙甄选画作。因此除了画家的身份，他们还是新的绘画标准的制定者。由于存在利益上的冲突，他们是不会对那些画风不同，哪怕只存在细微差异的作品表示欢迎的。印象派画家们很快认识到了症结所在，当然也可能得益于蓬勃发展的工业革命带来的启迪，他们将行业重新做了分工：画家专注画画儿，画作的品鉴则留给画商和评论家。而先锋派的历史显示，这种分工又经历了不断被焊补在一起的过程，尽管形式多样，但通常都是通过打破已有分工才得以实现。杜尚[③]选择不仅仅扮演艺

① 落选者沙龙（Salon des Refusés），亦被翻译为“被拒绝者的沙龙”。1863 年，由法兰西美术院主持的官方“绘画雕塑沙龙”拒绝了五分之三的参选作品，引起了被拒绝的艺术家们的强烈不满。当时的法国皇帝拿破仑三世为平息这场纷争，决定于巴黎工业宫举办落选者沙龙，并于其后几年，于巴黎大皇宫举办。——译注

② 保罗·杜兰德–鲁埃尔（Paul Durand-Ruel，1831—1922），法国艺术商人，一生经手印象派绘画超过 12000 幅，对印象派绘画起到重要的传播和推广作用。——译注

③ 马塞尔·杜尚（Marcel Duchamp，1887—1968），出生于法国，1954 年加入美国籍。20 世纪实验艺术的先驱，达达主义及超现实主义的代表人物。——译注

术家的角色，同时还担任自己画作的销售商和评论者，由此将在印象派画家们那儿分离的几个角色重新整合了起来。

8. 理论和宣传的作用。在《画出来的箴言》(*The Painted Word*)一书中，汤姆·伍尔夫[1]谴责了抽象表现主义画家依赖评论过活的现象。然而，这种共生关系其实早就存在。华兹华斯就曾经于1815年发声，迎接这种新时代的到来："每一位作家，只要他真的伟大且开风气之先，都承担着创造趣味并借此觅得知音的职责。"[2]换句话说，新的风格会催生新的批评理论。印象主义鼓励针对作品的风格而不是主题展开评论，这个转变既得益于波德莱尔对"现代生活的画家"的褒扬，[3]又得益于"印象"一词，其含义与他们的大多数画作很契合，从而使这些来源于日常生活的、去经典化的画面主题，以及类似于写生的、看上去像半成品的画面风格彰显出其合理性。更为关键的是，对印象主义抱有好感的作家们对艺术家的概念进行了重新定义。艺术家不再只是为传统模式中的出资人服务的工匠，而是为了有朝一日获得认可而苦心孤诣的怀才不遇的浪漫主义者。这种新的批评理论将旧有的评判标准彻底颠覆。那些学院派艺术家则被重塑为旧政权的遗老遗少，一群落伍守旧、自命不凡的家伙，对于资本主义获得的经济地位和社会权力，

① 汤姆·沃尔夫(Tom Wolfe，1930—2018)，美国记者、作家，被称为"新新闻主义之父"。——译注

② 创新型艺术家需要"创造趣味并借此觅得知音"的说法来自华兹华斯1815年发表的文章《论文，作为序言的补充》("Essay，Supplementary to the Preface")，该文重版收入其《随笔集》(*Selected Prose*，ed. John O. Hayden，New York：Penguin，1988)，第408页。

③ 波德莱尔影响深远的艺术评论，见《现代生活的画家及其他论文》(*The Painter of Modern Life and Other Essays*，ed. Jonathan Mayne，New York：Phaidon，1964)。

他们内心充满了敌意；而印象派阵营则有效地帮助艺术家们获得了新主顾的认同，虽然他们被学院派拒之门外，但这恰恰是他们价值的体现。这是一个前无古人的想法。

事实上，如果想要运用上述策略，梭罗拥有很多得天独厚的条件。他所在的小圈子不仅有响亮的名称（超验主义），而且拥有一位明星人物（爱默生）。如果说超验主义给人一种抽象哲学或准唯心论的印象，从而令大多数人看不清这场运动背后的现实诉求和非正统的宗教观，那么至少爱默生，这位圈子里的明星人物，美国文学界万众瞩目的领头羊，完全有能力为他的圈内好友找到演讲邀约和出书机会。事实上梭罗也确实受益匪浅，同时使他获益的还有哈佛大学严苛的古典主义教育。超验主义者阵营的内部刊物《日晷》（*The Dial*）、波士顿地区新兴的出版社，以及刚刚出现的学园公众讲座[①]，都给梭罗和他的圈内同伴们提供了推广作品的新渠道。而集评论家和艺术家身份为一身的爱默生，也通过他那些广受赞誉的随笔——《论自然》（*Nature*）、《美国学者》（*The American Scholar*）、《神学院致辞》（*The Divinity School Address*）和《论自助》（*Self-Reliance*）——倡导了一种新的批评观：对于本土新生的个人主义者（native individualist）而言，大自然就是通往喜悦和智慧的通途。

拥有如此强大的背景，而且是“新世界”（the New World）

① 学园公众讲座（Lyceum lecture），Lyceum 一词意为“学园”，原指古希腊哲学家演讲的园林。自 19 世纪 20 年代起，在美国当时的东北部和西北部（如今的中部地区）的城镇兴起了有组织的公众辩论和演讲，对大众教育起到了积极的推动作用，到了 20 世纪四五十年代，逐渐商业化。——译注

中最完善的一个，按说梭罗要想出人头地并不难，至少按照现代人心目中的标准，应该与爱默生不相上下，但为什么他却没能成功？为什么他没能弥合那道鸿沟，成为一个靠写作就能养活自己的作家？个中原因不止一个，而且相当微妙。首先，尽管名义上属于超验主义阵营，但梭罗很快就开始与这场运动保持距离，他只想亲近自然，描写自然，而不是将大自然视为某种“超灵”的象征。[①] 他与爱默生之间也不再那么亲厚，尤其在接受了这位师长的劝说，承担了《康科德河和梅里麦克河上的一星期》的包销之后，对梭罗而言，这无异于灭顶之灾。《日晷》后来停刊，他的演讲也不受人欢迎，这些境况使得他的书更加没有市场。此外，尽管爱默生在作品中表达出来的观点似乎恰好能够凸显梭罗的价值，但纵然是《瓦尔登湖》这样的书，也一样触礁在爱默生抽象玄妙的思想高岩上。爱默生从来没有提到过这本书，即便在自己的日记里。梭罗并非不知道宣传的妙用——在林中独居二十六个月的新闻很容易博人眼球——但他从未试着引发热议，以便获得大众对自己新的写作风格的认可。假如他真的尝试过，那又会是怎样一种局面呢？到了 20 世纪，《瓦尔登湖》一书声誉日隆，主要在于梭罗被贴上了公民权利和环保主义的标签。在他生活的时代，梭罗一直被视为围绕着爱默生旋转的小行星。作为先锋派艺术家的先驱，他执意不肯为了卖篮子而编篮子，或者说为了卖书而写

① 梭罗与超验主义阵营关系失和，可参阅 Joel Porte，*Emerson and Thoreau: Transcendentalists in Conflict*（Middletown：Wesleyan University Press，1966）。对了解这一点同样有益的是莎伦·卡梅伦（Sharon Cameron）的著作 *Writing Nature: Henry Thoreau's Journal*（Chicago：University of Chicago Press，1985）。

书，他退居一隅，归隐在二百万字的日记和一个人的漫步里。他无力填补那道能使他靠写作谋生的鸿沟，但最终却成了19世纪美国最重要的作家，如今爱默生的作品读者寥寥，梭罗的作品却即便在课堂之外也不乏读者。[①] 正如司汤达所说，他抽取了一张会中奖的彩票。

---

① 斯蒂芬·芬德在他为牛津世界经典丛书版的《瓦尔登湖》一书所写的序言中提到，“最近的一项调查结果显示，美国的大学教授们认为《瓦尔登湖》一书是迄今为止在课堂上教授的19世纪文学中最为重要的作品——远远超过《红字》和《白鲸》”，参见第xxii页。

章五

书 Books

> 可能，有好些话正是针对我们的境遇而说的，如果我们真正倾听了，懂得了这些话，它们之有利于我们的生活，将胜似黎明或阳春，很可能给我们一副新的面目。多少人在读了一本书之后，开始了他生活的新纪元！（76）

对于梭罗而言，“他生活的新纪元”是由一本书开启的，就是爱默生的《论自然》。该书于1836年秋出版，第二年春，梭罗从哈佛的图书馆借得此书，之后整个春天都手不释卷。一切都水到渠成：1835年，梭罗通过了爱默生出题的修辞学考试，之后又在这位前辈的支持下获得了哈佛的奖学金。更重要的是，梭罗对于爱默生的“超验主义宣言”[①]心有戚戚焉，他有志于将自己亲近自然的心愿与追求知识的雄心调和在一处。借用《瓦尔登湖》一书中的说法，梭罗已是一片“熟田”。

尽管梭罗通过文字对自己所受的大学教育表示不屑，但他在《瓦尔登湖》一书中的旁征博引却将自己的书卷气展露无遗。事实上，依据理查德森详列的书单，梭罗博览群书，而且欧洲几种主要语言的书他都能流畅阅读，包括拉丁语和希腊语的。但他的选书标准有些古怪，这也许就是他本人以及他的作品中那些神秘感的来源吧。当然，梭罗深受古典文学影响，尤其偏爱荷马，但随着年岁渐长，他也开始阅读一些文学性不那么强的书：歌德和卡莱尔[②]的著作自然还在书单上，但他读得更多的却是一些谈论东方宗教的书，也会大量阅读关于加拿大历史和印第安人生活的文章，还有加图[③]关于农业的论著、自然史（尤其是植物学）、旅行书（一种罪恶的乐趣）、威廉·吉尔平[④]谈论风景画的书、《耶稣会教士报道》（*Jesuit*

---

①“超验主义宣言”，见罗伯特·理查德森 *Henry Thoreau: A Life of the Mind*，第 21 页。

② 托马斯·卡莱尔（Thomas Carlyle，1795—1881），英国历史学家和散文作家，主要著作有《法国革命》（3 卷；1837 年）、《论英雄、英雄崇拜和历史上的英雄事迹》（1841 年）和《普鲁士腓特烈大帝史》（6 卷；1858—1865 年）。——译注

③ 马尔库斯·波尔基乌斯·加图（Marcus Porcius Cato，公元前 234—前 149），一般称为“老加图”，以此与其曾孙“小加图”区别。古罗马作家、政治活动家，历任财务官、大法官、执政官等职。他是拉丁散文文学的先驱，主要著作是《史源》（*Origines*）7 卷。《乡村篇》（*De re rustica*）保留至今，其余著作均已失传。——译注

④ 威廉·吉尔平（William Gilpin，1724—1804），英国画家、美学家、牧师。——译注

Relations）（耶稣会会士到加拿大印第安人居住地传教的41篇记述）以及达尔文的著作。梭罗对小说不感兴趣：《鲁滨逊漂流记》他还是读过的，但是霍桑的书他却一本也没有读过，尽管霍桑与他相熟。[1] 梭罗生于1817年，《傲慢与偏见》一书已于四年前出版，不过下面列举的书他似乎一本也没有读过，还是能说明一些问题的：

奥斯汀（生于1775年）《傲慢与偏见》（1813年）
司汤达（生于1783年）《红与黑》（1831年）
巴尔扎克（生于1799年）《高老头》（1834年）
狄更斯（生于1812年）《匹克威克外传》（1837年）、《圣诞颂歌》（1843年）、《大卫·科波菲尔》（1850年）
梅尔维尔（生于1819年）《白鲸》（1853年）
福楼拜（生于1821年）《包法利夫人》（1857年）

当然，梭罗没有写小说的野心，何况小说本身也是较晚近的发明。问题是他对绘画乃至现代诗歌也都不大关心。在《更高的规律》一章中，他宣称，“我欢喜经常保持清醒”，至于作为另外一种主要艺术形式的音乐，他则将之等同于清教徒禁止沾染的某种刺激物（鸦片、酒、咖啡、茶），因为“即使音乐也可以使人醉倒（intoxicating）”（147）。于是问题来了：又

① “我从未读过小说，小说中缺乏真实的生活和思想”，梭罗对待虚构类作品的态度从中可见一斑，这段评价转引自诺曼·福斯特（Norman Foerster）的文章《梭罗的知识遗产》（“The Intellectual Heritage of Thoreau”），见 *Twentieth Century Interpretations of Walden*, ed. Richard Ruland（Englewood Cliffs，N.J.：Prentice Hall，1968），第48页。

有哪位文坛大家，会像他这样对艺术漠不关心？

梭罗在《瓦尔登湖》第一章《经济篇》中反复强调说，自己的这场实验“切实可行”，一些评论家把这一点视为作者的托词，用来应付“市民们曾特别仔细地打听我的生活方式”（5）的窘境。然而事实上，梭罗从来就不是一个只懂得阳春白雪的人。他使用工具和机械时得心应手（他的襄助使得家族的铅笔生意盈利颇丰），爱默生赞美他“精通木工，擅长算术”，因此，梭罗压根儿无须装腔作势去证明自己是个干活的能手。正如爱默生评价的，“他有能力在世界上的任何角落谋生”。相较于审美情趣，超验主义运动更强调自我修养和政治实践，对于这一点，梭罗倒是得其精髓。① 他在瓦尔登湖畔将爱默生的主张身体力行，不仅帮助逃跑的黑奴，为约翰·布朗② 辩护，而且撰写出世界上最重要的政论之一（《论公民不服从的权利》）。梭罗也曾期待能够得到爱默生的认可，但对方竟未置一词。令人瞠目的是，对梭罗最负面的评价恰恰来自爱默生，而且出现在他写给梭罗的悼词中，他责怪自己的这位被保护人不切实际：

> 他的天赋如果仅仅是冥想，他是适于这种生活的。但是他旺盛的精力和实践的能力，让他仿佛天生就是发号施令、成大事的人。我很遗憾失去了他少有的行动力，因此我忍不

---

① 理查德森在 *Henry Thoreau: A Life of the Mind* 一书中对新英格兰人在“自我完善”方面投注的兴趣进行了有益探讨，见该书第 54—57 页。

② 约翰·布朗（John Brown，1800—1859），美国废奴主义者。1859 年，率领 21 名白人和黑人起义，把废奴运动推向高潮，后来起义被镇压，布朗被绞死。——译注

住要把缺乏雄心壮志算作他的缺点。由于他胸无大志，没能为整个美国出谋划策，而只是做了采浆果远足队的首领。[1]

路易莎·梅·奥尔柯特[2]当时听到了爱默生的悼词，事后她在给一位友人的信中写道：此举“在时机和场合上都至为不妥”。[3]爱默生将梭罗描画成了一个只会做白日梦、不谙世事的人物，这一形象至今仍然难以打破。

梭罗对爱默生的《论自然》一书推崇备至，“有多少人因为读到一本书的缘故从此掀开了生命中的新篇章”，正是这部书开启了他生命的新篇章。他与爱默生之间之所以会产生对抗，部分原因正是由于他自己也有志于写出这样一部书。《瓦尔登湖》一书就是他的宣言。至于写这样一部书有何意义，梭罗的回答看起来相当谦逊，它“很可能给我们一副新的面相（aspect）”。用《瓦尔登湖》书中的说法，这样做意味着“必需品”被视作可有可无，“经济”等同于浪费，“闲散”转化为机遇，“贫穷”意味着“自由”。同样一种生活，可以是“绝望

① 爱默生对梭罗的评价见他本人写给梭罗的悼词，这篇悼词如今被冠以“梭罗”的标题，在爱默生的大部分文集里都可以找到，《瓦尔登湖》英文第 3 版一书亦有收录，见该书第 394 至 409 页。

② 路易莎·梅·奥尔柯特（Louisa May Alcott，1832—1888），美国女作家，代表作为长篇小说《小妇人》。——译注

③ 奥尔柯特对爱默生悼词不妥之处的评价，见罗伯特·萨特尔迈耶（Robert Sattelmeyer）在《梭罗与爱默生》（“Thoreau and Emerson”）一文中的引文，该文收录于 *The Cambridge Companion to Henry David Thoreau*，ed. Joel Myerson（Cambridge：Cambridge University Press，1995），参见该书第 36 页。萨特尔迈耶就梭罗与爱默生之间俄狄浦斯式的冲突进行了有益的探讨，与乔尔·波特的 *Emerson and Thoreau: Transcendentalists in Conflict* 一书互相补正。

的”，也可以是“有福的”。

通过上文中的“面相”一词，梭罗预言了维特根斯坦关于同一问题的著名论断：

> 我观察一张脸，突然注意到它与另一张脸的相似性。我看到脸并没有变化，然而我却以不同的方式来看它。我把这种经验称为“注意到一个面相”(noticing an aspect)。

维特根斯坦又围绕着一张可以从两个不同视角去观赏的图，也就是格式塔心理学[①]中那张鸭-兔图，进一步对“面相”的概念进行阐释。看图的人先是只看出一只兔子，后来突然又看出一只鸭子，维特根斯坦写道，“对面相转换的表达是一种新知觉的表达”，其实事物本身并没有变化。

显然，梭罗希望《瓦尔登湖》一书能够带领读者觉察到这种面相的转换。他坚持认为，世间一切，都取决于我们是否明白这一点。但谁又会是作者的知音呢？一方面，梭罗在《瓦尔登湖》中多次使用“一个人”“人”“人类”这样的称谓（“人可是在一个大错底下劳动的啊。人的健美的身躯，大半很快地被犁头耕了过去，化为泥土中的肥料”[7]），使读者觉得书中最重要的观点似乎放之四海而皆准。他在《结束语》中肯定地说：“一个人若能自信地向他梦想的方向行进，努力经营他所想望的生活，他是可以获得通常还意想不到的成功的”

① 格式塔心理学（gestalt psychology），又叫完形心理学，是西方现代心理学的主要学派之一。该学派的创始人是韦特海默，代表人物有苛勒（Wolfgang Köhler）和考夫卡（Kurt Koffka）。——译注

（217）。这种笃定的口吻在《瓦尔登湖》一书中贯彻始终，其传道的对象显然是普罗大众，而不只是说给特定的选民听的。当然梭罗承认还是有一些人例外："我并不是说给那些（任何情况下）都能安居乐业的……我主要是向那些不满足的人说话"（14）。当然，由于梭罗认为大多数人本质上都是"不满足"的，因此他也不过是说说而已。

可是，该拿约翰·菲尔德（John Field）怎么办呢？就是梭罗在贝克田庄（Baker farm）附近遇到的那个"老实、勤恳，可是没有办法的"爱尔兰人，他带着妻子和"好几个孩子"，住着"废墟"一样的破屋，而且沉迷于早就遭到梭罗厌弃的那些奢侈品（"茶和咖啡，黄油和牛奶，以及牛肉"）。约翰·菲尔德显然不具备发现生活另外一个面相的能力，尽管如梭罗所忆起的，"我特意这样跟他说，把他当成一个哲学家，或者当他是希望做一个哲学家的人"（140）。"现在出现这个问题"，维特根斯坦写道：

> 是否有一些人会缺少把某物看作某物的能力？——那会怎么样呢？它会有什么样的后果呢？是否这个缺陷相当于色盲或缺乏相对音高？我们将它称为"面相盲"。[①]

梭罗在《瓦尔登湖》的最后一段谈到了这种可能性（"我并不是说约翰或是约纳森这些普通人可以理解所有的这一切"［224］），但是他坚持认为，就像维特根斯坦所表达的那样，

① 维特根斯坦关于面相与面相盲的论断来自《哲学研究》，第165，182页。

“看见一个面相和进行想象，这都服从于意志”。梭罗的确反复强调选择在生活中的重要性，与萨特的存在主义异曲同工：“我没有看到过更使人振奋的事实了，”梭罗乐观地宣称，“人类无疑是有能力来有意识地提高他自己的生命的。”（64）

但是对于这个世界上的约翰·菲尔德们又该如何呢？如果梭罗希望他的读者在读了《瓦尔登湖》后有实际的进益，但有时又无法做到，那么该归咎于读者愚钝，还是方法有误，抑或作者没有表达清楚？“哲学家，”维特根斯坦写道，“竭尽全力想找到解放性的表达，就是那种能让我们恍然大悟的表达，不知不觉中，竟成了背负在我们意识之上的一种重荷。”[①]《瓦尔登湖》一书确实荡涤人心，但是鉴于它仍然无法治愈约翰·菲尔德的“面相盲”，梭罗其实并未找到适用于所有人的“解放性的表达”。他在该书的最后几行毫无保留地承认：“使我们失去视觉的那种光明，对于我们是黑暗。只有我们睁开眼睛醒过来的那一天，天才亮了。”（224）这种面相盲会带来哪些后果？维特根斯坦提出了疑问。而梭罗用《瓦尔登湖》中为人熟知的一句话给出了答案：“静静的绝望的生活。”（8）

（联合撰文：瑞恩·霍珀、罗伯特·麦克唐纳）

① 哲学家寻找“解放性的表达”的说法见维特根斯坦《大打字稿》（*The Big Typescript*），不过更方便的资料来源是 *The Wittgenstein Reader*，2nd ed.，ed. Anthony Kenny（Oxford，U.K.：Blackwell，2006），见该书第47页。

章六

色　彩　Colors

维特根斯坦说过："色彩启人哲思"（Colours spur us to philosophize）[1]，梭罗笔下的色彩恣肆挥洒，其天分又从何而来？在《湖》一章，梭罗描绘出一幅瓦尔登湖的画卷，他先是信笔写道："我们康科德地方的水波，至少有两种颜色，一种是站在远处望见的，另一种，更接近本来的颜色，是站在近处看见的。"（121）但他并没有就此搁笔。在随后的文字中，他一口气使用了二十九种不同的颜色，来描述身边

---

① 维特根思坦"色彩启人哲思"一句引自瑞·蒙克（Ray Monk），《维特根斯坦传——天才之为责任》（*Ludwig Wittgenstein: The Duty of Genius*，New York：Penguin，1990），第561页。

的湖泊和河流，它们在不同的季节、不同的天气，从不同的角度看过去，样貌各异：蔚蓝、深蓝、深石板色、绿色、草绿色、天空的颜色、澄黄、淡绿、制服一样的深绿、异常生动的碧绿、葱翠、蓝色与黄色调和在一起，虹彩中的原色，比天空更深湛的蓝，一种无可比拟的、不能描述的淡蓝，比天空还更接近的天蓝色，原本的深绿色，混浊的深绿色，玻璃似的带绿色的蓝色，就如空气一般……毫无颜色、绿晕、黑色或很深的棕色、淡黄、大理石一样的白。

就某种意义而言，梭罗似乎提前道出了维特根斯坦的观点，颜色词并不仅仅指称业已存在的质素，它还将我们的感觉强加于世界。不过在这个段落里，梭罗显然把瓦尔登湖比拟成了永恒的乐土，甚至是人类堕落至人间之前的伊甸园的遗存，因此未免有些自相矛盾：

> 也许远在亚当和夏娃被逐出伊甸乐园时，那个春晨之前，瓦尔登湖就存在了，甚至在那个时候，随着轻雾和一阵阵的南风，飘下了一阵柔和的春雨，湖面不再平静了，成群的野鸭和天鹅在湖上游着，它们一点都没有知道逐出乐园这一回事。(123)

忆及童年时代在湖边嬉戏的时光，梭罗对瓦尔登湖的恒常不变再次发出了赞美：

> 然而，据我们知道的一些角色中，也许只有瓦尔登湖坚持得最久，最久地保持了它的纯洁……虽然伐木的人已经把

> 湖岸这一段和那一段的树木先后砍光了，爱尔兰人也已经在那儿建造了他们的陋室，铁路线已经侵入了它的边境，冰藏商人已经取过它的一次冰，它本身却没有变化，还是我在青春时代所见的湖水；我反倒变了。(132)

纯洁依旧的瓦尔登湖是梭罗塑造的中心意象，然而湖水不断变换色彩，又使得这不变的意象显得摇曳多变；如果瓦尔登湖并非一成不变，那么在梭罗的书中，又有什么是永恒不变的呢？这其实涉及《瓦尔登湖》的一个核心问题：看来，作者写这本书时既不满足于一五一十地记录事实，也无意于花费心力去制造出某种超验主义的象征物。更何况，即便梭罗确实有意要借助某种自然现象象征某种事物，他也并不确知那象征之物到底为何物。一方面，湖水的颜色闪烁摇曳，变幻莫测，恰恰是大自然无常变化的象征；另一方面，同一个湖对人类带来的改变无动于衷，梭罗借此揭示的，正是维吉尔[①]在成熟的葡萄和果树间发现并用文字记录下来的真相："世界依旧。"[②]

维特根斯坦以颜色为例，说明一个词即便无法随口说出定义，其含义也天然存在。比如，如果某人问"'红'是什么意思"，我们通常会把红色的事物指给他看，而不会念字典上的释义。正如泽韦林·施罗德（Severin Schroeder）所说："颜色

---

① 普布留斯·维吉留斯·马罗（Publius Vergilius Maro，公元前70—前19），通称维吉尔，古罗马诗人。代表作品有《牧歌》《农事诗》《埃涅阿斯纪》等。——译注

② 梭罗的表达与维吉尔笔下那句"世界依旧"其实是一个意思，参见理查德森 *Henry Thoreau: A Life of the Mind*，第25页。

词……无法通过定义解释，只能借助外在形象加以说明。”[①] 同理，梭罗珍惜的那些事物——湖泊、树林、四季轮回、内心的雀跃，就像我们可以随口说出的那些颜色词，同样无法用语言形容。“这是红色的”，我们指着一个苹果、一朵玫瑰或是佛蒙特州（Vermont）[②] 的一座谷仓说。“这就是我在瓦尔登湖的生活，以及我在那儿是如何生活的，”梭罗一边敬告读者，一边向着那个被他发现的世界，同时也是他所创造的世界，挥手致意。

（联合撰文：布伦达·马克西-比林斯）

① 关于维特根斯坦对颜色词的使用，参阅泽韦林·施罗德，《维特根斯坦》（*Wittgenstein*，Cambridge，U. K.：Polity，2006），第 177 页。

② 佛蒙特州，美国东北部新英格兰地区州名，首府蒙彼利埃。——译注

章七

死　亡　Death

“我不预备写一首沮丧的颂歌”（5），梭罗在《瓦尔登湖》一书中借此箴言明志，应该说这本书没有让他失望。尽管孕育九年才得以面世，在此期间梭罗的情绪也时好时坏，然而他从未放弃自己的创作初衷：“我只把事情最好的一面示人”[①]，最后终于创作出一部鼓舞人心的励志之作。正因为如此，下面这段话在全书昂扬乐观的氛围里就显得出人意料：

---

① “我只把事情最好的一面示人，”梭罗从《瓦尔登湖》一书中删去的这句话引自罗伯特·萨特尔迈耶《重塑〈瓦尔登湖〉》（“The Remaking of *Walden*”）一文，《瓦尔登湖》英文第3版，第501页。

如果你直立而面对事实，你就会看到太阳闪耀在它的两面，它好像一柄东方的短弯刀，你能感到它的甘美的锋镝正剖开你的心和骨髓，你也欢乐地愿意结束你的人间事业了。生也好，死也好，我们仅仅追求现实。如果我们真要死了，让我们听到我们喉咙中的咯咯声，感到四肢上的寒冷好了；如果我们活着，让我们干我们的事务。(70)

这段著名的文字引自《我生活的地方，我为何生活》倒数第二段，梭罗之前写过类似的话，而且同样使用了“面对事实”这个不同寻常的说法，他似乎把自己正在做的事业想象成了另外一种形式的生死抗争：

边疆不在东边或西边，南边或北边，而是在一个人面对一个事实——虽说这事实只是他的邻居——的任何地方，在他与加拿大之间，在他与落日之间，或更远些，在他与它之间有一片荒无人烟的旷野。让他在他的所在地用树皮为自己建造一座小屋，面对它（fronting IT），在那儿进行一场历时七年或七十年的法兰西战争，同印第安人和别动队队员或任何可能出现在他与现实之间的东西作战，尽力保全自己的头皮。(《一星期》，304)

这两段话，无论是谈论的话题还是表达方式都非常相似，如果还说明不了问题，不妨参考一下杰弗里·奥布赖恩（Geoffrey O’Brien）的观点：“当梭罗在一句话里同时改用斜体字和大写字母时，你就明白到了关键的地方。”[1] 但是梭罗为什么要在《瓦尔登湖》中，伴着死神喉咙咯咯作响的招魂调，写上这样一段启示录呢？

梭罗的哥哥于1842年1月死于破伤风，几乎所有梭罗的研究者都认为此事对他的生活产生了深刻的影响。梭罗宣称他之所以奔赴瓦尔登湖展开实验不过是为了一些“私事”（17），事实上，他是想写完《康科德河和梅里麦克河上的一星期》，以此纪念他与哥哥约翰一同划着独木舟沿河旅行的经历。约翰去世时年仅二十六岁，梭罗身心均遭受重大创伤，甚至因为过于痛苦罹患牙关紧闭症，症状最严重时几乎殒命。1849年，梭罗又一次眼睁睁地看着三十六岁的姐姐海伦死于肺病，他自己后来也死于这种家族病。这些经历给梭罗的内心注入了新的紧迫感，事关生死，他希望能够一劳永逸地解决那些在他看来真正重要的问题。早在七十年前，塞缪尔·约翰逊[2] 就写下过这样的名言，“当一个人知道自己两星期后将被吊死，他会奇迹般变得心无旁骛”[3]。当然，梭罗不必担心被吊死，但是与死神擦肩而过的经历让他明白，生命何其短促，因此，他下定决心要到瓦尔登湖去，“去谨慎地生活，只面对生活的基本事

---

① 杰弗里·奥布赖恩对从《一星期》中引用的那段话的说明来自他撰写的《梭罗的生命之书》（“Thoreau’s Book of Life”）一文，见 *New York Review of Books*，15 January 1987，第47页。

② 塞缪尔·约翰逊（Samuel Johnson，1709—1784），英国作家、文学评论家和诗人。代表作有长诗《伦敦》（1738年）、《人类欲望的虚幻》（1749年）等。1755年编成《英语大辞典》，另外还是《莎士比亚集》（1765年）的编注者。——译注

③ 塞缪尔·约翰逊的名言，见 James Boswell，*The Life of Samuel Johnson*（New York：Knopf，1992），第748页。

实”（再次用到“面对”一词），并且“看看我是否学得到生活要教育我的东西，免得到了临死的时候，才发现我根本就没有生活过”（65）。

《瓦尔登湖》开篇几章文风强劲，正因为梭罗明白死亡意味着什么。当时他刚刚写完《康科德河和梅里麦克河上的一星期》，内心充溢着对约翰的回忆。他试图用号角一般激荡人心的文字，那种他心目中的“好”句子，那种“向着墙壁从脊背中迸发出来的句子”（《日记》，1851 年 11 月 12 日），唤醒自己和乡邻：

> 人可是在一个大错底下劳动的啊……像一本经书里说的……他们积累的财富，被飞蛾和锈迹再腐蚀，并且召来了胠箧的盗贼。这是一个愚蠢的生命，生前或者不明白，到临终，人们终会明白的。（7）

> 正是一个人怎么看待自己，决定了此人的命运，指向了他的归宿……仿佛蹉跎时日还无损于永恒呢。（8）

> 往长远处看去，人类总能达到他们的目标的，因此尽管事情一时之间是要失败的，目标还是不妨定得崇高些。（21—22）

> 所谓物价，乃是用来交换物品的那一部分生命，或者立即付出，或者以后付出。（24）

宇宙经常顺从地适应我们的观念；不论我们走得快或慢，路轨已给我们铺好。让我们穷毕生之精力来认识它们。（69）

《瓦尔登湖》一书之所以令人过目不忘，正得益于这样一些大气磅礴、坚决果敢的格言警句。一种紧迫感充斥其间，就像梭罗本人已被判处死刑，除了奋力写作，完全无暇他顾。

不过随着实验的进展，梭罗似乎发现，尽管对人生无常的认识能够激发我们对生活的热情（一如华莱士·史蒂文斯在诗中所写，“死亡是美的母亲”[1]），但如果抱着明天可能就会死掉的念头去生活，并不意味着就会得到幸福。这种新的理解慢慢潜入文字，《瓦尔登湖》一书的声调变得不再那么高亢刺耳，那种催人奋进的紧迫感也慢慢让位给某种更沉静、更引人遐思的东西。“如果我们不慌不忙而且聪明，”梭罗发表了新的见解，“我们会认识唯有伟大而优美的事物才有永久的绝对的存在。”为了避免读者怀疑自己丧失了斗志，他又补充了一句：“现实常常是活泼而崇高的。”（68）

---

① 华莱士·史蒂文斯的诗句摘自《星期日的早晨》（“Sunday Morning”），见其诗集 *Collected Poems*，第69页。

章八

距　离　Distance

作为传说中远离尘嚣的遁世之所，梭罗小屋可谓声名远播，但实际上，从爱默生的家门口到这里只有约2.4公里的脚程，从梭罗自己家走到这儿也不到1.75英里（约2.8公里），至于菲茨堡（Fitchburg）铁路，更是连六百码都不到。《瓦尔登湖》一书把文明社会摒弃在外，但小屋实际上与红尘俗世不过咫尺之遥，作者如何自圆其说？按照斯坦利·卡维尔的观点，梭罗的“问题不在于搞清楚该和邻居们说什么”，而在于“他是否有资格这么说”。[①] 事实上，他

① 卡维尔，问题在于“他是否有资格这么说”，见其著作 *The Senses of Walden*，第11页。

与邻居们近在咫尺，是否压根儿就没有资格说自己退隐山林？

一些《瓦尔登湖》的读者，痴迷于作者遗世独立的英雄形象，一旦发现，梭罗几乎每天都会走路进城，常常在家吃饭，而且不时有访客登门，难免会有被骗的感觉。梭罗对此早有先见之明，他一再强调，真正的距离存在于我们与更好的自我之间，而跨越这道鸿沟需要真正的英雄气概。他在《结束语》一章中发问，“在我们内心的地图上，可不是一块空白吗？”他进而敦促读者：“做一个哥伦布，寻找你自己内心的新大陆和新世界，开辟海峡，并不是为了做生意，而是为了思想的流通。”（215）梭罗的这番见解在维特根斯坦的文字中得到了回响：“为了下到深处，你不必长途旅行，你可以在自家后院做到这一点。”[①]

尽管如此，毕竟自己的实验场所距离康科德太近，梭罗还是担心遭人质疑。为了不至于被看成一个外出露营的小男孩，他大胆地为自己勾勒出一幅自画像：

> 我生活的地方遥远得跟天文家每晚观察的太空一样。我们惯于幻想，在天体的更远更僻的一角，有着更稀罕、更愉快的地方……我发现我的房屋位置正是这样一个遁隐之处，它是终古长新的没有受到污染的宇宙的一部分……就跟那些星座一样远离我抛在后面的人世，那些闪闪的小光，那些柔美的光线，传给我最近的邻居，只有在没有月亮的夜间才能够看得见。（63）

---

① 维特根斯坦，“为了下到深处”，引自 *Culture and Value*，第 50 页及以降。

这样一幅图景并非全出自想象。在19世纪中叶，邻村人家的电灯散射出温暖灯光的时代还远未到来，没有月亮的夜晚，瓦尔登湖周匝的树林漆黑一片。在镇上消磨了一个晚上之后，梭罗走在回小屋的路上，他这样写道，“只能用我的脚来探索我自己走出来的道路”，因为“就是在平常的晚上，森林里也比你们想象的来得更黑”（117）。此外，1850年的康科德共有两千三百户居民，其中只有十三户独居，而且是一水儿的寡妇或者嫁不出去的老姑娘，都是出于无奈而非自愿独自生活的。[①] 有鉴于此，梭罗主动选择隐居独处，就显得更加不合常情。

但是距离的问题——或者不妨说距离太近的问题依然没有得到合理的解释。迄今为止，还没有任何一部重要的美国文学作品像《瓦尔登湖》一样，仅仅因为作者的生活状况与书中的描述不符而饱受诟病。《哈克贝利·费恩历险记》（*Huckleberry Finn*）一书其实是马克·吐温[②]在哈特福德（Hartford）写的，但当读者发现这一点时，该书的声誉丝毫没有受损；《红色英勇勋章》（*The Red Badge of Courage*）一书的作者斯蒂芬·克莱恩[③]其实从未上过战场，但也没有因为

---

① 关于康科德很少有人独居的状况，我参阅的是 Robert A. Gross，“That Terrible Thoreau’: Concord and It’s Hermit,” *A Historical Guide to Henry David Thoreau*，第186页。1850年，仅仅距梭罗隐居瓦尔登湖的三年之后，户籍登记人员发现在康科德的2249个住户中，仅有13户远离亲人与朋友独居，且几乎都是无人照顾的女性：年迈、贫穷的寡妇或嫁不出去的老姑娘。她们独自过活是无奈之举，而不是出于哲学意义上的选择。

② 马克·吐温（Mark Twain，1835—1910），美国作家、演说家，美国批判现实主义文学的奠基人。代表作品有小说《百万英镑》《哈克贝利·费恩历险记》《汤姆·索亚历险记》等。——译注

③ 斯蒂芬·克莱恩（Stephen Crane，1871—1900），美国自然主义文学家，长篇小说《红色英勇勋章》为其代表作。——译注

真相曝光而形象坍塌。同样遭人诟病的只有海明威和弗罗斯特[①]，其相似之处在于，这两位作家都试图使其笔下的作品看上去像自己生活的延伸。杰弗里·奥布赖恩认为，“梭罗的作品之所以易遭诘难，主要在于它缺乏清晰的界限”。“开始你只是读一本书，随后你会发觉自己已经涉入一个人的生活。”[②]但是可以肯定的是，这并不仅仅是《瓦尔登湖》一书独有的现象：几乎所有自称根据真实经历撰写的回忆录都面临这种局面。换言之，梭罗面对的质疑并不在于距离，而关乎体裁。要想补救其实很简单：他只需将《瓦尔登湖》说成“一部小说”，就不会有人在意他多久进一趟城了。只要贴上一个“虚构文学”的标签，不管选择哪种文体，都会在作品和作者之间筑起一道防火墙：不妨想一下，有多少与事实有出入的大屠杀回忆录通过更名为“小说”得以“免责”。

然而，梭罗是不会避重就轻为自己正名的，他有自己的理由。“我从未读过小说，”他有一次声明，“小说中缺乏真实的生活和思想。”他坚持在《瓦尔登湖》第一页中确立的宗旨：“我对于每一个作家，都不仅仅要求他写他听来的别人的生活，还要求他迟早能简单而诚恳地写出自己的生活。”（5）他所写的生活确实与事实有不相符合的地方。比如他在书中说，“后面这些篇章，或者后面那一大堆文字”写于那间小屋（其

---

① 罗伯特·弗罗斯特（Robert Frost，1874—1963），美国诗人，曾四次赢得普利策奖，被誉为“美国文学中的桂冠诗人”。代表作品有《诗歌选集》《新罕布什尔》《林间空地》等。——译注

② 杰弗里·奥布赖恩，“开始你只是读一本书，随后你会发觉自己已经涉入一个人的生活”，出自他的随笔《梭罗的生命之书》。

实不是)。他还说，在林中居住的第二年与第一年“差不多”(其实不然，至少不尽然)。此外，除了《瓦尔登湖》开篇第一句，他极少谈起自己在写作上花费的时间。不过，梭罗的作品最终还是经受住了时间的考验。尽管那座著名的小屋距离康科德很近，但他借此为后人树立了典范，时至今日依旧涤荡人心，令人敬畏，僻静幽远。

章九

鼓　手 Drummer

为什么我们这样急于要成功，而从事这样荒唐的事业？如果一个人跟不上他的伴侣们，那也许是因为他听到的是另一种鼓声。让他踏着他听到的音乐节拍走路，不管那拍子如何，或者在多远的地方。（219）

梭罗总能惹得一众文坛名家对自己口诛笔伐。他苦口婆心劝人过简朴生活，搞得霍桑恼羞成怒，认为他“让一个人觉得有点钱花，有一幢房子住，甚至连有两件衣服穿都是件羞耻的事儿”。[1]爱默生曾经把梭罗视为自己最好的朋友，后来备感失望，按照他的说法，梭罗是个很难取悦的人，为人偏激且好争辩，既缺乏远大志向也没什么文学天分。梭罗去世三年后，詹姆士·拉塞尔·洛威尔[2]又补上一记重锤，在他看来，梭罗毫无幽默感且极端自我，而且书写得太啰唆：“他每天查看自己的体温达十三次之多。”[3]亨利·詹姆斯[4]认为梭罗的“怪癖”削弱了作品的力量，并且认为“只有他写得最好的文字值得一读”。[5]罗伯特·路易斯·史蒂文森[6]则讽刺他是一个“假正经”，一个“躲躲闪闪的人”，并且批评他沉溺于独处，甚至将好朋友都拒于千里之外：“一个人，如果必须将自己与邻居们隔绝开来才能找到快乐，那么，这与一个为了同样目的吸食鸦片的人又有什么两样。”[7]

本文开头那段引文非常著名，流传至今已经演化成为当代

---

① 霍桑的说法，引自莱昂·埃德尔（Leon Edel），*Henry David Thoreau*（Minneapolis：University of Minnesota Press，1970），第28页。

② 詹姆士·拉塞尔·洛威尔（James Russell Lowell，1819—1891），美国作家、批评家、编辑及外交官，代表作品有《比格罗诗稿》等。——译注

③ 爱默生关于梭罗的评价，包括后文中“采浆果远足队”的说法，见《梭罗》（“Thoreau”），《瓦尔登湖》英文第3版，第407页。洛威尔写的《梭罗》一文重版亦收入此书，他对梭罗“查看自己的体温达十三次之多”的轻蔑态度见该书第417页。

④ 亨利·詹姆斯（Henry James，1843—1916），美国小说家、剧作家、散文家。代表作有长篇小说《一个美国人》《一位女士的画像》《鸽翼》《金碗》等。——译注

⑤ 詹姆斯的评价，参见他撰写的《文学论文：美国作家、英国作家》（*Essay on Literature: American Writers, English Writers*，New York：Library of America，1984），第265，391—392页。

⑥ 罗伯特·路易斯·史蒂文森（1850—1894），英国小说家。代表作品有长篇小说《金银岛》《化身博士》《卡特丽娜》等。——译注

⑦ 史蒂文森对梭罗的看法来自其随笔《亨利·戴维·梭罗》，参见 *Selected Essays*，第129，131—132，134，147页。

英语语言的一部分。梭罗通过它表达了对“按照不同鼓点的节奏行进的人”的赞美之情，当然也正是这种立场使他成了众矢之的。梭罗是个坚定的个人主义者，很难交到朋友，也无法融于文明社会。史蒂文森曾经引用梭罗对于一个简单邀约的回复，批评他已经自大到走火入魔的地步——“鉴于我与自己有约在先，因此无法保证前往赴约”。爱默生发出痛惜的悲叹：“原本可以为整个美国出谋划策，却只是做了采浆果远足队的首领。”毕竟，如果每一个人都按照不同的鼓点行进，是跟不上游行队伍的步伐的。

18 世纪，伏尔泰[①]在评论帕斯卡[②]的《思想录》时也给出过类似的批评。（这种抨击通常都会以一个问题的方式出现：“如果每个人都像这样生活会怎样？”）如果不注明出处，帕斯卡的文字就像是读者在《瓦尔登湖》中无意间漏读的一段：“一个人所有的不幸都来源于一个事实，那就是无法一个人安安静静在房间里待着”[③]。伏尔泰对此并不买账：“一个人会变成什么样呢？”他问道，“保持着一种不活跃的状态，难道只是在自我沉思？我敢肯定这样的一个人，不仅仅是一个白痴，一个社会的寄生虫，而且我还将同样大胆地断言，这种人根本

① 伏尔泰（1694—1778），本名弗朗索瓦 - 马利 · 阿鲁埃（François-Marie Arouet），18 世纪法国启蒙思想家、文学家、哲学家。被誉为“法兰西思想之王”“欧洲的良心”。代表作为《哲学通信》《路易十四时代》《老实人》等。——译注

② 帕斯卡（Blaise Pascal，1623—1662），法国数学家、物理学家、哲学家、散文家。主要作品有《算数三角形》（1653 年）、《几何的精神》（1657 年或 1658 年）、《思想录》（生前未完成）等。——译注

③ 帕斯卡对“一个人所有的不幸”的分析来自《思想录》（*Pensées*），ed. Louis Lafuma（Paris：Delmas，1948），第 136 段。

就活不下去。”帕斯卡赞美神秘主义，伏尔泰则抨击这种神秘倾向，坚持立足于现实。他认为，天才作为个体不能凌驾于社会习俗之上；行动比空想要有价值得多。帕斯卡和梭罗一样，都关注当下，伏尔泰却坚信必须接受现实的试炼：“难道人们一不开心，就要将时间都用于思考当下吗？那么，就没有人播种、筑屋、种植，也没有人生产日用品了。”[①] 有人认为梭罗的《经济篇》蕴含着一种“节俭的困境”：虽然勤俭节约值得称道，但是如果所有人都不再消费，经济就会如自由落体一般垮掉。这种看法可以说与伏尔泰对帕斯卡的批判一脉相承。

事实上，梭罗在帕斯卡和伏尔泰的论辩中无论立于哪一方都站得住脚：他既是康科德精神上最清醒的哲人，同时又是一流的能工巧匠。两者既矛盾又统一。比如，在开始写《瓦尔登湖》之前，他已经开始采用远处传来的鼓声这个意象，但并不是为了给个人主义者争得一席之地，而是为了传递身处人群之中的温暖。在《康科德河和梅里麦克河上的一星期》里，当他和哥哥一起躺在梅里麦克河畔，马上就要进入梦乡的时候，他听到“在远处的暗夜”传来某个新手敲鼓的声音，据说是为一次乡村集会做准备。听起来梭罗有意加入队伍：“我们可以叫他放心，他的鼓声将会有人响应，队伍会召集起来。别担心，你这夜间的鼓手，我们也将到场。”（173）

最后一句，当然是典型的梭罗式的夸张，更多是出于修辞

---

① 伏尔泰对帕斯卡的批评，见 *The Works of Voltaire*, vol. 21, trans. William F. Fleming（Paris: DuMont，1901），第 234 页。

上的考虑，并不意味着他真要加入队伍。“梭罗是一位擅长运用夸张和比拟的作家。”史蒂文森曾经给出过这样的评价。他能够借用另外一个鼓手的鼓点传递出两种截然不同的观点。在《康科德河和梅里麦克河上的一星期》中，他并没有真的加入游行队伍，而《瓦尔登湖》一书让我们更清楚地认识到，他其实从来就没有真的要加入的打算。

总体来看，梭罗个性质朴，有时爱唱反调，正好符合尼采在下面这段话中刻画的那类人。这类人的形象与梭罗本人的自画像以及熟人眼中的梭罗完全相符：

> 专门致力于知识的、具有自由精神的人，将发现他们的外部生活目标、他们最终的社会地位以及在国家中的地位，很快就得以实现，例如，他们对小职位或刚够生活的财富欣然感到满意；因为他们将这样来安排生活，从而使得外部财富的巨大改变，甚至政治秩序的颠覆，不至于彻底改变他们的生活。他们尽可能少花精力在所有这些事情上，这样他们就可以用足全部积攒的力气，差不多是深深地吸了口气，一下子潜入到知识的海洋中。于是他们可以希望潜得很深，大概还可以见到海底。——他也了解工作日的不自由、不独立以及为他人做嫁衣的烦恼。但是时不时必然有一个星期天降临到他头上，要不然他将忍受不了生活。——也许，甚至他对别人的爱也将是小心翼翼，有点气喘吁吁，因为他只想在对于实现知识目的而必要的范围内，与有各种倾向的世界和

盲目的世界打交道。[1]

“如果每个人都那样，生活会怎样？”在尼采看来，这种假设无疑才是“最大的危险”[2]，同时他使用了一个音乐性的隐喻来说明这一点，因为“人类至今最伟大的工作是相互之间关于非常多的事物达成一致”，个人主义洪流的滥觞，以及随之伴生的“感觉、视听上爆发出来的随心所欲”，威胁着所有的一切：

> 需要有德之愚，需要慢三步思想者的坚定不移的击拍者，从而伟大的总体信仰的相信者聚集在一起，继续跳他们的舞蹈。这是一种第一等级的生活之必需，是它在这里发出指令和要求。我们其他人则是例外和危险，我们永远需要自卫！——现在真的要为例外说句话了，前提是，它从来不想要成为规律。

“我却不愿意任何人由于任何原因，而采用我的生活方式。”[3]梭罗给出了这样的建议，应该说比尼采更早一步拉响警笛。但他随即又恢复了一贯的立场，就是会让社会机器停摆的

---

① 尼采对“具有自由精神的人”的描述见《人性，太人性的》，第173—174页。

② “最大的危险”一段，引自尼采《快乐的知识》（*The Gay Science*，trans. Walter Kaufmann，New York：Vintage，1974），第130—131页。

③ 梭罗坚称，“我却不愿意任何人由于任何原因，而采用我的生活方式”。对此，瓦尔特·哈丁（Walter Harding）评论道：“请注意，这一句是非常重要的，因为大多数人都会问，‘如果都像T（梭罗）一样生活会怎样？’”

那种立场，“我愿意每一个人都能谨慎地找到并坚持他自己的合适方式，而不要采用他父亲的，或母亲的，或邻居的方式”（52）。如果失去了节拍器，我们中的每一个人都需要奏响自己的鼓点儿。

章十

实　验　Experiment

这里就是生命，一个实验，它的极大部分我都没有体验过。(9)

可是，让我赶紧来叙述我自己的实验吧。(31)

目前要写的，是我的这一类实验中其次的一个，我打算更详细地描写描写，而为了便利起见，且把这两年的经验归并为一年。(60)

我们是一个实验的材料，但我对这个实验很感兴趣。(94)

梭罗把他在湖畔居住的二十六个月描述为一场“实验”，这个概念在《瓦尔登湖》整本书中反复出现。假如作者改用其他词来描述这段经历，又会给该书的内涵带来什么样的改变？

1. 探险（*adventure*） 事实上，梭罗在《经济篇》开篇不久就用过探险一词。他坚信，在生存的基本需求得到满足之后，一个人就应该去展开“生命的探险”（14）。不过，他当时应该已经察觉到，探险的说法容易让人联想到《鲁滨逊漂流记》一类写给男孩们读的书，从而削弱自己这部作品的力量。另外需要顾及的一点是，最早一批读到他的书的应该正是康科德的近邻，用威廉·E.凯恩引述的话说，“梭罗其实就住在家里，他每天都回家，只是在他的小屋里‘露营’罢了”。因此，如果采用富有英雄气概的“探险”一词来描述自己的反常行径，极有可能贻笑大方。

2. 经验（*experience*） 梭罗很爱用的一个词，比如在摘自《经济篇》的这段文字中：

> 我从两年的经验中知道，甚至在这个纬度上，要得到一个人所必需的食粮也极少麻烦，少到不可信的地步。（45）

相比起实验，“经验”一词要更温和，而且梭罗会说法语，他想必一定知道该词在法语中（expérience）兼具实验和经验两重意思。

3. 旅程（*trip*） 容易让人联想到旅行类书。梭罗倒是很喜欢读这类书，而且“旅程”一词经常被引申为（自我）发现的旅程，在《瓦尔登湖》中，这也是一个经常被挖掘的主题。

但是鉴于梭罗选择的落脚点距离自己家只有一英里多的路程，称之为一段旅程确实牵强。

4. 停留（*stay*） 中性词，与梭罗想要通过这二十六个月的生活传递出来的乐观态度不太契合。

5. 逗留（*sojourn*） 意为“短暂停留”，但也隐含有某种自我放逐的意味。表面看来是不二之选，但梭罗在《瓦尔登湖》开篇第一段用过这个词，只不过描述的是重返文明社会后的生活，因为在他看来，所谓的文明生活才是一场暂时的逗留。正如保罗·约翰逊（Paul Johnson）所说的，梭罗“将自己又放逐回了社会”。

6. 居住（*residence*） 让人联想到定居和文明，从而弱化梭罗希望借由这段经历完成一次探索的初衷。

相对而言，“实验”一词，由于具有科学属性，无疑给梭罗的林居生活增添了严谨有序的氛围，也就不显得那么怪诞神秘了。虽然梭罗继承了浪漫主义对灵性“自然”的热忱，但他对科学却抱有真正的兴趣。华兹华斯曾经把科学推理描述为“次要的才能，任其冒充高贵，也只能繁育出差别”（《序曲》第二卷，216—217 行）。然而，《瓦尔登湖》一书却是作者想要跨越科学与诗歌、理性与直觉、现实与想象之间鸿沟的一种尝试。梭罗采用“实验”一词，其最大好处在于给自己的尝试增加了可信度，这种可信度得来不易，是他在爱默生那里没有找到的。

一项科学实验往往从一个假说开始，旨在解决某个问题。梭罗之所以前往瓦尔登湖，也希望借此解决一些具体问题，首先是化解职业生涯的危机。事实证明，他并不适合教书，之前创作的诗歌和散文也只有通过学园讲座的机会才能获得零星收入。虽然爱默生通过这种渠道收入颇丰，但是梭罗在演讲方面与爱默生根本无法相提并论，因此一直没能摆脱打零工的窘境。虽然有家族的铅笔生意可以经营，而且他也做得不错，但他并不喜欢这桩买卖。事实上，除了写作之外，梭罗对任何一种循规蹈矩的工作都不耐烦。“我爱给我的生命留有更多余地。”在描述一个夏日清晨的时候，他这样写道：“我坐在阳光下的门前，从日出坐到正午，坐在松树、山核桃树和黄栌树中间……凝神沉思。”这才是他珍惜的体验，但他也承认，“在我的市民同胞们眼中，这纯粹是懒惰”（79）。即便是讲课之类的智力劳动在他看来也令人心烦。“讲一晚上课可以有五十元收入，”他在写给哈里森·布莱克[①]的信中说，“但是想想冬天？……我才不想拿我的命去换钱，一点儿也不。”[②]

梭罗在写给布莱克的第三封信里摆出了问题：“如何赚得面包是一个大问题……这是摆在人类面前最紧要也最实际的问题。”从某种意义上说，梭罗和大多数人一样，只不过想找到一种不太耗时的谋生方式罢了。此外，梭罗的职业焦虑也折射出爱默生观点的影响。爱默生认为择业至关重要。根据谢尔曼·保罗（Sherman Paul）的研究，“追随爱默生的年轻人无一例外在择业时都遇到过困难”。“一个人面对的社会压力会集

① 哈里森·布莱克（Harrison Gray Otis Blake，1816—1898），曾担任美国俄亥俄州议员，美国内战后放弃政途，成为律师和商人。经爱默生介绍与梭罗相识，之后往来通信长达十二年之久。——译注

② 梭罗在写给布莱克的信中表示自己不愿意冬天里去讲课，见 *Henry David Thoreau*, *Letters to a Spiritual Seeker*, ed. Bradley P. Dean（New York：Norton，2004），第 145 页。他认为“如何赚得面包是一个大问题”的说法见同一本书的第 41 页。

中体现在职业的选择上：这是一个价值冲突的战场，一个决定是否能赢取回报的赌局”。保罗认为梭罗事实上“一辈子都在拖延，不愿意从事任何一项人们普遍认可的职业”，并以此逃避社会“压力”。[①]在《文学的道德》(“Literary Ethics”)一文中，爱默生把择业问题推到了存在主义的高度。在这篇1838年写给达特茅斯学院高年级学生的演讲稿中，他敦促学生们：“做出那个选择的时刻是你的历史性危急时刻。注意紧紧地把握住自己的智慧。”[②]梭罗显然把这些教诲铭记在心。

该如何谋生，又该如何生活？梭罗之所以到瓦尔登湖展开实验，就是为了把两方面的问题一并解决。他用一个著名的假设破题：如果能够减少需求（“简单，简单啊”[65]），就可以花更少的时间工作，更多的时间生活。通过退隐山林，他找到了区分生活必需品与多余赘物的方法。

> 虽然生活在外表的文明中，我们若能过一过原始性的、新开辟的垦区生活还是有益处的，即使仅仅为了明白生活必需品大致是些什么。(11)

托马斯·卡莱尔倡导“缩小分母”——也就是说，将消耗我们收入的生活必需品的份额尽可能缩小[③]——梭罗得其要

① 谢尔曼·保罗敏锐地捕捉到梭罗择业困难的原因，见 *The Shores of America: Thoreau's Inward Exploration*(Urbana：University of Illinois Press，1972)，第16，21页。

② 爱默生《文学的道德》讲稿，见 *Emerson: Essays and Poems*，第111页。

③ 卡莱尔的名句，“生命的价值不是通过增加你的分子来增加，而是通过缩小你的分母来增加”，见“The Everlasting Year”，《旧衣新裁》(*Sartor Resartus*)，London：Chapman and Hall，1831，第132页。

旨，种豆子，穿旧衣，筑木屋，日子过得简省：“我发现，每年之内我只需工作六个星期，就足够支付我一切生活的开销了。”（50）在他看来，每一个人都可以这样生活：流汗劳动来养活自己，并不是必要的，除非他比我更要容易流汗（52）。另外，他还给出了实验的结论：

> 至少我是从实验中了解这个的，一个人若能自信地向他梦想的方向行进，努力经营他所想望的生活，他是可以获得通常还意想不到的成功的。（217）

《瓦尔登湖》实验还结出了另外一样硕果。梭罗在湖畔居住期间在写作上花费的时间其实最多，因为这项实验本身就与写作有关，其目的是找到一种理想模式，能够将作者本人的才华与志趣完美地结合在一起。梭罗不是小说家，也不是剧作家，作为诗人也并不成功。他既不以传统的布道体见长，也并不是一位自然作家。他究竟展开了一场什么样的实验，又开创了一种什么样的写作模式呢？丹尼尔·S. 米洛（Daniel S. Milo）借用克劳德·贝尔纳[1]的观点评论道：“实验就意味着对客体施行暴力。”他认为，任何一场实验都至少涉及以下的程式之一：“给 X 元素添加与之无关的 Y 元素；从 X 元素中移除其构成要素 X1；改变度量衡：采用非常规的度量单位观察和

① 克劳德·贝尔纳（Claude Bernard，1813—1878），法国生理学家，是最早提出盲法试验的人。——译注

分析 X 元素。”[1]《瓦尔登湖》一书发起的实验正是要向传统文体“施行暴力”。

对探险—旅行—发现一类图书而言，距离因素至关重要，《瓦尔登湖》却摒弃了这一要素——相较而言，瓦尔登湖距离康科德城确实太近了。梭罗笔下也从未有过任何真正的险情，至少没有任何来自外界的危险发生。从这个角度来说，把《瓦尔登湖》当作一本探险—旅行—发现类的书并不适合。不过，梭罗有自己的独到见解。真正的旅程，真正的远方，其实在人们的心中：因为“在我们内心的地图上，可不是一块空白吗”，需要一种全然不同的努力去充实。“你得做一个哥伦布，寻找你自己内心的新大陆和新世界，开辟海峡，并不是为了做生意，而是为了思想的流通。”（215）梭罗坚信，开启这样的航程需要真正的勇气：“到你内心去探险。这才用得到眼睛和脑子。只有败军之将和逃兵才能走上这个战场，只有懦夫和逃亡者才能在这里入伍。”（216）换句话说，很少有探险故事涉及精神领域的探索，而梭罗为这类作品注入了新的元素。探险不再只是为了发现加利福尼亚、秘鲁之类物理空间中的新地标，而是为了唤醒围绕在我们身边的奇迹，甚至不惜失去自我（117），因此，当他写道，“这一些经验对我是很值得回忆和很宝贵的”（120），并不是因为这些经验能够指引他发现一座金矿或是一片新大陆，而是因为它们使他能够看见“天空在我脚下，正如它之又在我们头上”（190）。与《瓦尔登湖》一书

---

① 关于实验的探讨，见丹尼尔·S. 米洛，“Towards an Experimental History of Gay Science,” *Strategies* 4/5（1991），第 90—91 页。

不同，查尔斯·达纳的《桅杆前的两年》[1]恰好是一本典型的旅行—探险故事，梭罗却能够借用达纳书中的一些词句表达出不一样的内涵，这无疑是他的长项：

> 我不愿坐在房舱里，宁愿站在世界的桅杆前与甲板上，因为从那里我更能看清群峰中的皓月。我再也不愿意下到舱底去了。(217)

斯蒂芬·芬德认为,《瓦尔登湖》还具备自助类书——譬如农业改良、家庭理财、继续教育一类书的某些特点。不过梭罗从中剔除了这类书的实用性。[2]他自己记的账一塌糊涂：建小屋时，他多花了冤枉钱买别人家木屋的旧木板；他在书中对地价、税金以及自己付出的劳动成本只字未提。他种的豆子虽然出名，但事实上并不适宜在此地耕种；他播种太晚，种得又太稀，而且忘了给土壤施肥。更要命的是，自助类文学普遍认同的成功密钥在于严于律己和勤奋工作，而梭罗对此却完全不买账。他说："我们又生就的爱夸耀我们所做工作的重要性。"（11）下面这段话在前文中引用过，从中可以看出，在梭罗执意奉献给读者的这本书中，拯救之道恰恰蕴藏在保持内心觉察的安闲之中：

---

①《桅杆前的两年》发表于1840年，亦有译作《航海两年》或《水手两年》的，作者为美国政治家、作家理查德·亨利·达纳（Richard Henry Dana，1815—1882），而非查尔斯·达纳（Charles Dana）。此处疑为作者笔误。——译注

② 斯蒂芬·芬德关于《瓦尔登湖》一书是否属于自助类文学的有益探讨，见他为1997年牛津世界经典丛书版《瓦尔登湖》所作的序言。芬德同时指出梭罗的账目其实一塌糊涂，地也种得不怎么好。

> 有时候，我不能把眼前的美好的时间牺牲在任何工作中，无论是脑的或手的工作。我爱给我的生命留有更多余地。有时候，在一个夏天的早晨里，照常洗过澡之后，我坐在阳光下的门前，从日出坐到正午，坐在松树、山核桃树和黄栌树中间，在没有打扰的寂寞与宁静之中……我在这样的季节里生长，好像玉米生长在夜间一样。(79)

通过这样的时刻，《瓦尔登湖》似乎提前道破了安德烈·布勒东(Andre Breton)在《娜嘉》(*Nadja*)一书中得出的结论："每一个人都有权利等待揭示他自己生命意义的事件……不是以工作为代价就可以出现的。"[1]

再者说，如果把《瓦尔登湖》看作一本自助书，该书在内容上比例严重失调。作者记录日常花销时故作严谨，甚至精确到了四分之一美分，对湖面结冰和化冰日期的记录一丝不苟，至于季节更替的时日更是分秒不差——从中可以看出杰弗里·奥布莱恩的观点，梭罗的"天才之处在于，每当卡壳在最简单的一些问题上，他会抓住这个问题不放，进而催生出一千个其他的问题"[2]。就像一个人一遍又一遍不停重复某一个熟悉的词，直到这个词听上去渐渐变得陌生起来，梭罗不断地观察自己，观察山林，观察人们的生活方式，直到新的问题拱现出来："为什么恰恰是我们看到的这些事物构成了这个世界？"

① 布勒东对工作的轻蔑态度参阅其著作《娜嘉》，trans. Richard Howard (New York: Grove, 1960)，第60页。

② 杰弗里·奥布莱恩，《梭罗的生命之书》。

（153）梭罗给出的答案在自助类图书中是找不到的，因为它并不是种玉米或盖房子的指南，也不是发财致富的秘籍，而是某种全然不同的东西。如果你能够把《瓦尔登湖》一书视为向导，就会像梭罗指出的那样，发现"上帝之伟大就在于现在伟大"（69），即便这一刻是处在"这个不安的、神经质的、忙乱的、琐碎的19世纪生活里"（221）。如果我们信赖梭罗，《瓦尔登湖》就不仅是一场实验，而是一次见证。

（联合撰文：保罗·约翰逊、艾莉森·迈耶和米歇尔·皮特）

章十一

时 尚 Fashion

梭罗对时尚不以为然。在《经济篇》中，他对食物、衣服、住所等生活必需品逐一审视，其批评态度可见一斑："先说衣服，我们采购衣服，常常是由爱好新奇的心理所引导的，并且关心别人对它的意见，而不大考虑这些衣服的真实用处。"（18）这种对价值交换的批判态度可以从马克思主义那里找到原型，起初不过是梭罗开出的药方的一部分，其做法是通过降低欲求，让生活境遇得到改善。每个星期天的早上，康科德城的生意人都会雷打不动地奔赴教堂，渴望维系一份与现实生活不同的精神生活。《瓦尔登湖》一书要做的，却是要打破现实生活与精神生活之间的界限。“我们的整个生命是惊人地精神性的”（148），梭罗通过这句话强化了自己的观点。为此，作者频频使用一些既可用于经济学范畴又可用于精神生活的词汇，比如他偏爱的价值（*value*）一词，从而将对时尚的探讨提升到道德的高度：

> 但我很明白，一般人心里，为了衣服忧思真多，衣服要穿得入时，至少也要清洁，而且不能有补丁，至于他们有无健全的良心，从不在乎。（18）

按照《瓦尔登湖》一书的观点，努力追逐时尚不过是浪费时间。而时间在梭罗的眼中从来都是最可宝贵的财富。他坚信：“所谓物价，乃是用于交换物品的那一部分生命，或者立即付出，或者以后付出。”他由此得出推论，治愈不满与绝望的“唯一的医疗方法”就是“一种严峻的经济学，一种严峻得更甚于斯巴达人的简单的生活，并提高生活的目标”（66）。这种“严峻的经济学”对建筑业持否定态度，认为它是从一种没有必要存在的劳动分工中衍生出来的，从而使盖房子变成了一种专门的行当，并且助长了装饰的浮夸之风。“建筑上的大多数装饰确实是空空洞洞的，”在梭罗看来，“一阵9月的风可以把它们吹掉，好比吹落借来的羽毛一样，丝毫无损于实际。并不要在地窖中窖藏橄榄和美酒的人，没有建筑学也可以过得去。”（36）紧接着，作者又一次自如地将词语的字面含义切换为一种道德隐喻：“在用美丽的饰物装饰房屋之前，必须把墙壁剥去一层，还得剥除一层我们的生命。”（29）

梭罗对文学同样持批评态度：

> 如果在文学作品中，也这样多事地追求装饰风，如果我们的《圣经》的建筑师，也像教堂的建筑师这样花很多的时间在飞檐上，结果会怎样呢？那些纯文学，那些艺术学和它们的教授们就是如此矫揉造作的。（36）

如果梭罗对待文学的态度真的如此轻慢执拗，不愿登堂入室，只能说明他对自己的作品一无所知。因为《瓦尔登湖》一书恰恰字字珠玑，通篇都是作者鞭挞的那种美文，字里行间双关语、暗喻、比拟、典故随处可见，用词多有新解，且长于铺陈，善用格言警句，其文风着实与“剥去一层”不大相称。（这项伟业尚待海明威来完成。）举例来说，紧随在“简单，简单啊”这句口号后面的，就是用词多达八十五个的长句（65—66）。[①] 不管怎样，假如真的有本纯“实用版”的《瓦尔登湖》，又会是什么样子？一本操作指南？因此，虽说具有自助书的一些特点，《瓦尔登湖》与这类书却有很大不同，正是这些不同之处成就了一部文学经典。

尽管如此，梭罗不会轻易放弃对时尚的抨击。事实上，他

---

① 在《我生活的地方，我为何生活》一章中，梭罗用这个长句讽刺国家“臃肿庞大”，并提倡一种严峻的经济学，一种严峻得更甚于斯巴达人的简单的生活。“国家是有所谓内政的改进的，实际上它全是些外表的，甚至肤浅的事物，它是这样一种不易运用的生长得臃肿庞大的机构，壅塞着家具，掉进自己设置的陷阱，给奢侈和挥霍毁坏完了，因为它没有计算，也没有崇高的目标，好比地面上的一百万户人家一样，对于这种情况，和对于这些人家一样，唯一的医疗办法是一种严峻的经济学，一种严峻得更甚于斯巴达人的简单的生活，并提高生活的目标。”

提前揭示了阿道夫·洛斯[①]的观点，甚至包括很多细节。洛斯的著名檄文《装饰与犯罪》（"Ornament and Crime"）发表于1908年，给后世包豪斯[②]建筑的现代主义风格提供了灵感源泉。[③]洛斯与梭罗观点一致，他发现时尚业需要"资金投入"，这使得那些时尚达人比不追逐潮流的人更加困窘。此外，洛斯还认为，时尚之累不成比例地压在了女性身上，不仅因为她们是这一行业的目标客户，同时也因为她们是这个行业的主要劳力，而且拿着"令人发指的低工资"。《瓦尔登湖》一书的观点与之类似，指出"衣服是要缝纫的，缝纫可是一种所谓无穷无尽的工作；至少，一个女人的衣服是从没有完工的一天的"（19）。洛斯甚至放言："文化进步与去除日常用品的装饰是同义的。"装饰是"人力、财力以及物力的一种浪费"；它是一种被我们过度发展的，或者说注定会被我们过度发展的、原始色情的遗存。像梭罗一样，洛斯之意不在于评论文化，而在于探

---

① 阿道夫·洛斯（Adolf Loos，1870—1933），奥地利著名建筑师与建筑理论家。他指出"装饰即犯罪"，主张建筑以实用与舒适为主。——译注

② 包豪斯，德语 Bauhaus 的译音，由德语 bau（建造）和 Haus（房屋）两词合成。得名于1919年成立的德国包豪斯设计学院。该学院以包豪斯为基地，形成了现代建筑中的一个重要派别——现代主义建筑。包豪斯派主张适应现代大工业生产和生活需要，讲求建筑的实用功能，从而使艺术全面而完整地介入普罗大众的现代生活。——译注

③ 洛斯的《装饰与犯罪》一文收录于 Ulrich Conrads，ed.，*Programs and Manifestoes on 20th-Century Architecture*（Cambridge：MIT Press，1971），第19—24页。所引文字分别见该书第20，22，24页和19页。关于洛斯这篇论文的相关评论，见米里亚姆·古塞维奇（Miriam Gusevich），"Decoration and Decorum，Adolf Loos's Critique of Kitsch，" *New German Critique* 43（Winter 1988），第97—123页；以及彼得·沃伦（Peter Wollen），*Raiding the Icebox: Reflections on Twentieth-Century Culture*（Bloomington：Indiana University Press，1993），第13—16页。出人意料的是，洛斯因恋童癖遭到指控后逃离维也纳去了巴黎，并在那里为约瑟芬·贝克（Josephine Baker）设计了一所房子。

讨道德。“装饰的缺失，”他总结道，“是心智强大的标志。”

“男女都爱好新式样”，在《瓦尔登湖》中，梭罗讥讽地把“这种稚气的、蛮夷的趣味”定义为时尚。(21)而洛斯认为，装饰是原始人——巴布亚人(Papuan)，会把自己的敌人吃掉，并且“遍体文身，以及他的船、他的桨，简而言之，所有他可及的事物”——的遗存，与梭罗对时尚表达出的不屑如出一辙。事实上，洛斯在这里借用的观点可以溯源至19世纪最富影响力的实证主义哲学。按照奥古斯特·孔德[①]的理解，所有的文明都必须经历从婴儿期的“神学”阶段，到青少年期的“形而上学”阶段，再到最后壮年期的“实证主义”阶段。[②]如果说神学家将灌木丛起火归因于上帝的临在，形而上学主义者将之归因于“燃素”之类无法检测的抽象物，那么实证主义者则会去寻找火柴。该哲学体系后来进一步升级，甚至在梭罗去世之前，就已经被用来为欧洲的帝国主义脱罪：“成熟”的文明不过是婴儿期文明的“成人版”罢了。

维特根斯坦同样摒弃时尚。像梭罗一样，他克己少食，着装朴素，拒绝使用任何带装饰的家具。他在维也纳为自己的姐姐设计建造了一幢房子，如今被视为极简主义建筑的纪念碑。更为重要的是，对装饰的摒弃甚至引出一个哲学命题，在《逻辑哲学论》一书中，维特根斯坦剔除了无意义的形而上学的推断，代之以功能性的数学逻辑。该书开篇第一句是，“世界是一切发生的

---

① 奥古斯特·孔德(Auguste Comte，1798—1857)，法国著名的实证主义哲学家，社会学家。——译注

② 有关实证主义的内容，见奥古斯特·孔德，*Introduction to Positive Philosophy*，trans. Frederick Ferré (Indianapolis，Ind.：Bobbs-Merrill，1970)。

事情。”[1] 梭罗曾经着迷于一个问题，“为什么恰恰是我们看到的这些事物构成了这个世界？”（153）而维特根斯坦的这句话，简直就像是专门为梭罗的问题准备的答案。

从梭罗对时尚的抨击态度中可以看出他对超验主义的不满情绪日益增长，那么究竟程度如何呢？[2]1856年，梭罗给B.B.威利（B. B.Wiley）写过一封信，清晰地流露出实证主义的观点：“此刻我不记得孔子直接谈起过任何有关人类‘起源、目的和命运’之类的话题。他要比这务实得多。”[3] 在写这封信的两年前，《瓦尔登湖》一书出版，此书文风介于爱默生高调的抽象主义与梭罗日记彻底的写实主义之间，犹如一座中途的驿站。在更早出版的《康科德河和梅里麦克河上的一星期》中，这种折中的写法已初露端倪，他写道：“还有种种棘手的问题待解决，我们必须尽可能在精神与物质之间兢兢业业地度过这样的人生。”（73—74）不过，退居林间之后，正如《瓦尔登湖》一书内文的层层推进，梭罗越来越重描写、轻说教，并且几乎完全抛弃叙事。他心里一定清楚，自己属意于写一本与时尚无关的书，然而他未曾预见到的是，这本书会沉寂了近半个世纪才觅得知音。

（联合撰文：劳伦·莱斯特和卡莉·罗奇）

---

① “世界是一切发生的事情”是维特根斯坦《逻辑哲学论》的第一句，见 *Tractatus Logico-Philosophicus*，trans. C. K. Ogden（Minneola，N.Y.：Dover，1999），第29页。

② 彼得·沃伦在其著作 *Raiding the Icebox* 一书中将对装饰的批判与对形而上学的驳斥联系起来，参见该书第39—40页；海德格尔评论家鲁道夫·卡尔纳普（Rudolf Carnap）通过其1932年题为“通过对语言的逻辑分析克服形而上学”（“The Elimination of Metaphysics through Logical Analysis of Language”）的论文明确表达了对形而上学的批驳。

③ 梭罗关于孔子的议论转引自乔尔·波特的 *Emerson and Thoreau: Transcendentalists in Conflict*，第112页。

章十二

长　笛　Flute

“在温和的黄昏中，我常坐在船里弄笛。”（120）

“今夜，我的笛声又唤醒了这同一湖水的回声。”（107）

梭罗认为音乐“使人迷醉”，于是将之与葡萄酒、烈酒、咖啡和茶归为一类——“啊，受到它们的诱惑之后，我曾是如何的堕落！”（147）然而，尽管他不时说教一番，劝人们远离音乐，但实际上，他的父亲、哥哥和他本人都会吹奏长笛，而且即便前往瓦尔登湖时，他也没忘了把长笛带在身边。梭罗最喜爱的歌曲是《汤姆·保林》，谱写这首歌的英国作曲家查尔斯·迪布丁[①]尤其擅长谱写水手题材的类民谣作品。卡罗琳·莫斯利认为梭罗的音乐品位属于“资产阶级主流”趣味。他对今天我们常说的“古典音乐”完全没有兴趣，相反爱听那些浮夸“花哨”的“极其精致和多愁善感”的歌曲。[②]梭罗认为一定要“首先读最好的书，否则你可能完全没有机会去阅读它们”(《一星期》，98)，但在音乐方面，他却偏好《朝圣先辈》(“Pilgrim Fathers”)和《晚钟》(“Evening Bells”)一类的歌曲。正如莫斯利所说，尤其是《汤姆·保林》这首歌，听起来怎么也不像是一个大声呼吁“简单，简单，简单啊”的人应该喜欢的类型。苏珊·桑塔格[③]有一次指出，我们不应该期待一个人拥有多方面“良好的鉴赏力”。[④]比如，维特根斯坦曾经对伯特兰·罗素[⑤]说：“除了创作出伟大的作品，或者欣赏其

---

① 查尔斯·迪布丁（Charles Dibdin，1745—1814），英国剧作家、作曲家、小说家和演员。创作的歌曲超过600首，多数是他自己谱曲填词并亲自表演。——译注

② 卡罗琳·莫斯利证实《汤姆·保林》(“Tom Bowling”)是梭罗爱听的歌，见 Caroline Moseley，“Henry D. Thoreau and His Favorite Popular Song，” *Journal of Popular Culture* 12.4（1979），第624页。这首歌曲的一个合成器演奏版可以通过以下这个网址找到：www.psymon.com/walden/cong.html，该网站同时也提供歌词和乐谱。

③ 苏珊·桑塔格（Susan Sontag，1933—2004），美国作家、艺术评论家，被誉为“美国公众的良心”，主要著作有《在美国》《反对阐释》《论摄影》等。——译注

④ 苏珊·桑塔格针对品位发表的见解出自其论文《坎普札记》(“Notes on ‘Camp’”)，见《反对诠释》(*Against Interpretation*，New York：Delta，1966)，第276页。一个无法忽视的事实是，品位的形成非常不均衡。同一个人，很少能够在视觉的感受、对人的判断和思想的甄别上同时拥有良好的鉴赏力。

⑤ 伯特兰·阿瑟·威廉·罗素（Bertrand Arthur William Russell，1872—1970），英国哲学家、数学家、逻辑学家，1950年获得诺贝尔文学奖，主要作品有《西方哲学史》《哲学问题》《心的分析》《物的分析》等。——译注

他人创作出的伟大作品之外，其他一切都让人无法忍受。”[1]但他却爱看卡门·米兰达[2]出演的电影。但不管如何，鉴于人们已经习惯于借助一个人对音乐的偏好来研究其个性，我们倒不妨了解一下，在长长的夏日黄昏，当闲坐舟中漂荡在镜子般的湖面之上时，梭罗的必吹曲目有哪些？这样也许能够帮我们打开另外一扇未知之门。

梭罗对听到的声音向来不会置若罔闻，他希望借《瓦尔登湖》开启一个声音的通道。完成前三章（《经济篇》《我生活的地方，我为何生活》《阅读》）内容之后，作者将第四章命名为《声》，并且从这一章起开始描摹林居生活的细节。不少初读此书的读者讶异地发现，作者在这一章里着墨最多的并非大自然的景致，而是火车沿着菲茨堡铁路一天几次从小屋旁呼啸而过时传来的轧轧作响和汽笛长啸。当然，同时入耳的还有其他各种声音的混响，野鸽子、鱼鹰、芦苇鸟、马车和拉车的驴马、镇上的钟、牛、游吟诗人、夜莺、锐声悲鸣的猫头鹰、过桥的车辆、吠狗、鸣蛙、麻雀、蓝色的樫鸟、屋下的一只兔子或者是一只土拨鼠、野鹅、潜水鸟，还有入夜吠叫的狐狸。只是行文至此，作者尚未提及自己吹奏长笛。

在《声》的开头部分，梭罗探讨了“书面语言”与另外一种语言的不同，“那是一切事物不用譬喻直说出来的文字”（78）。事实上，若论交流，声音比其他任何媒介都要直白得

---

① 维特根斯坦对罗素说的话，见瑞·蒙克（Ray Monk），*Ludwig Wittgenstein: The Duty of Genius*，London：Penguin，1990，第65页。

② 卡门·米兰达（Carmen Miranda，1909—1955），生于葡萄牙，幼年移居巴西，20世纪40年代初前往百老汇，后成为好莱坞歌舞片巨星，1955年因心脏病去世。——译注

多。诺埃尔·伯奇（Noël Burch）曾引述电影人罗伯特·布列松[①]的观点，“声音，由于更具现实意义，无疑比图像更触动人心，因为图像本质上只是视觉现实的风格化再现”[②]。有一个实例可以证实布列松的观点：1945年1月，富特文格勒[③]在柏林指挥了勃拉姆斯第一交响曲，从这场音乐会的实况录音中，可以清楚地听到观众席中传来的咳嗽声，从而比录像更为强烈地传递出身处这座被炮火摧毁的城市的音乐厅里聆听音乐的在场感。[④]比起音乐本身，正是这些咳嗽声和窸窸窣窣的小噪声让人感到身临其境。正如吉尔伯特·佩雷斯（Gilberto Perez）注意到的，“眼前的画面，不管呈现得如何生动，总是不得不接受此情此景已成追忆；但是当一位演员开口说话（或者一位观众发出咳嗽声），当时的一幕就会在我们面前瞬间还原”[⑤]。因此，如果我们能够借助某种魔力，得到一段梭罗在林中吹奏长笛的录音，那么比起《声》里的所有声音，应该都更能让我们贴近作者在笛声吹响那一刻时的心境。声音会“不用譬喻直说出来”。

（联合撰文：布伦达·马克西－比林斯）

① 罗伯特·布列松（Robert Bresson，1901—1999），法国著名电影导演，《电影书写札记》一书的作者，对电影艺术和法国新浪潮电影运动产生过深刻影响。——译注

② 伯奇对布列松观点的引述，见诺埃尔·伯奇，*Theory of Film Practice*，trans. Helen R. Lane（Princeton：Princeton University Press，1981），第90页。

③ 威尔海姆·富特文格勒（Wilhelm Furtwängler，1886—1954），德国音乐家、指挥大师。——译注

④ 富特文格勒于1945年1月23日指挥勃拉姆斯第一交响曲的实况录音，收录于 *Wilhelm Furtwängler Conducts Johannes Brahms*，Music and Arts CD-4941（4）。

⑤ 吉尔伯特·佩雷斯留意到的声音的特质，见其著作 *The Material Ghost: Films and Their Medium*（Baltimore：Johns Hopkins University Press，1998），第83页。

章十三

充满希望 Full of Hope

《瓦尔登湖》倒数第二章篇名为“春天”，梭罗描写了自己恍然间发觉冬天业已过去的情景：

> 从暴风雪和冬天转换到晴朗而柔和的天气，从黑暗而迟缓的时辰转换到光亮和富于弹性的时刻，这种转化是一切事物都在宣告着的很值得纪念的重大转变。最后它似乎是突如其来的。突然，注入的光明充满我的屋子，虽然那时已将近黄昏，而且冬天的灰云还布满天空，雨雪之后的水珠还从檐上落下来。我从窗口望出去，瞧！昨天还是灰色的寒冰的地方，横陈着湖的透明的皓体，

今天已经像一个夏日的傍晚似的平静，充满希望。(209)

我们可以把这一刻想象成电影中的一幕，梭罗临窗而立，一个主观镜头将他眼前的春光尽收眼底。《瓦尔登湖》中的这段细节描写充满了画面感：突然“注入的光明”，布满天空的灰云，从檐上落下来的水滴，还有已从寒冰中解冻的湖面。不过，对于一位作家来说，要怎样遣词造句，才能将“充满希望”的感觉付诸笔端呢？

西摩·查特曼写过一篇文章，题为“为什么小说能够做到而电影却做不到（反之亦然）”。[①] 在他看来，电影的长处在于外部世界的呈现，短处在于内心世界的表达。用镜头捕捉眼前的事物容易，但要传递出镜头背后的意蕴却很难。一位三十五岁的女人进入画面，如果缺乏进一步的线索（通常需借助语言），没人能够立刻看出她的年龄（毕竟，她有可能比较显老，或者更显年轻）。镜头可以摄入“注入的光明”，布满天空的灰云，还有从檐上落下来的水滴，但很难传递出“充满希望”的感觉。当然反过来说，就像罗伯－格里耶[②] 解释的那样，一位作家需要好几页笔墨去描摹的细节，用一个电影镜头就搞定了。当然一位作家，也可以轻描淡写地只写一句，“一位三十五岁的女人走进了房间”，或者，湖水看上去“充满了希望”。

---

① 西摩·查特曼（Seymour Chatman）的论文重版收录于 *Film Theory and Criticism*，ed. Leo Braudy and Marshall Cohen（New York：Oxford University Press，1999），第 435—451 页。

② 阿兰·罗伯－格里耶（Alain Robbe-Grillet，1922—2008），法国小说家、电影编剧，“新小说”的代表作家和主要理论家，作品包括《窥视者》(1955 年)、《嫉妒》(1957 年)等。——译注

梭罗希望成为一名既长于状物，又善于抒情的作家：他一方面坚持用细致的笔触记录自己的日常见闻，同时又寄望读者能够读懂隐藏在他文字背后的深意。在《瓦尔登湖》一书中，他力求兼顾，使两者能够在文字中相互融合，因此既有电影式的描写，也有高度文学化的表达，当然这种做法也给读者带来了阅读上的困难，有些读者甚至卡在两种模式中无所适从。就拿《经济篇》一章来说，读者满心期待，希望能够对梭罗初到湖边那几天的生活见闻有所了解，但不久就感到失望：因为几乎通篇都是说理和议论。等到读者慢慢习惯了这种腔调，却又会被后面章节里的大段描写弄得措手不及，因为此时沉浸于细节描写的作者，又把说理和议论丢在了脑后，让人如堕五里雾中。

罗伯特·理查德森曾经指出，梭罗“早期在景物描写方面的尝试……笨拙得令人吃惊。抽象晦涩、文字臃肿，充斥着让人在脑海里很难产生联想的比喻”[①]。到了 1851 年，梭罗提醒自己需要找到“那些能传递出更多言外之意，萦绕着某种氛围的句子”（《日记》，1851 年 8 月 22 日）。他苦苦寻觅的其实就是 T. S. 艾略特[②]所说的那种“客观对应物”[③]，一种能够唤醒读者内

① 罗伯特·理查德森关于梭罗早期景物描写的评论见其著作 *Henry Thoreau: A Life of the Mind*，第 52 页。理查德森在同一本书里也描写了梭罗冬天里的心绪，见第 310—311 页。

② 托马斯·斯特恩斯·艾略特（Thomas Stearns Eliot，1888—1965），出生于美国密苏里州的圣路易斯，诗人、剧作家和文学批评家，现代派诗歌运动领袖，代表作品有《荒原》《四个四重奏》等。——译注

③ T. S. 艾略特在《哈姆雷特》（“Hamlet”）一文中对“客观对应物”进行了定义，见其《文选》，*Selected Essays of T. S. Eliot*（New York：Harcourt，Brace and World，1964），第 124—125 页：用艺术形式表现情感的唯一方法是寻找一个“客观对应物”；换句话说，是用一系列实物、场景和一连串事件来表现某种特定的情感，要做到最终形式必须是感觉经验的外部事实一旦出现，便能立刻唤起那种情感。

心情感的具象的细节，他在新英格兰黎明的晨曦中有过那样的体验，或者用艾略特自己的话解释，就是努力寻找“心情和感觉在文字上的对应词”[1]。事实上，在同一章前两页中有一段描写，从中可以看出，梭罗在很多方面已经深得精髓：

> 他一动不动地躺卧在那里，大约有一个小时了，他听到了一种低沉，似乎很远的声音，出奇地伟大而给人留下深刻的印象，那是从来没有听到过的，慢慢地上涨而加强，仿佛他会有一个全宇宙的、令人难忘的音乐尾声一样，一种愠郁的激撞声和吼声，由他听来，仿佛一下子大群的飞禽要降落到这里来了，于是他抓住了枪，急忙跳了起来，很是兴奋；可是他发现，真是惊奇的事，整整一大块冰，就在躺卧的时候却行动起来了，向岸边流动，而他所听到的正是它的边沿摩擦湖岸的粗粝之声，——起先还比较温和，一点一点地咬着，碎落着，可是到后来却沸腾了，把它自己撞到湖岸上，冰花飞溅到相当的高度，才又落下而复归于平静。(204)

梭罗描写的是大自然中常见的一个景象，冰雪消融带来了春天的消息。和“充满希望”一段不同的是，作者并没有借这段描写直接抒情。然而，梭罗戏剧化的表达暗示出某种复苏的迹象：在冰雪的覆盖下蛰伏了一冬之后，大自然从冬眠中醒来。随着年岁渐长，在新英格兰地区漫长的冬天里，梭罗感到

---

① 艾略特所说的“心情和感觉在文字上的对应词”，引自其论文《玄学派诗人》(“The Metaphysical Poets”)，见 *Selected Essays of T. S. Eliot*，第 248 页。

越来越沉郁伤感。与大自然一样，他寄望于春的来临带来自我的更新。瓦尔登湖实验伊始，由于事业上遇到瓶颈，加上与爱默生的友情降温，时年二十八岁的梭罗感到自己就像被冻僵了一样。如果把《瓦尔登湖》的《结束语》部分比作梭罗内心的坚冰开裂时发出的雷鸣巨响，那么在此之前，这冰层早就在悄悄融化了。因此，作者在描写猎手与冰的时候其实也在描写他自己，描写自己的心绪如何伴随着季节的更迭而发生着变化。冰层瞬间解冻，作者借景抒情，为后文中湖水“充满希望”做好了铺垫。因为在前文中领略过另外一个湖抖落一身冰雪的风采，到这一刻，我们才能“看得见”什么是“充满希望”的感觉！

（联合撰文：克雷格·切斯利科夫斯基、罗伯特·麦克唐纳）

章十四

天 赋 Genius

爱默生发表过一番关于梭罗的高见，“他的传记就在他的诗里”，对其诗歌的评价是“粗糙的、不完美的”，并进而断言，梭罗的“天赋（genius）比他的才能（talent）优越”。[①] 尽管未注明出处，但亨利·詹姆斯在发表对梭罗随笔的评论时沿用了爱默生的说法，他在1879年谈道：“不管他在才能方面有无问题，也许并没有什么问题，我认为若论及天赋……他谈不上完美，就像一件半成品，缺乏艺术

① 爱默生对梭罗的评价来自他写给梭罗的悼词，见《瓦尔登湖》英文第3版，第405页。

性……只有他写得最好的文字值得一读。”[1] 为何爱默生和詹姆斯一致给出负面评价？梭罗作品的哪些特质招致如此差评？

如果要列举才能高于天赋的作家，名单一定很长，但若是列举天赋高于才能的，就不一定能列出那么多了。在美国作家中，有哪些是天赋高于才能的类型呢？惠特曼[2]？格特鲁德·斯坦因[3]？哈特·克莱恩[4]？还是托马斯·沃尔夫[5]？这种不匹配是否在美国作家的身上更为常见？还是说，相较于其他类型的艺术家，它在作家群体里更为常见？我们可以试着透过以下现象去寻找答案。一位艺术家必须要足够幸运，才能够找到与他的天赋相匹配的艺术形式。试想一下，如果拉里·哈特[6]未遇上百老汇音乐剧的繁荣时代：他至多可能成为一个有才情的谐趣诗人，一位比他的祖爷爷海因里希·海涅[7]次一等

---

① 亨利·詹姆斯的评论引自其谈论霍桑的著作，参见 *Essays on Literature: American Writers, English Writers*，第 391—392 页。

② 沃尔特·惠特曼（Walt Whitman，1819—1892），出生于美国纽约州长岛，著名诗人、人文主义者，创造了诗歌的自由体（Free Verse），其代表作品是《草叶集》（*Leaves of Grass*）。——译注

③ 格特鲁德·斯坦因（Gertrude Stein，1874—1946），犹太人，美国小说家、诗人、剧作家、理论家和收藏家。——译注

④ 哈罗德·哈特·克莱恩（Harold Hart Crane，1899—1932），美国诗人。主要作品包括长诗《桥》及诗集《白色建筑群》等。——译注

⑤ 托马斯·沃尔夫（Thomas Wolfe，1900—1938），美国小说家，其代表作品有《天使，望故乡》《时间与河流》等。——译注

⑥ 拉里·哈特（Larry Hart，1895—1943），本名劳伦兹·M. 哈特（Lorenz Milton Hart），美国百老汇音乐人、著名词作者，代表作有《蓝月亮》《曼哈顿》《我可笑的情人节》等。他与德国大诗人海涅确实有血缘关系，其母亲是海涅的曾外甥女。——译注

⑦ 海因里希·海涅（Heinrich Heine，1797—1856），德国抒情诗人、散文家，被称为“德国古典文学的最后一位代表”。代表作品有《罗曼采罗》《佛罗伦萨之夜》《游记》《德国：一个冬天的童话》等。——译注

的人物。如果埃尔维斯·普雷斯利[1]降生于摇滚乐兴起之前的时代，他也许会效仿他的偶像迪恩·马丁[2]，成为一个不太成功的辛纳屈[3]。当然，埃尔维斯的能力在于他直接催生了一种与他的天赋相匹配的新的音乐形式，而他的这种能力为解读梭罗及其《瓦尔登湖》提供了一个新的思路。

梭罗没有哈特和普雷斯利那么幸运，他对诗歌和小说这些现成的文学体裁都不大擅长，因此，他也别无他法，只能为自己的天赋寻找一种更适宜的表达方式，用他自己的话说，就是“一种每一刹那都变化多端的方式”(41)。梭罗常常被一个问题困扰。“有时候我们会感觉生活被填充得满满的，找不到任何沟渠可以注入活水，”他在日记中写道，“我异常强烈地感到自己是为了文学创作而生的，但我又找不到可以用的形式。”(《日记》，1851年9月7日)面对如此困境，他固执地发出自己的声音，宣布将独辟蹊径，他表示：“如果作家只是借助于他的才华，就是在浪费时间。忠实于你的天赋。直抒胸臆，写你最感兴趣的。无须考虑大众的趣味。”(《日记》，1851年12月20日)这番见解无疑给爱默生的批评埋下了伏笔。与此同时，梭罗逐渐找到了一种创作方法：日记中那些从天而降的“灵感”被“甄选出来整理成讲稿，然后在合适的时间，又由讲稿润色为随笔”。而这些讲稿，又依次被整理成书稿。不过梭罗对这种写法的局限性也有所认识：

---

① 埃尔维斯·普雷斯利（Elvis Presley，1935—1977），绰号“猫王”，美国摇滚歌手及演员。

② 迪恩·马丁（Dean Martin，1917—1995），美国歌手、演员、电影制片人。——译注

③ 弗朗西斯·阿尔伯特·辛纳屈（Francis Albert Sinatra，1915—1998），美国歌手、演员、主持人。1985年，获得美国总统自由勋章。1995年，获得格莱美传奇奖。——译注

> 最终它们立在那里，像毕达哥拉斯的立方体，无论哪一面接地都稳稳当当，正如分别立于基座之上的一群雕像，几乎无法手拉手站在一起。这样的联合展览或是系列展览只会出现在美术馆里。因此无法在大众中形成直接和实际的影响。(《日记》，1845 年夏)

罗伯特·路易斯·史蒂文森写过一篇关于梭罗的文章颇有见地，他写道，“若真想搞文学这行就离不开叙事”，“干瘪的箴言和空泛的议论，只能借助抽象思维才勉强读得下去，因此在效果上永远无法比得上一则趣闻”。“梭罗无法给他的观点披上艺术的外衣，因为这并非他的强项。”换句话说，史蒂文森的诊断结果是——他不会编故事——“通过将自己的思想与经历记录下来糅合在一起，他想为自己寻找一个施展才华的自在天地，同时也希望给读者带去同样的慰藉”[①]。因此，梭罗尝试着让他的雕像们手拉手站在一起，并将自己的旅行见闻、思绪和灵感一股脑儿塞进了一个笨重的容器。在《康科德河和梅里麦克河上的一星期》一书中，历时两周的旅行生活被他浓缩在一周七天的框架里，一个章节一天。但是这部书，正如批评家们一直以来诟病的，确实是日记、诗歌、发表过的旧文章、文学评论、自然笔记炖出的一锅大杂烩，是用剪刀加糨糊的方式制造出来的拼贴画，是我们今天熟悉的电影剪辑和文档处理器

① 史蒂文森关于梭罗的评论见其 *Selected Essays*，第 148 页。

的前身。[1]就像塞缪尔·约翰逊（Samuel Johnson）谈起《失乐园》（*Paradise Lost*）时所说的那样，“没人会希望它再长一点儿”[2]。至于《瓦尔登湖》一书，则是依照主题将原材料强行塞进了另外一个机床，二十六个月的林居生活被浓缩进一年的时间里，并依照四季更迭的次序排列。梭罗在书中还嵌入了自己创作的不少诗歌和日记，以至于1845年7月至1847年9月期间的内容竟然没有几页是连贯的。

这两本书都没能让梭罗找到那种真正与他的天赋相匹配，而且用起来得心应手的文学形式。然而，通过《瓦尔登湖》一书，梭罗实现了某种靠旧有的文学形式不可能实现的东西。梭罗隐遁山林的初衷是希望实现两方面的突破，一个是度过职业上的危机，另外一个是克服写作上的瓶颈。最终可谓一举两得：既开创了一份事业，也发明了一种他自己独有的大杂烩体。《瓦尔登湖》一书自成一格，正是其解决之道的完美范式。

（联合撰文：布伦达·马克西－比林斯）

---

① 安德鲁·德尔班科（Andrew Delbanco）认为梭罗写作时“就像提前掌握了我们今天通过文档处理器写作能够做到的所有新的一切”，见 *Required Reading: Why Our American Classics Matter Now*（New York：Farrar，Straus and Giroux，1997），第37页。

② 林克·C. 约翰逊（Linck C. Johnson）借用塞缪尔·约翰逊对弥尔顿的嘲讽来评价梭罗的《一星期》，见“A Week on the Concord and Merrimack Rivers,” *The Cambridge Companion to Henry David Thoreau*，第40页。

章十五

善与恶 Good and Evil

以下两段话，一段来自梭罗，一段来自尼采：

凡我的邻人说是好的，有一大部分在我的灵魂中却认为是坏的，至于我，如果要有所忏悔，我悔恨的反而是我的善良品行。(10)

物种保存者。——最强大、最邪恶的奇才迄今为止最大程度上推进着人类：他们一再点燃正在入睡的激情——所有有序的社会都让激情入睡。他们一再唤醒比较意识、矛

> 盾意识，对新事物、冒险的事物、未尝试过的事物乐此不疲的意识。他们迫使人用舆论反对舆论，用典型反对典型，多半靠使用武器，靠推倒界碑，靠违背虔诚法则。……每一位关于新事物的教师和布道者身上都有同一种“恶毒”。……可是新事物作为要征服、要推倒旧界碑和旧的虔诚的东西，无论如何都是恶；而只有旧事物才是好事物！[1]

如果说梭罗在思想上非常前卫，和尼采有很多相似之处，那么，有必要为了彰显这一点把两人放在一起比较吗？他们的作品反响不同，原因又在哪里？尼采的恶名大部分源于修辞上的恣意妄为：“语言是一个谎言”[2]，“凡是新的……总是恶的”，希腊人之“肤浅——源于深奥”，知识是“有益的错误”，“上帝已死”[3]——夸张、省略、暗喻、悖论、缩略，不一而足。梭罗却与之相反，不惜花费七年的时间，苦心孤诣把日记的片段编织在一起，希望创作出某种至少表面看上去站得住脚的东西。在这个不断妥协的过程中，他认识到，灵感带来的冲动以及某种未被道德说教窒息的现实力量被削弱了。“听从当下这一刻。”他写下这句话提醒自己。（《日记》，1852年1月26日）“单单那些事实、名称、日期就比我们所能揣想的

---

① 引自尼采 *The Gay Science*，第79页。

② “语言是一个谎言”（“Language is a lie”），见尼采“On Truth and Lie in an Extra-Moral Sense,” *The Portable Nietzsche*, trans. Walter Kaufmann（New York: Viking, 1968），第42—47页。

③ 尼采关于希腊人之评价，以及“知识是有用的谬误”“上帝已死”，引自 *The Gay Science*，第38页、169页、181—182页。

传递得更多……（一身）学究气又有何益？”（《日记》，1852年1月27日）

好吧，妥协还是有些益处的。1854年，梭罗在新英格兰找到了一家出版社；三十年后，尼采在德国找出版社时却碰了壁。私底下，梭罗和尼采一样语出惊人。“不要太讲道德，”他向哈里森·布莱克建言，“你会因自欺而错失生命中很多东西。把目标定在道德之上。”[1] 然而，在《瓦尔登湖》一书中，他做了让步，使得语气柔和了下来：“即使全世界说这是‘做恶事’，很可能有这种想法，你们还是要坚持下去。”（53）至于尼采，他只会酣畅淋漓地说：“继续作恶吧！”这是两人之间很大的不同。

（联合撰文：亚当·尼科兰迪斯）

---

① 梭罗写给布莱克的信，见 *Letters to a Spiritual Seeker*，第38页。

章十六

更高的规律 Higher Law

《更高的规律》是《瓦尔登湖》一书后期添加的一章，梭罗在这一章里不止一处揭露了自己最不现代、最缺乏同情心的一面。本章第一段很有名，作者公开忏悔了自己想“把它（一只土拨鼠）抓住，活活吞下肚去”的欲望，并适时自省：“我之爱野性，不下于我之爱善良。”（145）随后，梭罗表示与一系列嗜好划清界限：打猎、钓鱼，肉食（“这种鱼肉以及所有的肉食，基本上是不洁的。”[146]）、酒、咖啡、茶（“啊，受到它们的诱惑之后，我曾是如何的堕落！”），甚至包括音乐，因为它“也可以使人醉倒”（147）。不过，这些都不过是更宏大的主题奏响之前的热场曲。在下面引用的这段话中，梭罗为守贞禁欲唱响了赞歌，听起来就像是《奇爱博士》(*Dr. Strangelove*)①中的疯子将军杰克·瑞普（General Ripper）谈论起“宝贵的体液”时的模样：

> 我们知道我们身体里面，有一只野兽，当我们的更高的天性沉沉欲睡时，它就醒过来了。这是官能的，像一条毒蛇一样，也许难于整个驱除掉；也像一些虫子，甚至在我们生活着并且活得很健康的时候，它们寄生在我们的体内……放纵了生殖的精力将使我们荒淫而不洁；克制了它则使我们精力洋溢而得到鼓舞。(149)

这段话之所以令人难以置信，是因为在瓦尔登湖期间，梭罗创作了《康科德河和梅里麦克河上的一星期》一书，书中倡导的是“一种纯粹的感官的生活”(382)；此外，早在1848年，他就建议哈里森·布莱克“不要太讲道德。你会因自欺而错失生命中很多东西”②。然而，由于增添了《更高的规律》一章，《瓦尔登湖》给出的生存之道就不可逆转地打上了清教徒的烙印。这与那个坚持“我们需要旷野来营养”的梭罗完全不合拍。不过有一点毋庸置疑，梭罗事实上很难建立亲密关系，性焦虑在所难免，这种焦虑情绪看来也只能在写作中得到

---

①《奇爱博士》是1964年在美国上映的一部黑色幽默喜剧电影，根据彼得·乔治《红色警戒》一书改编，由斯坦利·库布里克执导。——译注

② 梭罗写给哈里森·布莱克的信，见 *Letters to a Spiritual Seeker*，第38页。

释放。

梭罗喜欢把自己想象成一个挣脱社会樊笼的亡命之徒。在修改《瓦尔登湖》最后一稿的那段时间里，他在日记中写道："在你们的规则之外有一片草原。大自然是亡命之徒的草原。有两个世界，邮局和大自然。两者我都了然于胸。我不断地忘记人类和他们的发明，就像我不记得有银行一样。"（《日记》，1985 年 1 月 3 日）十二天以后，他进一步表示，希望从大自然那里得到馈赠："真话……狂喜，销魂，沉醉，极乐。这些才是我想听到的话。"（《日记》，1853 年 1 月 15 日）这样的表达其实并无稀奇之处：毕竟，有不少神秘的传统都借用与性爱有关的词来描绘理想中的极乐之境。《更高的规律》也不例外："当纯洁的海峡畅通了，人便立刻奔流到上帝那里。"（149）

对于梭罗而言，"纯洁"意味着一种与神同在的状态。《瓦尔登湖》的一个重大命题就是探讨能否通过谨慎生活实现这种境界。梭罗之所以在《日记》中事无巨细地记录生活中的点点滴滴，很大程度上是为了激活这种状态，是一种冥想练习。在《瓦尔登湖》一书中，梭罗力图保持纯洁的渠道畅通，但禁欲并不是他常用的方式。身处下文这些情境里的他，其实才更像他自己："八月里，在轻柔的斜风细雨暂停的时候"满心喜悦（62），清晨"起身很早，在湖中洗澡"（63），坐"在阳光下的门前，从日出坐到正午"（79），倾听教堂的钟声在耳边回荡（87），迷失在林间（117），夜晚垂钓（121），立于彩虹的穹顶之下（138），倾听冰层断裂的隆隆轰鸣（202）。"这一些体验，"他总结道，"对我是很值得回忆和很宝贵的。"

（120）也许对于梭罗而言，“我们需要旷野来营养”（213）这样的表达其实并不包含性欲的暗示，但是，他在《更高的规律》一章中表现出来的禁欲态度，和他在《瓦尔登湖》其他章节里展现出来的风格非常不协调，隐约流露出一丝疲态，似乎撰写这一章时，梭罗已经无法再从他珍视的鲜活生活中汲取足够的力量。于是，他用下面这段文字将《更高的规律》一章草草收尾，用肉体的苦修代替了心智的觉醒：

> 为什么你留在这里，过这种卑贱的苦役的生活呢？同样的星星照耀着那边的大地，而不是这边的——可是如何从这种境况中跳出来，真正迁移到那里去呢？他能够想到的只是实践一种新的刻苦生活，让他的心智降入他的肉体中去解救它，然后以日益增长的敬意来对待他自己。（151）

（联合撰文：布伦达·马克西－比林斯）

章十七

懒　惰　Idleness

《瓦尔登湖》自诩为一本实用指南，但盼望从中找到捷径的读者无不失望地发现，书中给出的解决之道实际上自相矛盾。一方面，该书头两章和最后一章的内容推崇谨慎和努力，认为唯有这样才能过上一种灵动鲜活、完全清醒的生活——在作者所有的文字中，这三章内容最咄咄逼人，同时也最振奋人心。以下是《瓦尔登湖》中的一句名言，梭罗宣称："我没有看到过更使人振奋的事实了，人类无疑是有能力通过有意识的努力来提高他自己的生命的。"（64）这句话中的努力一词非常关键，在该书的结尾处会再次出现：

> 至少我是从实验中了解这个的，一个人若能自信地向他梦想的方向行进，努力经营他所想望的生活，他是可以获得通常还意想不到的成功的。(217)

梭罗一再强调，“楼阁应该造在空中”，我们“就是要把基础放到它们的下面去”(217)，从而让《瓦尔登湖》中类似的章节投射出一种积极的论调：我们能够建设我们的生活。“能影响当代的本质的，”他总结道，“是最高的艺术。”(65)

这种论调时断时续，贯穿全书，到了《更高的规律》一章，更是演化成了最符合清教徒精神的版本。对此，梭罗直接引用了《天路历程》(*Pilgrim's Progress*)中的一段文字加以说明：“智慧和纯洁来之于力行；从懒惰中却出现了无知和淫欲。”他这样写道：“一个不洁的人往往是一个懒惰的人；他坐在炉边烤火，他在阳光照耀下躺着，他没有疲倦，就要休息。”(150)不过这幅画像倒也适用于梭罗自己，因为他正沉浸于“那种日子里，懒惰是最诱人的事业，它的产量也是最丰富的”(131)。

> 有时候，在一个夏天的早晨里，照常洗过澡之后，我坐在阳光下的门前，从日出坐到正午……凝神沉思。(79)

梭罗在《瓦尔登湖》第一章第二段承认，“要不是市民们曾特别仔细地打听我的生活方式……有些人说我这个生活方式怪异”(5)，他是不会开始写这本书的。当然，市民们提出这些疑问其实再正常不过了。梭罗受过当时并不多见的大学教育，美国当时的知识分子领袖爱默生对他也爱护有加，但是已经年满二十八岁的他，却连一份正经的工作也没有，如今更是一个人待在城外一英里半处的小屋里，追求某种只有上帝才明白是怎么回事儿的东西。迫于这种压力，他需要给自己明摆着的游手好闲寻找一个正当的理由，于是把之前用过的演讲稿改写成了《瓦尔登湖》的开头两章，用来回答这些疑问。由于带有这样的目的，也就不难解释为什么作者在这部分内容中一再强调自己不仅辛勤劳作（盖房子、种庄稼），而且在道德生活方面也孜孜以求。

对于梭罗而言，其实原本有一个更近便的理由。如果邻居们爱管闲事过了头儿，他完全可以照实说："瞧，我在写一本书纪念我的哥哥，你们大家也都爱他，所以我需要一段不被打扰的时间来写完它。"实际上，梭罗在瓦尔登湖期间花费了大量时间用于写作，以至于他的朋友埃勒里·钱宁[1]把他的小屋比作"一个木头墨水台"。[2]在二十六个月里，他设法完成了《康科德河和梅里麦克河上的一星期》的初稿、《瓦尔登湖》书稿的一半和《论公民不服从的权利》一文。不过，尽管梭罗想要自我剖白，但在《瓦尔登湖》一书中，他却对自己产量惊人的文学创作只字未提，这种做法未免有悖常情，爱默生之所以认为他行为乖张，这也可以算作一个例子。

---

① 威廉·埃勒里·钱宁（William Ellery Channing，1780—1842），美国教士、作家，梭罗的好友。钱宁被称为"唯一神教派（否认三位一体）的使徒"，其著作对许多超验论领袖产生过重要影响。——译注

② 钱宁把梭罗的小屋比作"一个木头墨水台"，引自卡罗斯·贝克（Carlos Baker），*Emerson among the Eccentrics*（New York：Viking，1996），第 265 页。

尽管邻居们看不惯，但梭罗赞美这种“偷闲”的生活，而且理由非常充分：因为如此一来，他就能把邻居们习以为常的谋生方式彻底颠覆了。下面这段话引自《湖》一章，其中带着重号的均为商业用语，将日常用语重新诠释且另作他用是梭罗惯用的写法：

> 我年纪轻一点的时候，就在那儿消磨了好些光阴，像和风一样地在湖上漂浮过，我先把船划到湖心，而后背靠在座位上，在一个夏天的上午，似梦非梦地醒着……那些日子里，懒惰是最诱惑人的事业（*industry*），它的产量（*productive*）也是最丰富的。我这样偷闲地过了许多个上午。我宁愿把一日之计在于晨的最宝贵的光阴这样虚掷；因为我是富有的，虽然这话与金钱无关，我却富有阳光照耀的时辰以及夏令的日月，我挥霍着它们；我并没有把它们更多地浪费在工场中，或教师的讲台上，这我也一点儿不后悔。（131）[①]

《瓦尔登湖》宣告了一种新型“经济”的诞生，其中财产是负累，闲散带来创收，劳动有可能是浪费，“所谓物价，乃是用来交换物品的那一部分生命，或者立即付出，或者以后付出”（24）。梭罗坚信，自己才是康科德城最脚踏实地的那个人。为了自圆其说，他给所有重要的经济学术语——企业、交

---

① 我将引自《瓦尔登湖》的这段话中经济类的词变成斜体加以强调。关于梭罗对这些术语的重新诠释，朱迪斯·P. 桑德斯在其“Economic Metaphor Redefined：The Transcendentalist Capitalist at Walden”，见 *Henry David Thoreaus“Walden”*，第 59—67 页。

易、行业、资金、账户、审计、购买，还有销售——分别赋予了新的意义。

我那种职业（*trade*）比大多数人的有更多的秘密。（15）

多少个冬夏黎明，还在所有邻居为他们的事务（*business*）奔波之前，我就出外干我的事了！许多市民无疑都曾见到我干完事（*enterprise*）回来。（15）

多少个秋天的，嗳，还有冬天的日子，在城外度过，试听着风声，听了把它传布开来！我在里面几乎投下全部资金（*capital*）。（15）

我记的账（*account*），我可以赌咒是很仔细的，真是从未被查对（*audited*）过，也不用说核准了，更不用说付款，结清账目了。（16）

我比以往更专心地把脸转向了森林，那里的一切都很熟识我。我决定立刻就开业（*go into business*）。（16）

我到瓦尔登湖上去的目的，并不是去节俭地生活，也不是去挥霍，而是去经营一些私事（*transact some private business*），为的是在那儿可以尽量少些麻烦。（16—17）

我常常希望获得严格的商业（*business*）习惯；这是每一个人都不能缺少的。……我想到瓦尔登湖会是个做生意（*business*）的好地方，……这里是有许多的便利，或许把它泄露出来并不是一个好方针。……（17）

“价值”（value）一词来自经济学范畴，梭罗很重视这个概念，《瓦尔登湖》一书始终围绕的一个话题就是究竟该如何给价值一词定义？一件事物、一次体验、一个下午或一场细雨，究竟有何价值？梭罗给出的例子与众不同：“任何时候在森林里迷路，真是惊险而值得回忆的，是宝贵的经历。”（117）在梭罗看来，夜间垂钓、做着白日梦，“坐在阳光下的门前，从日出坐到正午”（79）及立于彩虹的穹顶之下——所有这些，“在我的市民同胞们眼中，这纯粹是懒惰”（79）的行为——都可以归入他简单的簿记条目：“这一些经验对我是很值得回忆和很宝贵的。”（120）对于一般性的工作，他则嗤之以鼻，“我们生就爱夸耀我们的工作的重要性”（11）。

这种论调自然很容易得罪人。爱默生在日记中坦言，读梭罗写的东西让他“紧张不安且心情恶劣”[①]，即便对于最宽容的读者，《瓦尔登湖》的那股强硬劲儿也令人不快。应该说，这本书超前于它的时代。勤奋还是懒惰？梭罗在探讨这一问题时流露出的态度是矛盾的。不过如今看来，这不过是他内心另外一种压力的体现，或者说是这种压力的变形或是

① 爱默生在日记中承认看梭罗写的东西让他“紧张不安且心情恶劣”，这段描述转引自卡维尔《瓦尔登湖之感》一书，第 12 页。他说梭罗的书就像“一大片事实嗡嗡作响”的描述，见该书第 16 页。

替代：源于道德责任的压力。文学的道德这一概念其实来源于爱默生，因为梭罗是一位作家，这种压力就更为明显。是该对事物背后的意义孜孜以求呢，还是单纯地描写事物并从中感受快乐？莎伦·卡梅伦的观点比较有说服力，她指出，梭罗在日记中并不讨论意义，而是单纯享受写作的乐趣，但在《瓦尔登湖》一书中，他给自己的实验灌注了一定的意义，故而有所妥协。[①] 不过有时候，这种让步似乎令他不满，他慷慨激昂地发问："齐根儿切断……只留下伊索式的说教——这样的内容能让您满意吗？"（《日记》，1852 年 1 月 28 日）梭罗身上较为前卫的一面在他的第一本书中有所体现："我们需要为纯粹感官所提供的更高的天国——一种纯粹感觉上的生活——祈祷。"（《一星期》，382）这一面在他的《日记》中体现得更为明显：

> 单单那些事实、名称、日期就比我们所能揣想的传递得更多。（《日记》，1852 年 1 月 26 日）

> 最好的思想不会板着面孔——而且与道德无关……自然的道德属性是男人攫得的一种病——一种传染给她的黄疸病……有时候，我们超越对美德的渴求，飞进一道恒久不变的曙光——在这里我们无须为选择对错而陷入窘境——仅需简单地活着并呼吸周围的空气就是了。（《日记》，1841 年 8

① 莎伦·卡梅伦关于意义–描写的对立关系的精彩论述，见其著作 *Writing Nature: Henry Thoreau's Journal*。我引用的好几篇梭罗日记均来自卡梅伦的这本书。

月1日）

只有当我停止思考时，我才开始发现……事物。（《日记》，1851年2月14日）

罗兰·巴特一次评论道，其“描写的对应物就是沉思冥想中的心灵”[①]。在19世纪中叶，言必谈意义，否则就会遭人毁谤。然而在巴特这里却认为不谈意义是一种“幸福”或“喜悦”。[②]以下段落引自《文之悦》，简直就是对我们心目中的“梭罗体”的完美诠释：

它是一种漂移，某种亦革命亦自私之物，任何总体性、精神性、个人言语方式都不能取而代之……文之悦是令人愤慨的：这倒并不是因为它不合道德准则，而是因为它离题，散佚，漂移。

在同一本书里，在描写另一位作家的日记时，巴特指出了梭罗面对的同一困境：

为何某些人，包括我在内，于一些历史、传奇及传记

---

① 巴特的评论“描写的对应物就是沉思冥想中的心灵”，见其《符号帝国》（*Empire of Signs*，trans. Richard Howard，New York：Hill and Wang，1982），第78页。

② 不谈意义是一种“喜悦”，见罗兰·巴特《文之悦》（*The Pleasure of the Text*，trans. Richard Miller，New York：Hill and Wang，1975），第23页。巴特阅读艾米尔（Amiel）一段见同一本书，第53—54页。

之类的作品中，欣赏一时代、一人物之“日常生活”的再现呢？为何对细枝末节，时间表、习性、饮食、住所、衣衫之类有这般好奇心呢？……

如此，便不可能设想较之于“今日（或昨日）的天气”更为细末、更为无意味的观念了；然而数天之前，阅读及欲阅读艾米尔却令人气恼，出于善意的编者（又一位预先将喜悦了结的人）以为宜将日常细节，诸如日内瓦湖畔各处的天气之类，自这部日记内删去，只保留那无趣的道德冥思。可恰是这天气韶华依旧，艾米尔的哲学，已成枯木朽株。

“天气之类”——恰好准确地点出了梭罗的兴趣所在：“在日记里，”他对自己写道，“花一点笔墨描写一下天气，或者说说这一天过得如何是很重要的，因为它会影响我们的心情。当下一刻如此重要的事情，在未来的记忆里也不可能不重要。”（《日记》，1855 年 2 月）巴特认为艾米尔“无趣的道德冥思”令人气恼，在 1841 年的一篇日记里，梭罗甚至先巴特一步表达过同样的嫌恶：

读一本关于农业的书时，我跳过了作者的道德冥思……直奔主题去看盈利多少。在人的宗教里科学无处栖身，它给我的教益还不如养猪协会的报告来得多。看来，我的这位作者可以搞得定玉米和芜菁，也能用锄头和铲子崇拜上帝，但是若想对我谈什么道德的话就不必了。（《日记》，1841 年 4 月 1 日）

巴特最终找到了实现内心想法的工具：摄影。相机单纯地记录，是与道德无关的客观呈现，因此得以摆脱语言的束缚，不带任何评判。1851 年，梭罗写过一篇日记，用词散漫随性，从中却能看出他已经对这种境界有所领悟：

> 思想的胶片漂浮在脑海的暮光之中，对于一个想从中打捞出哪怕最轻薄的一片来写，却怎么也找不到灵感的作家来说，这将是一门更真实的学问（能够教会他如何让想法成像）。（《日记》，1851 年 12 月 25 日）

一位历史学家引用过早期摄影家福克斯·塔尔博特[1]的一段话，表达了对影像效果的惊叹之情：

> 这就是问题所在：迷人的互不相关性。有时会发现，建筑物上有题字和日期，墙上贴着毫不相干的招贴画：有时，进入眼帘的是远处的一个日晷，上面无意识地记录下了这幅画面被拍摄下来的这一天的这一时刻。[2]

梭罗想要重新提出一个基本的文学命题：什么才算是相关性？这是《瓦尔登湖》一书想要解决的关键性问题中的一个。作者不厌其烦地记录了湖水的深度和冬季上冻的情况，类似这

---

① 福克斯·塔尔博特（Fox Talbot，1800—1877），英国物理学家，现代摄影术先驱。——译注

② 塔尔博特的说法见 Ian Jeffrey, *Photography: A Concise History*（New York：Oxford University Press，1981），第 12—13 页。

样随机记录的细节散落在书中各处，被斯坦利·卡维尔形容为“一大片事实嗡嗡作响”，读者从中却能体验到与一张照片“迷人的互不相关性”类似的感受，此外，或许还能体验到福克斯·塔尔博特式的恐惧：“相机只是部分地处于控制之中，不顾操作者的意图，漠不关心地记录着一切。”梭罗在《瓦尔登湖》一书开头两章《经济篇》和《我生活的地方，我为何生活》中用的还是传统的写法，到了后面的有些章节，就开始另辟蹊径，似乎作者内心的某些东西——习惯性的觉察、对成规旧俗的抵制、对平凡事物的爱——被纷纷触动了开关并运转起来。“给我一个任何智力都无法理解的句子吧。”梭罗在《瓦尔登湖》中写道。[①] 这样的句子只能是一张照片。

巴特始终认为意义的产生与作品本身有关。缺乏信息价值或象征意义的细节——或者换作符号学的术语，就是缺乏所指的能指——是“一种奢侈品”，“提高了叙述信息的成本”，这句话准确地描述了《瓦尔登湖》一书在多数读者眼中的印象。[②] 巴特发现，当此类细节（一架旧钢琴、一个晴雨表）出现在小说中，它们的互不相关性能够保证作品的“真实效果”。电影剧照（film stills）中的类似细节（一块方巾掉下来滑过一个女人的前额，一个女人的假髻），却会“干扰”或者“消解”直接的表达，从而成为“反叙述的典型”，“一种闻所

① “给我一个任何智力都无法理解的句子吧”，引自《康科德河和梅里麦克河上的一星期》，此处引文出处有误。——译注

② 缺乏意义的细节是“一种奢侈品”，引自巴特《现实效果》（“The Reality Effect”）一文，见 *The Rustle of Language*，trans. Richard Howard（New York：Hill and Wang，1986），第141页。

未闻的脚本”，不合逻辑，然而“真实”。所谓“第三意义”，正如巴特自相矛盾地命名的那样，在意义的引擎熄火的时候，意味着一种悬念。[①]

电影理论界最重要的人物安德烈·巴赞（Andre Bazin）在他的文章中早就讨论过意义与记录之间的对立关系。在《摄影影像的本体论》（“The Ontology of the Photographic Image”，1945年）和《电影语言的演进》（“The Evolution of the Language of Cinema”，1950年，1952年，1955年）两篇文章中，巴赞对当时两种最著名的电影流派（苏联蒙太奇和德国表现主义）提出异议，认为它们削弱了摄影的本质，即客观记录现实的能力。他认为这些流派借用抽象的蒙太奇和怪诞的布景道具将意义强加在影像素材上，已经使电影沦为另外一种形式的写作。相较而言，巴赞呼唤一种“从现实面前自我消失的风格”，从而还世界以纯真的原貌。他欣赏像《偷自行车的人》那样的电影，其中的“事件并不一定代表着什么；……它们都背负着自身的重量，……那种任何一桩事实都特有的模糊的意义”。[②]

梭罗比巴赞更早一步认识到这一点。“表达”一个事实，他建议，“不要表达你自己”[③]。梭罗的日记就像是转动的电影

---

① 巴特关于电影剧照的讨论引自其论文《第三意义》（“The Third Meaning”），见 *The Responsibility of Forms*，第48—49页，第55页，第57页。

② 相关论文收录于巴赞的文集《电影是什么》（*What Is Cinema*? 2 vols.，trans. Hugh Gray，Berkeley：University of California Press，1967—1971），卷1，第9—16页，第23—40页。他提倡“从现实面前自我消失”，见第29页。对《偷自行车的人》的褒扬，见该书卷2，第52页。

③ 梭罗建议表达一个事实，“不要表达你自己”，转引自罗伯特·理查德森，*Henry Thoreau: A Life of the Mind*，第251页。

胶片，由一台摄影机自动拍摄，画面漫不经心、灵敏感性。（“摄影机”一词在《瓦尔登湖》中一次也没有出现过。）在1841年4月9日的《日记》里，他提前说出了巴赞的理念：“有多少美德蕴含在单纯的视线里！”同年2月27日，梭罗记录了一个阳光明媚的冬日：“生活在此刻看上去……很美好……在光线里涤净，如此天然。……它所有的旗帜都在飘扬，……这纯洁的，未经擦拭的辰光。”这段话就像一个电影画面，它会是一个故事的伏笔吗？还是根本就不需要有故事发生？这个世界又被“涤净”了什么？是被强加的意义吗？

《瓦尔登湖》内文中有不少段落仅止于单纯的记录，就像梭罗提前把克里斯托弗·伊舍伍德[①]那句著名的开场白念了出来，“我是一部摄影机”……

> 有时候，在一个夏天的早晨里，照常洗过澡之后，我坐在阳光下的门前，从日出坐到正午，坐在松树、山核桃树和黄栌树中间，在没有打扰的寂寞与宁静之中，凝神沉思。那时鸟雀在四周唱歌，或默不作声地疾飞而过我的屋子，直到太阳照上我的西窗，或者远处公路上传来一些旅行者的车辆的辚辚声，提醒我时间的流逝。（79）

不过梭罗对于自己的懒散、随性和满足于记录的倾向保持着警惕。他的书就像电影成片——完成了剪辑、制作，并被赋

① 克里斯托弗·伊舍伍德（Christopher Isherwood，1904—1986），英国小说家，作品多以同性恋为主题。代表作有《柏林故事》《独身男人》，二者均被搬上银幕。——译注

予意义。甚至在日记中，梭罗也会时常变身为处处说教的“艾米尔”，或者像早期的摄影家那样，担负起摄影的道义——他们坚信，如果仅止于单纯记录，而不做任何特效处理（滤镜、柔焦等），就算不上“艺术”。有鉴于此，不妨引用一段《瓦尔登湖》的文字，其行文的口吻前后并不一致，但很有说服力：

> 有一天，我的斧头柄掉了，我伐下一段青青的山核桃木来做成一个楔子，用一块石头敲紧了它，就把整个斧头浸在湖水中，好让那木楔子胀大一些。这时我看到一条赤链蛇窜入水中，显然毫不觉得不方便，它躺在湖水底，何止一刻钟，竟跟我在那儿的时间一样长久，也许它还没有从蛰伏的状态中完全苏醒过来。[①]照我看，人类之还残留在目前的原始的低级状态中，也是同样的原因，可是人类如果感到万物之春的影响把他们唤醒了起来，他们必然要上升到更高级、更升华的生命中去。以前，我在降霜的清晨看到过路上的一些蛇，它们的身子还有一部分麻木、不灵活，还在等待太阳出来唤醒它们。4月1日下了雨，冰融了，这天的大半个早晨是雾蒙蒙的，我听到一只失群的孤鹅摸索在湖上，迷途似的哀鸣着，像是雾的精灵一样。

这里值得注意的是，为何最后一句话（瓦尔登湖岸上的天气）寥寥数语，就将前面那番说教带来的压抑气氛一扫而空。

---

① 我之所以留意到《瓦尔登湖》中这条蛰伏的蛇，得益于斯蒂芬·芬德为牛津世界经典丛书版《瓦尔登湖》一书所写的序言，见 *Walden*，第 xxxix－xl 页。

这样一番说教，就像是一段电影蒙太奇，将文中描写的这个日子里生动的画面强行绑架了，作者这样做的意图是什么？难道是为了达成某种提前预设的效果？如果确实如此，那作者何不就此打住？为何还要加上最后一句话？这是否表明，尽管对摄影只字未提，但梭罗其实心向往之？向往着挣脱意义的束缚，只单纯地记录日常生活？还只是因为，向往懒惰？

（联合撰文：哈尼夫·阿里、卡莉·罗奇）

章十八

1845 年 7 月 4 日 4 July，1845

> 我第一天住在森林里，就是说，白天在那里，而且也在那里过夜的那一天，凑巧得很，是1845 年 7 月 4 日，独立日，我的房子没有盖好，过冬还不行。（61）

至少从斯坦利·卡维尔的名作《瓦尔登湖之感》（1972 年）问世以来，人们就接受了一种观点：梭罗选择在 7 月 4 日那一天开始他的林居生活并非“偶然”。用卡维尔的话说，梭罗把自己的探险说成是一场“实验”，旨在对美国早期的殖民行径推翻重演，美洲本身是一片被偶然发现的新大陆，他愿意以一己之力兑现这片土地遭到背叛的诺言。[1]这个观点振聋发聩，让人不由联想起《了不起的盖茨比》(*The Great Gatsby*)结尾部分那段精彩的文字：

> 此刻，那些海滨大别墅大多已经关闭，四周几乎没有灯光，只有海湾对面一艘渡船上时隐时现、若明若暗的一丝光亮。月亮渐渐升高，虚幻不实的别墅开始消隐退去，我慢慢意识到，这里就是当年让荷兰水手的眼睛绽放光芒的古老小岛——新世界里一篇清新翠绿的土地。那些消失了的树木，那些为建造盖茨比的豪宅而被砍伐的树木，曾经在此轻声应和着人类最后也最伟大的梦想。在沉醉的一瞬间，人们面对这片新大陆一定会屏息凝神，不由自主地沉浸到无法理解也不乞求理解的美学思考中，也是人类在历史上最后一次面对与其感受奇迹的能力相称的奇异景象。[2]

尽管梭罗不过是蜗居在爱默生拥有的土地的一隅，甚至距离自己家的房舍不足一英里半的路程，《瓦尔登湖》一书却证明，作者此举其实是一次探险、一桩英雄主义的遁世之举和一次拨乱反正的有益尝试。“我到林中去，因为我希望去谨慎地生活，”他宣布，“只面对生活的基本事实，看看我是否学得到

---

① 此处请参阅斯坦利·卡维尔 *The Senses of Walden*，第8—9页。我们知道在某一年的某一天，所有新英格兰的祖先都在树林里定居了下来。《瓦尔登湖》中发生的事件正是对这个国家大事件的重演，回到历史原点，为的是拨乱反正。美国只存在于它的发现之中，而每一次发现都事出偶然。

② F. 斯科特·菲茨杰拉德，《了不起的盖茨比》(New York：Scribner，1992)，第152页。

生活要教育我的东西。”（65）梭罗与菲茨杰拉德[①]一样，身上都具备一种发现奇迹的能力：

> 我生活的地方遥远得跟天文家每晚观察的太空一样，……我发现我的房屋位置正是这样一个遁隐之处，它是终古常新的没有受到污染的宇宙的一部分。……我真正是住在那些地方的，至少是，就跟那些星座一样远离我抛在后面的人世，那些闪闪的小光，那些柔美的光线，传给我最近的邻居，只有在没有月亮的夜间才能够看得见。（63）

“我们是一个实验的材料，……”（94）梭罗写道。这应该是说给所有的美国人听的，含蓄地暗示出7月4日的象征意义。在《康科德河和梅里麦克河上的一星期》一书中，他在一些关键段落里已经开始使用“边疆”一词，从而凸显这场实验其实事关存亡：

> 边疆不在东边或西边，南边或北边，而是在一个人面对一个事实——虽说这事实只是他的邻居——的任何地方，在他与加拿大之间，在他与落日之间，或更远些，在他与它之间有一片荒无人烟的旷野。让他在他的所在地用树皮为自己建造一座小屋，面对它，在那儿进行一场历时七年或七十年的法兰西

① 弗朗西斯·斯科特·基·菲茨杰拉德（Francis Scott Key Fitzgerald，1896—1940），美国作家、编剧。代表作有《了不起的盖茨比》（1925年）、《夜色温柔》（1934年）、《末代大亨的情缘》（1941年）等。其小说生动地反映了20世纪20年代“美国梦”的破灭，展示了大萧条时期美国上层社会“荒原时代”的精神面相。——译注

战争，同印第安人和别动队队员或任何可能出现在他与现实之间的东西作战，尽力保全自己的头皮。(《一星期》，304)

然而事实证明，梭罗对冠以“美利坚”之名的公众活动从来不感兴趣。[①]1837年到1860年，每年的7月4日，梭罗均未在日记中提到过这个举国欢庆的节日，因为单是记录风景和天气就已经够他忙活的：

1853年7月4日：贝克·斯托家的羊胡子草。与早前长出的有变化吗？高丛蓝莓开始挂果。

1854年7月4日：昨夜湿热难耐；什么也盖不住；所有窗子都开着。……非常热的一天。

1860年7月4日：夜里微雨（昨日）。……我站在J.P.布朗家的地头，南面儿，只见北边儿他那肥沃茂盛的草场尚未修剪，此刻正在自东边吹来的风中绿波荡漾。……他家的地还一块也没有收割。

在《瓦尔登湖》一书中，他对公众纪念日的漠不关心表现得更为直接。一支军乐队为了庆祝独立日或是康科德战役[②]纪

---

① 杰弗里·S.克莱默针对《瓦尔登湖》一书中有关“大型公众纪念日”（gala days）的内容有如下注释：“康科德有两个大型公众纪念日，1775年4月19日战役纪念日和7月4日独立日。”（见 *Walden: A Fully Annotated Edition* [New Haven：Yale University Press，2004]，第154页注释37）

② 康科德战役（Concord Battle），英国陆军与北美民兵之间的一场武装冲突，发生于1775年4月19日。发生地点在波士顿西部乡镇的莱克星顿和康科德，亦称“列克星敦和康科德战役”。美国社会普遍将它视为美国独立战争的首场战役。——译注

念日在演奏“军乐”[1]。梭罗嘲弄道：“这是伟大的一天啊，虽然我从林中空地看天空，还和每天一样，是同样无穷尽的苍穹，我看不出有什么不同。”（111）然后就转身去忙那些他真正关心的事儿去了。换句话说，虽然梭罗一直希望为自己的探险拓展出更深层的意义，但是正如他自己所说，相比起美利坚合众国，他宁愿“忠心耿耿地管理我的这些事”（16）。“其实我是无论坐在哪里，都能够生活的，”他声称，并且对自己的唯我主义丝毫不加掩饰，“哪里的风景都能相应地为我而发光。”（58）

《经济篇》作为开篇可谓火药味十足，梭罗毫不掩饰对“做好事”的不以为然，认为那不过是“一个人浮于事的职业”（53）。“可是，这一切是很自私啊，我听到一些市民这样说。”梭罗先是学舌了一番。然后就开始对慈善事业口诛笔伐，理由与后来尼采分析的一样，认为慈善行为恰恰源于人们的自私：我们赞扬他人牺牲他或她的利益，是因为其行为能够让我们获益。[2]梭罗倡导自我完善：与其说“做好事”，“我就干脆这样说，去吧，去做好人”（53）。

---

① 此处“军乐”一词原文是“martial strains”，梭罗特意将这个词用引号标了出来，因为strains一词虽然可以用来指旋律，其实本意指过度拉伸、过度紧张、过度使用。作者此处语义双关，不无嘲讽。——译注

② 尼采对慈善事业的剖析与梭罗的看法非常相似：人们称一个人的美德为善的，不是就美德对他本人所具有的效果而言，而是就我们为我们自己和社会所假设的美德之效果而言，……美德（如勤奋、顺从、贞洁、虔诚、公正）……通常有害于美德所有者。如果你有一种美德，一种真正的、完整的美德，……那你就是它的牺牲品！参见*The Gay Scienxe*，第92页。

所以，如果我们要真的让人类恢复。……首先让我们简单而安宁，如同大自然一样，逐去我们眉头上垂挂的乌云，在我们的精髓中注入一点儿小小的生命。不做穷苦人的先知，努力做值得生活在世界上的一个人。(57)

乔尔·波特（Joel Porte）曾经评论道："若是作为改良社会的蓝图，《瓦尔登湖》一书可谓乏善可陈。"[①]（倘若梭罗听到这通议论，怕是要动用自己尖酸刻薄的幽默感冷嘲热讽一番。）其实这本书描绘的是梭罗的一个梦，一个通过放飞自我、把握自我，让自我日臻完美的梦，而且他在相当程度上也梦想成真。

当然，我们不应该忽视卡维尔的看法，无视7月4日的重要性：如果说杰伊·盖茨（Jay Gatz）对黛西·布坎南（Daisy Buchanan）的一往情深唤醒了美国梦，那么可以肯定的是，梭罗遁隐瓦尔登湖的挑衅之举开创了重塑美国人的可能性。一个人独居林间，住在自己亲手搭建的小屋里，屋旁是自己耕种的一小片农田——这一切无疑有其深意，它们共同演出，组成一部经得起时间检验的戏剧，而7月4日是其中关键性的一幕。梭罗对此心知肚明。

① 乔尔·波特的评论，见其著作 *Emerson and Thoreau: Transcendentalists in Conflict*，第150页。

章十九

滑薄冰的游戏 Kittlybenders

> 我不会在奠定坚实基础以前先造拱门而自满自足。我们不要玩儿滑薄冰的游戏。什么都得有个结实的基础。(222)

在诺顿出版社的《瓦尔登湖》注释本第三版中，威廉·罗西在脚注中把“kittlybenders”解释为“一种孩子们试着在薄冰上奔跑或滑行却不把冰层弄碎的游戏”(222)，但如果不是梭罗在这本书中提及，警告人们最好不要玩儿这种冒险的把戏，这个词极有可能早就被人们完全遗忘了。梭罗很喜欢滑冰。根据理查德森(理查德森，334)的考证，梭罗能够以约22.5

公里的时速一口气滑行四五十公里的距离。那么他又为何反对玩儿这种冰上游戏呢？实际上，《瓦尔登湖》的一大特色就是作者善于运用建筑和空间术语来诠释思想和生活。滑薄冰的游戏字面上就包含有危险的意思，因此在文中被作者引申为一个隐喻，用来形容失去坚实基础的生活或者缺乏根据的争论，因为其中都蕴含着危机。“什么都得有个结实的基础。”梭罗在《瓦尔登湖》中多次运用这个意象来提请读者的注意。

> 我想到瓦尔登湖会是个做生意的好地方，……这里是有许多的便利，或许把它泄露出来并不是一个好方针，这是一个良好港口，有一个好基础。你不必填没像涅瓦河区那样的沼泽——虽然到处你都得去打桩奠基。（17—18）

> 让我们定下心来工作，并用我们的脚跋涉，在那些污泥似的意见、偏见、传统、谬见与表面中间，……直到我们达到一个坚实的底层，在那里的岩盘上，我们称之为现实，然后说，这就是了，不会错了。（70）

> 如果你造了空中楼阁，你的劳苦并不是白费的，楼阁应该造在空中——只要把基础放到它们的下面去。（217）

在《冬天的湖》一章中，梭罗花费了不少笔墨去勘破当地一个关于瓦尔登湖无底的传说，他借用“无底”一词的字面意思讽喻这些传闻“自然是没有根据的”（191）。梭罗的这种用词习惯可能来源于爱默生。爱默生就曾经非常巧妙地借用建筑名词来批评自己的论辩不够缜密。“我发现刚讲完的新课是一幢很好的房子，”他有一次在日记中写道，“不过不幸的是建筑师忘了搭建楼梯。”[①]

与孩子们玩儿滑薄冰的游戏（kittleybenders）的画面最吻合的英语表达，是在薄冰上滑冰（to skate on thin ice）。这个词最早收录于埃里克·帕特里奇[②]编写的《陈词滥调字典》，如果并非讹传，恰恰语出爱默生本人。[③]大约1860年前后，爱默生写道：“在薄冰上滑冰时（In skating over thin ice），安全与否取决于我们的速度。”梭罗在《瓦尔登湖》中警告说，“玩儿滑薄冰的游戏时速度不能慢”，相较而言，爱默生的说法要显得更加务实，语气上也更为和缓。不过说到薄冰，梭罗自然有着更丰富的经验。他在《瓦尔登湖》一书中谈到过冰封的湖面，尤其在描绘湖面刚上冻和刚化冻那些日子的景况时着墨颇多，精细地勾勒出冰面最薄时的情景。“第一块冰特别有趣，特别美满，”在《室内取暖》一章中，梭罗这样写道，“因为在一英寸厚薄的冰上你已经可以躺下来，像水上的掠水虫，然后惬意地研究湖底，距离你不过两三英寸，好像玻璃后面的画片。”（166）在《春天》一章，瓦尔登湖冰面开始消融，梭罗并没有放松警惕：最后，湖中的冰开始像蜂房那样了，我一走上去，后跟都陷进去了。（203）

---

① 爱默生，“不过不幸的是建筑师忘了搭建楼梯”，引自 Robert Milder，《重新想象梭罗》（*Reimagining Thoreau*，Cambridge：Cambridge University Press，1995），第62页。

② 埃里克·帕特里奇（Eric Honeywood Partridge，1894—1979），英国语言学家、辞典编纂者，以对俚俗之语的精深研究著称。——译注

③ “在薄冰上滑冰”语出爱默生，见埃里克·帕特里奇，《陈词滥调字典》（*A Dictionary of Clichés*，5th ed.，New York：Routledge，1979），第203页。

正如爱默生的观察，玩儿“滑薄冰的游戏”关键在于速度，仅就速度而言，他认为梭罗借用这个游戏来比喻自己的写作和生活并不恰当。尽管梭罗滑冰速度很快，但写作上并不是快手。梭罗在瓦尔登湖逗留了二十六个月，其间确实产量惊人：除了《康科德河和梅里麦克河上的一星期》一书的全稿，还写了《瓦尔登湖》开头几章、《论公民不服从的权利》、有关托马斯·卡莱尔的论文，以及后来被整理为《缅因森林》（*The Maine Woods*）的部分文稿。然而离开林居之后，他的节奏明显变慢，《瓦尔登湖》一书七年后才定稿，原因恰好就隐藏在“滑薄冰的游戏”这个暗喻之中。梭罗从1837年开始写日记，前后写了近200万字（连续数年，几乎一天不落），因此自然不能说他患有写作障碍。[①] 不过，尽管写日记时文思泉涌，梭罗却认为，如果要将这些内容整理成讲稿、可供出版的随笔，甚至是书稿，需要更多的脚手架作为支撑。理查德森爱用“打造”（worked up）一词来描述梭罗将日记发展成散文的过程（比如，“梭罗［从他的日记中］撷取关于月光的素材打造成一篇讲稿”），“打造”一词意味着某种缓慢、谨慎的过程蕴含其中，而不是快速从冰上掠过。至于《瓦尔登湖》中有一些章节读起来寡淡无味，那多半是打造过度的结果。[②]

梭罗对这个问题有所察觉。在1845年的日记中，他对自己的写作方法做了精准的描述：

---

① 此处梭罗日记的字数统计参考了 *I to Myself: An Annotated Selection from the Journal of Henry D. Thoreau*, ed. Jeffrey S. Cramer（New Haven：Yale University Press，2007），第 xv 页。

② 理查德森的说法见其著作 *Henry Thoreau: A Life of the Mind*，第 325 页。

这些灵感，从罗盘指向的脚下的每一寸土地，到头顶上方的每一片天空，如约而至，并以同样的次序被记入日记。随后，当时机成熟，它们被簸扬去壳化为讲稿，然后再一次，在适当的时机，再从讲稿变作一篇篇随笔。(《日记》，1845年夏)

到了1852年1月27日，他开始质疑自己的这种写法：

我不知道，但是用日记的形式记录下来的这些想法，或许就用它们本来的样子出版更好——而不是将有关的内容糅合在一起变成一篇篇随笔。此刻，它们与生活彼此交融——在读者的眼中也不显得牵强附会。(《日记》，1852年1月27日)

滑薄冰的游戏有赖于速度，但梭罗对速度并无把握，于是把自己交付给一种写作策略，并自此再也没能摆脱掉“生搬硬造”的隐患——《康科德河和梅里麦克河上的一星期》依照一周七天的结构组织文字，《瓦尔登湖》则选择一年四季作为写作框架。他的同龄人中，应该说是玛格丽特·富勒[①]第一个凭直觉发现了梭罗写作方法的弊端。她没有采纳梭罗投递给《日晷》杂志的一份稿件，并这样评论道：

① 玛格丽特·富勒（Sarah Margaret Fuller，1810—1850），美国作家、评论家、社会改革家、早期女权运动领袖，新英格兰先验论派著名成员。曾于1840—1842年负责先验论杂志《日晷》的编辑工作。——译注

昨晚重读一遍只不过确认了我的第一印象。文章思想丰富，如果不再读一遍会觉得可惜。但是在我看来，这些想法的表达颠倒无序，难以卒读。我感到自己置身于一条思想的急流，但同时又似乎听得到打磨马赛克的磨具发出的刺耳轰鸣，这种感受还是平生第一次。

事实上，梭罗的所有“书”都像是马赛克镶嵌画，都是从多年的日记中选取素材并拼贴在一起的，或者按照安德鲁·德尔班科的说法，就是“可以与不同瞬间、不同情绪下所写的完全不同的内容重新排列组合的模块”[1]。尽管梭罗越来越倾向于让文字在日记中自然流淌，但他并不认为日记适合以书的形式出版。或许他是对的。米歇尔·塞雷斯（Michel Serres）有一次发表评论说，“最优雅的告白总是惜字如金”[2]，但梭罗宁愿为了文字的说服力牺牲优雅。他希望《瓦尔登湖》一书能够站得住脚，能够诠释里尔克[3]所说的那句话，“你必须改变你的生活”[4]。然而证明这一点需要时间。维特根斯坦立下过相同的宏愿，但在写法上却截然相反。“他的做法是，”按照大卫·皮尔斯（David

---

① 玛格丽特·富勒评论梭罗的作品就像“马赛克”，德尔班科则认为梭罗的写法像摆“积木”，二者均引自德尔科班的 *Required Reading: Why Our American Classics Matter Now*，第 37—38 页。

② 塞雷斯的评论出现在他与布鲁诺·拉图尔（Bruno Latour）的对话中，见 *Conversation on Science*，*Culture and Time*，trans. Roxanne Lapidus（Ann Arbor：University of Michigan Press，1995），第 69 页。

③ 里尔克（Rainer Maria Rilke，1875—1926），奥地利作家，20 世纪德语世界最伟大的诗人，著有诗集《生活与诗歌》（1894 年）、《新诗集》（1907 年）、《新诗续集》（1908 年）、《杜伊诺哀歌》（1923 年）等。——译注

④ 里尔克的诗句摘自其诗歌《古阿波罗残像》（*Archaic Torso of Apollo*）。

Pears）的描述，“每天不间断地记笔记，然后扬弃掉许多素材，在某些情形下甚至省略掉论证的细节，使得他的作品晦涩难懂但异常生动。”[①] 难道身为哲学家，就不能像《瓦尔登湖》中描写的滑薄冰游戏一样，表现得更大胆一些，就像在薄薄的冰层上迅疾地掠过？至少尼采认为是可以的：

> 因为我探讨深刻的问题，就像洗冷水澡——快进快出。说我因此而到不了深水中，说我没有往下到达足够的深度，这是怕水者，那些冷水之敌的迷信，他们无经验可谈。哦！寒气逼人让人快速行动！——顺便问一句：一件事情真的由于它仅仅在转瞬即逝中被触及、被看到、被注视，就不会被理解、被认知吗？人们首先必须绝对牢靠地坐在上面吗？[②]

尽管梭罗将尼采的比拟身体力行，在冰冷的湖水中晨浴（“这是个宗教意味的运动，我所做过的最好的一件事”[63]），他退隐瓦尔登湖畔的目的却是想明白一个问题，“我到林中去，因为我希望去谨慎地生活，只面对生活的基本事实，看看我是否学得到生活要教育我的东西”（65）。他拒绝匆忙行事。在二十六个月的时间里，如果借用尼采的说法，梭罗“牢靠地坐在”问题上，为自己的观点寻找依据，拒绝玩儿滑薄冰的把戏：

---

① 大卫·皮尔斯关于维特根斯坦写作风格的描述见 Brian Magee，《现代英国哲学》（*Modern British Philosophy*，New York：St. Martin's，1971），第 39 页。

② 尼采，“探讨深刻的问题，就像洗冷水澡”，见 *The Gay Science*，第 343—344 页。

让我们定下心来工作，并用我们的脚跋涉，……直到我们达到一个坚实的底层，在那里的岩盘上，我们称之为现实，然后说，这就是了，不会错了。(70)

（联合撰文：查尔斯·迈耶）

章二十

告别瓦尔登湖 Leaving Walden

梭罗在《瓦尔登湖》一书中对自己二十六个月的林居生活大唱赞歌。这段岁月如此辉煌，他又为何选择离开？每一位读者的心中难免都会有这个疑问。当然，作者在该书的《结束语》部分给出了解释，不过这解释太过潦草，很难让人信服：

> 我离开森林，跟我进入森林有同样的好理由。我觉得也许还有好几种生命可过，不必把更多时间来交给这一种生命了。(217)

“我离开森林，跟我进入森林有同样的好

理由。”——这句话究竟意味着什么？在《我生活的地方，我为何生活》一篇中，梭罗说明了他前往湖畔居住的缘由：我到林中去，因为我希望去谨慎地生活，只面对生活的基本事实，看看我是否学得到生活要教育我的东西。（65）在这段话中，“谨慎”（deliberately）一词很关键，包含“有意而为、深思熟虑、有条不紊”等多重含义，从而给梭罗到林中去的举动增添了某种生死攸关的重大意味。当梭罗着手写作《瓦尔登湖》一书时，他显然已经意识到这个选择在他的生命中非常重要，不仅会让幸福变得触手可及，而且将激励自己创作出无愧于声名的作品。

这个决定并非一时冲动。在此之前，梭罗就一直考虑要从康科德的社交圈子和与父母同住的家庭环境中脱身出来，哪怕只是获得一点私密空间也好。（他的母亲常常越界。）布鲁克农场[①]那样的实验公社对他毫无吸引力。他决定在自孩提时代就熟悉的瓦尔登湖落脚，不过，尽管爱默生已经允诺他使用自己购置于1844年秋的那块地，但真正动迁还是花费了他差不多整整四个月的时间来做准备，其中耗时最多的是平整土地和搭建小屋。因此，暗示自己突然离开与当初决定前往理由相同的说法未免有失坦率。梭罗离开得很匆忙，离开时交代的那几句话同样突兀（“我第一年的林中生活便这样说完了，第二年和它有点差不多。最后在1847年的9月6日，我离开了瓦尔登

① 布鲁克农场（Brook Farm），19世纪40年代美国的一个乌托邦农业与教育实验公社，位于马萨诸塞州波士顿近郊的艾里斯农场（Ellis Farm），由牧师乔治·雷普利（George Ripley）和他的妻子索菲亚·雷普利于1941年创办。霍桑曾经是该农场早期参与者之一，但对其理想并不大认同，这段经历在他的《福谷传奇》中有所体现。——译注

湖”[214]），这与他奔赴瓦尔登湖时的情形可谓天差地别。

梭罗在《瓦尔登湖》一书中对自己离开的理由含糊其词，相关的日记内容读起来更是让人如坠云里。在日记中，似乎梭罗本人也认为，自己匆忙间放弃这难得的独处并非明智之举：

> 为什么要改变？为什么会离开林子？我自己也说不清楚。我常常希望自己能够重新回到那里——甚至为什么我竟会到过那里，我也并非了解得更多。也许这一切竟与我无关，即便曾发生在你身上。也许我需要某种改变，也许生活有点停滞不前，就如世界的车轴，在午后两点左右，因为需要加油润滑而吱吱嘎嘎地响了起来。就像劳作的公牛，无法把这天的重负扛上脊背。若再多待上一段时日，也许我会停下脚步，在那里永远地生活下去——一个人接受老天这样的安排时，总要三思而后行。（《日记》，1852 年 1 月 22 日）①

“我常常希望自己能够重新回到那里。”这句话非常关键，但在《瓦尔登湖》一书中并未出现。梭罗在最后一稿中删去了所有带有自我怀疑或悲观色彩的字句，当然这不过是延续了他一贯的做法。在另外一个被删去的段落里，他对这种做法做了解释：“我会告诉他［读者］这个秘密，如果他们不借此打击我的自信的话——我只把事情最好的一面示人。”但谈及离开的理由，若要“把事情最好的一面示人”，难道不该将背后的

① 1852 年 1 月 22 日的《日记》段落以及从《瓦尔登湖》手稿中删去的那句话（“我只把事情最好的一面示人”）均引自罗伯特·萨特尔迈耶的论文《重塑〈瓦尔登湖〉》，见《瓦尔登湖》英文第 3 版，第 497，501 页。

原因和盘托出吗？事实是，爱默生当时将赴欧洲讲学，提出旅欧期间梭罗可以继续住在他们家的房子里。

离开林间小屋七年之后，《瓦尔登湖》一书面世，在此期间梭罗对书稿进行了多次修改。他显然已经意识到，自己人生的巅峰期已成过去。1851年，他在日记中袒露心扉：

> 在我看来，我现在的经历不值一提；我过去的经历，总体而言，没有哪一段能够达到或者说比得上我孩童时期的体验。……照我过去的看法，大自然与我同步，和我一起生长。我的生命即是狂喜。我还记得，在我的青年时代，各种感觉都非常灵敏，我充满了活力。(《日记》，1851年7月16日)

在《瓦尔登湖》一书中，这种遗憾只是间或闪现（大多出现在一些文字拼接的裂缝处）。在该书的第二章有一句箴言不止一次出现，梭罗宣布："我不预备写一首沮丧的颂歌，可是我要像黎明时站在栖木上的金鸡一样，放声啼叫。"（5，60—61）不过，在另外一个看似随意的句子里，我们却能从它的时态中（tense）感受到那种失落，"当我昔日，在阿卡狄亚的时候"（42）。

离开小屋时，梭罗已经完成此行的写作计划——特别是为了纪念他的哥哥而作的《康科德河和梅里麦克河上的一星期》，在此之前这本书已经延宕大约三年。用这个理由来解释他离开的原因当然很说得过去——但无论是《日记》，还是《瓦尔登湖》（书中从未提及写作），都清楚地表明了作者的立场，他从未把这场探险仅仅视为一个艺术家的工作坊。《日记》才情恣肆，说明梭罗无论在哪里都能够提笔创作，尽管在构思长篇作品时，他会需要一段独处的时间。《瓦尔登湖》一书让人感觉，梭罗是在下一个生命的赌注，这才是让读者感到兴奋的原因。“我到瓦尔登湖去的目的，”他写道，“是去经营一些私事。”（16—17）而这些私事是学会如何生活。

结束林居生活之后，梭罗似乎发觉，这样的经验已经无法在任何其他的地方复制：夜钓（121），在林间迷路（117—118），站在冰封的湖面的中央（114），感受“八月轻柔的斜风细雨”（62），倾听山那边传来的钟声在耳边回荡（87），因一架彩虹给周围的绿草晕染上的颜色而目眩（138），或只是简单地写下一句“这是一个愉快的傍晚”（90）——梭罗发现，情绪（mood）能带给自己一种重要的体悟，“我们有福了，如果我们常常生活在‘现在’，对发生的任何事情，都能善加利用”（211）。事实上，他预言了海德格尔[①]的命题——“情绪”一词（Stimmung），在德语中碰巧有“音高”（pitch）或“调音”（tuning）之意。情绪，远非平凡琐碎之物，它使我们得以用一种独特的方式认识世界。借用海德格尔的例子，傍晚沿着空寂的街巷散步，一阵恐惧突然袭来，内心的祥和瞬间烟消云散。海德格尔认为，当“我们被情绪击中”，而且因无法左右情绪而感到极度无力时，会“与一些对我们来说重要的东西不期而遇”。当某种情绪占了上风，会变得“像一种气氛，先

① 马丁·海德格尔（Martin Heidegger，1889—1976），德国哲学家，20世纪存在主义哲学的创始人，代表作品《存在与时间》等。——译注

是令我们沉浸其中……然后一波又一波地调试我们”[1]。

梭罗深解其味。在《寂寞》一章中，他描写道，“我的情绪有些失常”，但是“温和的雨丝”展露出大自然的恩惠，“就如某种支持我的气氛”（92）。《瓦尔登湖》一书记录了作者一次次“调试”情绪，试着与世界保持同频所付出的努力。很大程度上说，这种调试需要他学着“对发生的任何事情，都能善加利用”，还要放弃“自然万物皆有寓意，自然现象皆为神话”的成见。（《日记》，1853年5月10日）《瓦尔登湖》揭示了获得这种体悟的方法：逐渐停止说理，代之以描写。[2]到了该书倒数第二章的结尾，梭罗宣布又有了新的发现：

> 我们需要旷野来营养，……在我们热忱地发现和学习一切事物的同时，我们要求万物是神秘的，并且是无法考察的，要求大陆和海洋永远地狂野，未经勘察，也无人探测，因为它们是无法探测的，……我们需要看到我们突破自己的限度，需要在一些我们从未漂泊的牧场上自由地生活。（213）

不过，与海德格尔不同的是，梭罗相信自己能够通过谨慎的（又是这个词）生活达到某种境界。他在《我生活的地方，我为何生活》一章中这样说道：“我没有看到过更使人振

---

① 海德格尔关于情绪的见解，见马克·拉索尔（Mark Wrathall）的 *How to Read Heidegger*（New York：Norton，2006），第30—35页。拉索尔对海德格尔观点的分析对我助益颇多。

② 逐渐停止说理，代之以描写，见莎伦·卡梅伦的佳作 *Writing Nature: Henry Thoreau's Journals*，特别是第5页。

奋的事实了，人类无疑是有能力来有意识地提高他自己的生命的。”（64）在《瓦尔登湖》一书中，他把自己筑屋、耕种、阅读、散步、晨曲、测量、编目等生活细节一笔一笔详细地记录了下来，从而提供了一套详尽的生活指南，告诉人们该如何与周围的世界和谐共处。离开林子之后，梭罗错失了这份心境，从这个意义上而言，他也是在为未来的自己编写这本指南。

章二十一

换　羽　Molting

> 我们换装的季节，就像飞禽换羽，必然是生命之中一个大的转折点。潜鸟退到僻静的池塘边去脱毛。蛇蜕皮的情形也是如此，同样的是蛹虫出茧，都是内心里孜孜扩展着的结果。(19)

梭罗在瓦尔登湖所做的实验，与他描写的飞禽换羽毛的过程惊人地相似：由于他对社会问题表现出的激进态度引起了公众的注意，加上在职场上信心不足，梭罗选择退隐湖边以便保全自我。笨拙地更换羽毛的飞禽形象象征着梭罗自身的蜕变。就像一只羽翼不再丰满的鸟，梭罗对于未来感到迷惘，无论在思想上还是情感上都摇摆不定：事实上，他通过《瓦尔登湖》一书公开陈述的观点，与他私底下通过日记表达的看法不尽相同，即便两者出自同一时期。他承认："我只把事情最好的一面示人。"依照梭罗自己的描述，他的蜕变是随着时间的线条逐步展开的，最初是有所领悟（朴素生活的价值），然后踏上了转变之旅（退隐湖畔），最终成就为一个新人，这个人，已经舍去所有不必要的一切，"也能像古代哲学家一样，空手徒步出城，不用担什么心思"（20）。

尽管换羽是一个自然现象，是必须经历这一过程的物种无法逃避的命运，梭罗的这场"蜕变"却是经过"谨慎"思考的，用他自己的表达就是："我到林中去，因为我希望去谨慎地生活。"（65）的确，正是由于抱定了目标，他才得以发现那"使人振奋的事实（是），人类无疑是有能力通过有意识的努力来提高他自己的生命的"（64），并因此而欢呼雀跃。梭罗把"我们换装的季节"描述为"生命之中一个大的转折点"，令人不禁想起爱默生的《文学的道德》，也就是他在1838年对达特茅斯学院的毕业生们所做的那场演讲。在结语部分，爱默生展现了自己最鼓动人心的一面：

> 先生们，我已经冒昧地向你们说明我有关学者的地位和希望的一些考虑，因为我想你们许多人现在正站在这个学院的门口，准备好去承担你们国家的任务，不管它是社会的或是私人的任务。你们不会为接受针对知识分子的那些主要职责的告诫而感到遗憾，因为那是从你的新同伴嘴里难以听到的。你每天会听到品位低下的劝世之言。你会听人说首要

的职责是去获得土地和钱、职位和名声。“你寻找的真理是什么？美是什么？”有人会嘲弄地问。然而，如果上帝已召唤你们中间任何人去探寻真理和美，你们要勇敢，坚定，忠实。当你竟然说“因为别人那样，所以我也要那样。我放弃我早时的梦想。我为它感到遗憾，我必须享用土地的好处，让学业和浪漫的期待等到一个更合适的时候吧”的时候，你作为人已经死掉。艺术、诗和科学的蓓蕾又一次毁灭，因为它们已在千千万万的人里面死掉。做出那个选择的时刻是你的历史性危机时刻。注意紧紧地把握住自己的智慧，……为有一点光明而满足吧，那它就属于你自己。探索，再探索。在你永恒的探究的位置上，不要感到沮丧，也不要沾沾自喜。……使你自己成为这个世界需要的人。[①]

爱默生所说的危机时刻，也就是从学生到成家立业的重大转折，正如鸟儿更换羽毛是无法回避的，是到了成熟季节大自然的产物。然而为了逼迫自己成为一个新人，梭罗却陷入一场自身的危机。他惯于借用自然界的隐喻来描述生存问题，因此把自己的行动描述为一次“蜕变”，但是爱默生的影响仍然是显而易见的。因此，为何他的这位精神导师对《瓦尔登湖》一书一直不予承认，甚至在日记里也只字未提，迄今仍然是个谜。而爱默生写给梭罗的悼词，常会令人联想到他在达特茅斯的演讲：

---

① 爱默生的达特茅斯学院演讲，见 *Emerson: Essays and Poems*，第110—111页。

> 此时，他正是一个身强力壮、刚刚从大学毕业的青年，所有的同学都在选择职业，或是急于要开始某种报酬丰厚的工作，当然他也不可避免地要考虑这些。他那种抗拒一切惯常道路，保持他孤独的自由的决心，实在是难能可贵——这需要付出极大的代价，辜负他的家人和朋友正常的期望，……但是梭罗从未动摇。他是个天生的新教徒。他不肯为了任何狭隘的手艺或者职业放弃他在学问和行动上的抱负，他寻求一种更广阔的行业、生活的艺术。[①]

不过，爱默生最终得出的结论是，梭罗“胸无大志”。“紧紧地把握住自己的智慧”，“为有一点光明而满足吧，那它就属于你自己”，“探索，再探索”，“使你自己成为这个世界需要的人”——这些都曾是爱默生的建议，给那些面对“历史性危机时刻”的年轻人的建议。然而在爱默生的读者中，又有哪一位比梭罗更认真、更严格、更坚韧地采纳了这些建议，并且付诸行动呢？

（联合撰文：阿历克斯·华盛顿）

---

① 爱默生写给梭罗的悼词，重印收录于《瓦尔登湖》英文第3版。引文见该书第395，407页。

章二十二

名 字 Name

尽管《瓦尔登湖》一书的作者一直被认定为亨利·戴维·梭罗，但梭罗受洗时的名字其实是戴维·亨利·梭罗。只不过在离开大学后的某一天，梭罗将他名字的前两部分调了个个儿。[1] 这样做大概出于对父母的顺从，因为他们习惯叫他亨利，但也有可能是他想试着替自己做一回主。不过这种推陈出新的做法倒是解

---

① 梭罗自己调换名字顺序一事，见 Walter Harding，*The Days of Henry Thoreau*（Princeton：Princeton University Press，1982），第 54 页。威廉·E. 凯恩认为梭罗之所以这么做有可能是为了"以实际行动宣布自立门户，并表明他成了一个新人"，引自"Henry David Thoreau，1817-1862：A Brief Biography"，见 *A Historical Guide to Henry David Thoreau*，第 11 页。

读《瓦尔登湖》一书的诀窍。

正因为《瓦尔登湖》近乎神圣的文本地位，反倒令不少读者失望。如果你打开这本书，期待从中找到生命的意义，那大抵会感到失望。因为假如剥去文采，换个方式说出来，梭罗给出的无非是一堆陈词滥调：生命的意义在于你自己！降低需求，你就不用工作那么多！大自然是美丽的！如此而已。事实上，《瓦尔登湖》一书的主旨在于，若想过上美好的人生，不在于找到某种隐藏的真相，而在于将眼前已经拥有的事物推倒重来。梭罗无意为重塑文明绘制蓝图，他只不过是要将现有的（文明）要素打乱重排。在《经济篇》中，他对自己的观点进行了大致的梳理，比如强调基本的生活需要，放弃不必要的奢侈品，打破他在邻居们身上觉察到的不自然的生活秩序。早在1873年哈佛毕业典礼上的演讲中——《商业的精神》（*The Commercial Spirit*），梭罗就已经表现出一种决心，准备撼动《圣经》以降的分配模式。"世间秩序应该做一些调整，"他宣称，"第七天应该是人们辛劳工作的日子，用汗水换取生计，其他六天则是情感和灵魂的安息日（Sabbath）。"[①] 在《瓦尔登湖》一书中，逸乐比劳作占用的时间更多："我发现，每年之内我只需工作六个星期，就足够支付我一切生活的开销了。"（50）为了表示自己的观点一直以来并未改变，梭罗用和他在哈佛演讲时一样的语气总结道："流汗劳动来养活自己，并不是必要的，除非他比我更要容易流汗。"（52）

① 梭罗在哈佛毕业典礼上的演讲，见谢尔曼·保罗，*The Shores of America: Thoreau's Inward Exploration*，第48页。

作者深信通过对旧的事物重新安排（rearrangement）能够焕发出巨大能量，因此也就不难解释为何他会在《瓦尔登湖》一书中对迷路一事大加赞美了：它撬动了固有观念的禁锢，而固有观念引起的麻木一向被梭罗视为末路。因此，他叙述了一次夜归小屋的经历（“就是在平常的晚上，森林里也比你们想象的来得更黑”［117］），从而让读者发现，原来迷路也会带来这样的领悟：

> 任何时候在森林里迷路，真是惊险而值得回忆的，是宝贵的经历。在暴风雪中，哪怕是白天，走在一条走惯的路上，也可能迷失方向，不知道哪里通往村子。虽然他知道他在这条路上走过一千次了，但是什么也不认得了，它就跟西伯利亚的一条路同样的陌生了。……除非我们完全迷了路，或者转了一次身，……我们才发现了大自然的浩瀚与奇异。……非到我们迷了路，换句话说，非到我们失去了这个世界之后，我们才开始发现我们自己，认识我们的处境，并且认识了我们的联系之无穷的界限。（117—118）

梭罗的动议在维特根斯坦的哲学观里得到了回响。“这些问题并不是通过引入新的信息来解决的，”维特根斯坦谈道，“而是通过安排我们已有的知识。”[1]为了说明这一点，维特根斯坦用重新整理书架的行为来打比方，按照他的观察，“一个不了解这次任务多么困难的旁观者，在这样一种场合下易于认

① 维特根斯坦谈问题解决的方法，见《哲学研究》，第40页及以降。

为什么也没有达到——在哲学中，困难不在于说出比我们所知道的更多的事情”[①]。假如误以为《瓦尔登湖》这本书唤醒的是我们内心对某种前所未有的新发现的渴求，反倒会让我们无法领会梭罗给出的启示的真正用意。“对于哲学来说，最大的障碍之一，”维特根斯坦坚信，“是对前所未有的新发现的期待。”[②]“我们必须做的不过是将已有的知识按照正确的方式安排在一起，不做任何添加，我们试图从解释（事物）中获得的满足来自于（事物）自身。”[③]“大自然并不发问，也不做回答。”（189）梭罗总结道。“天空在我脚下，正如它又在我们头顶。”（190）重要的东西从不隐藏，我们只不过必须从身边的一切中去发现它们罢了：

> 从暴风雪和冬天转换到晴朗而柔和的天气，从黑暗而迟缓的时辰转换到光亮和富于弹性的时刻，这种转化是一切事物都在宣告着的很值得纪念的重大转变。最后它似乎是突如其来的。突然，注入的光明充满我的屋子，虽然那时已将近黄昏，而且冬天的灰云还布满天空，雨雪之后的水珠还从檐上落下来。我从窗口望出去，瞧！昨天还是灰色的寒冰的地方，横陈着湖的透明的皓体，今天已经像一个夏日的傍晚似

① 维特根斯坦，哲学研究就像重新整理书架，见《蓝皮书和褐皮书》（*The Blue and Brown Books*，New York：Harper Torchbooks，1960），第44—45页。

②“对于哲学来说，最大的障碍之一”，见 *The Wittgenstein Reader*，2nd ed.，第53页。

③ 维特根斯坦，“我们必须做的不过是将已有的知识按照正确的方式安排在一起”，引自 Marie McGinn，*Wittgenstein and the Philosophical Investigations*（London：Routledge，1997），第22页。

的平静，充满希望。(209)

这种方法表面看来平淡无奇："既然一切都呈现在我的眼前，那就没有什么需要解释的。"[①] 如果依照这种说法，维特根斯坦的这句箴言正好可以为《瓦尔登湖》的写法背书。在书中，梭罗详细罗列了自己的收支情况、四季运行的能量以及在林中见到的自然现象和野生动物，可谓一览无余。当然，维特根斯坦也意识到了这种描写方法的缺陷："要知道我们说的东西很容易，但要知道我们为何这样说却非常难。"[②] 不过，只有当读者迷失在《瓦尔登湖》中间那些章节的文字丛林里时，才会对维特根斯坦的觉察有所领悟：梭罗不惜笔墨，详细记录了湖面最初上冻时的情景，还有一只落单的潜鸟的嬉戏，以及他自己在雪地里踏出的小路——这些文字很有代表性，并不难理解，但读者的心中会升起疑惑：为什么要告诉我这些呢？维特根斯坦的分析是："事物中对我们来说最为重要的那些方面，由于它们的简单性和平常性而不为人们所注意。"如果此言成立，那么只需要将这些事物放入新的光线里，重新调整位置，就会豁然开朗。不过要做到这一点是需要方法的。

维特根斯坦自己喜欢用的方法是"语言游戏"，通过设定一种情境揭示出语言是如何起作用的。比如，一伙建筑工人如何只借助四个词——"砖！""柱！""板！""梁！"——教

① "既然一切都呈现在我的眼前"，以及下文中"事物中对我们来说最为重要的那些方面"，见维特根斯坦，*Philosophical Investigations*，第 43 页及以降。

② 见《维特根斯坦剑桥讲演集（1932—1935 年）》（*Wittgenstein's Lectures: Cambridge, 1932–1935*，ed. Alice Ambrose，Amherst，N.Y.：Prometheus，2001），第 77 页。

一个孩子学会这种语言？孩子该如何搞懂“板！”在这里指的是“把那块板拿给我”，而不是“把这块板放在另一块上面”。我们又如何才能判定，孩子在何时掌握了这种建筑工人们常用的语言？维特根斯坦认为：“研究各种语言的原始用法中的语言现象就可以驱除这层迷雾，使我们能看清词的目标和功能。”①

梭罗凭借直觉找到了路径：虽然生活在外表的文明中，我们若能过一过原始的、新开辟的垦区生活还是有益处的，即使仅仅为了明白生活必需品大致是些什么及如何才能得到这些必需品。（11）他选择离群索居，住木屋，亲手耕种粮食，用自己的眼睛观察周围的世界，在瓦尔登湖畔玩起了自己发明的“语言游戏”。如果说，维特根斯坦的游戏帮助我们了解我们该如何学会使用一个词，那么梭罗的游戏提供的教益是我们该如何学会生活。

（联合撰文：亚当·尼古拉迪斯）

① 建筑工人的语言游戏，见维特根斯坦，*Philosophical Investigations*，第3页及以降。

章二十三

数　字 Numbers

2000 名：梭罗在瓦尔登湖期间康科德市居民人口

两年两个月零两天：梭罗在瓦尔登湖隐居的时间

1.3 英里（约 2.1 千米），从梭罗小屋到爱默生家的距离

28 岁—36 岁：梭罗撰写《瓦尔登湖》一书时的年龄

550 码（约 0.5 千米）：从梭罗小屋到菲茨堡铁路的距离

204 英尺（约 62 米）：从梭罗小屋到瓦尔登湖的距离

612 英亩（约 2.48 平方千米）：瓦尔登湖的面积

31 种：梭罗在瓦尔登湖期间使用过的工具种类

3000 次以上：《瓦尔登湖》中使用第一人称“我”的次数

不足半英里：从梭罗小屋到爱尔兰铁路工人的棚屋的距离

10 英尺（约 3.5 米）宽，15 英尺（约 4.6 米）长：梭罗小屋的面积

30 人：不挪动家具的情况下小屋能够容纳的人数

7 英里（约 11.3 千米）左右：梭罗种下的豆子一行行加起来的总长度

700 多次：《瓦尔登湖》中提及各种动物的次数

6 种：梭罗可以流畅阅读的语言种类（英语、拉丁语、希腊语、法语、德语、意大利语）

25 人：梭罗就学时哈佛大学的教职工人数

100 多万美金：梭罗旧居 1988 年销售时的价格[1]

① 这里的大多数数字都来自瓦尔特·哈丁编著的 *Walden: An Annotated Edition* 一书的注释。

章二十四

深　奥　Obscurity

“我并不是说，我变得更深奥了。”（218）梭罗用这样一句话概括自己，显得随意、谦逊且一派和气，从而将其写作中那种鲜明的复杂性掩饰了起来。“变得”一词含有经过努力达成的意思，从而将“深奥难懂”从“要命的缺陷”转化成某种令人神往的境界。看似无心之语，却一下子点明了梭罗一直以来努力的方向：“给我一个任何智力都无法理解的句子吧。”（《一星期》，151）交流一旦产生，就会有不被理解的可能，这也是修辞学大行其道的原因。那么，为什么明知道读者会“不理解”“不明白”“不清楚”，梭罗还是宁愿曲高和寡呢？

这种雄心从法国象征主义诗人的身上也可以找到，他们试图摆脱任何明确的“主题”，从而让诗歌更接近音乐。从时间上看，向上可以回溯至马拉美[①]的观点（“等一下……让我至少再隐晦一点”）[②]，也就是他在润色为纪念魏尔伦[③]所做十四行诗时所表达的观点；向下则一直到艾略特的名句，“真正的诗在被理解之前确实能够传达某些东西”[④]。至于史蒂文斯（Stevens）的说法，简直就像是梭罗本人写的，“诗歌必须几乎成功地 / 抵抗智力”[⑤]。然而对于梭罗，值得效仿的对象不是音乐而是世界本身。“我们要求万物是神秘的，并且是无法考察的，”他在《春天》一章里这样写道，“我们需要看到我们突破自己的限度。”（213）那么《瓦尔登湖》一书，是不是应该就如自然一样的玄妙、一样的“深奥”？然而正如许多读者发现的那样，《瓦尔登湖》之所以不好读，倒不在玄妙深奥，而在于冗长乏味。爱默生在日记里写到，梭罗的文字令他“精神紧绷且情绪恶劣”，斯坦利·卡维尔引用过这句话，而且表示

---

① 斯特芳·马拉美（Stéphane Mallarmé，1842—1898），法国象征主义诗人和散文家。代表作品有《希罗狄亚德》（1875 年）、《牧神的午后》（1876 年）、《骰子一掷，不会改变偶然》（1897 年）等。——译注

② 马拉美的此观点摘自 *Modern French Poets on Poetry*, ed. Robert Gibson（Cambridge: Cambridge University Press，1979），第 92 页注释 3。

③ 保罗·魏尔伦（Paul Verlaine，1844—1896），法国象征主义诗人，其作品以优雅、精美且富有音乐性而著称。主要作品包括：《农神体诗》（1866 年）、《美好之歌》（1870 年）、《智慧》（1881 年）等。——译注

④ 艾略特的这个名句来自其论文《但丁》，见 *Selected Essays of T. S. Eliot*，第 200 页。

⑤ “诗歌必须几乎成功地 / 抵抗智力”，是华莱士·史蒂文斯 1949 年创作的诗歌《人扛东西》（“Man Carrying Thing”）开头的一句，见 *Collected Poems*，第 350 页。

感同身受："我想，无可否认的是，《瓦尔登湖》有时读起来异常的冗长乏味。"[1] 鉴于这是个绕不开的问题，我们不妨就此发问，仅就梭罗的文字而言，深奥隐晦和枯燥乏味是否并不冲突，反而是一体两面？

要回答这个问题不妨观察一下：如果把手上正在读的《瓦尔登湖》往回翻看，几乎每一位读者都会发现，自己在前两章里热情澎湃地标注的下划线和旁注，到了后面大段的内文部分变得踪影全无，一直到最后的《结束语》部分才又会出现。《声》《湖》《禽兽为邻》《冬天的禽兽》等章节里细节描写连篇累牍，作者似乎将某种意图隐藏在了晦涩的文字背后。"我不理解，"我们会忍不住说，"我不明白这有什么意义。"《瓦尔登湖》一书脱胎于日记，梭罗日记的研究者莎伦·卡梅伦这样写道："(他)越来越不愿对记录下来的现象进行解读，似乎描写一棵树的意义就在于对那棵树的描写本身。"[2]

卡维尔和其他一些研究者的发现对我们也有帮助，梭罗偏好使用双关语和同形同音异义词，借此唤醒词语更原本的含义：在《瓦尔登湖》一书中，"premises"（房屋，地产；前提；上述各点）、"present"（现在的；目前的；出席的）、"track"（小路，小道；痕迹，踪迹；轨道，音轨；方针，路线），诸如此类的多义词穿梭在字里行间，时而传递这个意思，时而又另有所指。因

---

① 卡维尔引用了爱默生日记里的评价（"精神紧绷且情绪恶劣"），他本人也觉得《瓦尔登湖》一书"异常的冗长乏味"，缺乏"带有悬念的情节"，参阅其著作 *The Senses of Walden*，第 12，20，49 页。

② 关于意义就在于描写本身的探讨，见莎伦·卡梅伦，*Writing Nature: Henry Thoreau's Journal*，第 5 页。

此，我们是否也可以这样理解，当梭罗说自己尚未变得更“深奥”（obscurity）的时候，在他脑海中萦绕的不仅有词语的第二层意思：晦涩难懂（not clearly understandable），而且还包含它的第一层意思：幽暗（*darkness*）、遥远（*remoteness*）——《韦氏大词典》中还有一条定义，“远离人类活动的中心”。他之所以认为《瓦尔登湖》一书还不够“深奥”，是不是也有感于湖的位置距离康科德城太近？而这片树林也不够幽深？

作者在《村子》一章中描写了自己的一次夜归，“obscurity”一词的两重含义在其间盘旋往复：

> 当我在城里待到了很晚的时候，才出发回入黑夜之中，这是很愉快的，特别在那些墨黑的、有风暴的夜晚，我从一个光亮的村屋或演讲厅里启航，……驶进林中我那安乐的港埠。……就是在平常的晚上，森林里也比你们想象的来得更黑。在最黑的夜晚，我常常只好看那树叶空隙间的天空，一面走，一面这样认路，走到一些没有车道的地方，还只能用我的脚来探索我自己走出来的道路。有时我用手来摸出几株熟悉的树，这样才能辨向航行，譬如，从两株松树中间穿过，它们中间的距离不过十八英寸，总是在森林中央。（116—117）

在《我生活的地方，我为何生活》一章里，梭罗再一次借助黑暗与光亮突显出树林与村落之间的反差：“我真正是住在那些地方的，至少是，就跟那些星座一样远离我抛在后面的人世，那些闪闪的小光。”（63）

《瓦尔登湖》一书并非仅仅是梭罗二十六个月林居生活的记录，其成功之处在于对这段经历进行了提炼和升华，读者需要在一个既不连贯也不熟悉的语境里重历梭罗的林居岁月。该书的前两个章节，就是常常被画满线的那部分内容，是梭罗为面对公众的学园讲座撰写的演讲稿，他本意是盼着康科德的那些乡邻能来听一听的。这部分使用的是常见文体：有布道，有说明，还有追求更好生活的倡议。他们到达了城镇，随后又将其抛在身后。当我们把城镇抛在身后离开康科德，接着又远离了村舍的灯火（前两章），然后开始在《瓦尔登湖》内文的章节里游荡，就好比梭罗在林间游荡一样。我们不得不学着从字里行间找到出路，正如梭罗不得不学会在康科德城外的郊野过活。这不是件容易的事。作者承认："老式人会因此发疯或烦闷致死的。"（90）摆在读者面前的任务同样艰巨：正如卡维尔所说，"既没有故事悬念，也缺乏人物塑造，找不到什么能够保持我的兴趣"。梭罗通过细致入微的观察，努力将自己与自然界调至同频，我们却必须打破常规的节奏和步调，调整自己去契合作者的频率，才能从阅读该书中间部分的章节时陷入的"烦闷"情绪中走出来。对于梭罗而言，爱上当下一刻就已足够，即便此时什么也没有发生，"有时候，在一个夏天的早晨里，照常洗过澡之后，我坐在阳光下的门前，从日出坐到正午，坐在松树、山核桃树和黄栌树中间，在没有打扰的寂寞与宁静之中，凝神沉思，那时鸟雀在四周唱歌，或默不作声地疾飞而过我的屋子"（79）。在这样的时刻，周围的一切变得"像一种支持我的气氛"（92）。《瓦尔登湖》一书的目的就是将读者带入那样一种气氛，这样当他变成“文明生活中的过客”（5）时，才能支持着自己继续生活下去——梭罗离开那片树林之日，正是读者合上此书之时。

章二十五

机 会 Opportunity

备忘录。机会是只有一次的。(153)

《瓦尔登湖》讲的是一个战胜自我的故事:“至少我是从实验中了解这个的,一个人若能自信地向他梦想的方向行进,努力经营他所想望的生活,他是可以获得通常还意想不到的成功的。”(217)对于梭罗而言,这场实验的成功之处在于,他发现自己可以不用从事一般意义上的工作,更重要的是,通过调整自我,保持与自然处于同一频率,他开创了一种生活和写作的方法,能够带给自己满足甚至是喜悦。他完全有理由像雄鸡一样引吭高歌,夸耀自己在林中的发现。

不过一直以来，这个故事还有其他一些版本。长兄和妹妹先后去世，《康科德河和梅里麦克河上的一星期》血本无归，为完成《瓦尔登湖》一书灌注七年的心血，邻居们无休止的质疑，还有他自己时常发作的抑郁——梭罗将所有这一切埋在心底。他在一段从《瓦尔登湖》书稿中删去的文字中吐露心声。“如果读者诸君认为我骄傲自负，瞧不起人”，“我可以向他保证，我原本可以讲一讲自己的心酸故事，……用一长串的失败经历让他内心感到好过一些。……最后，我会告诉他一个秘密，只要不会被他用来践踏我的自信——我只把事情最好的一面示人”。这是梭罗笔下最坦白的文字，等于承认了尽管在书的开头保证过自己写的是真实经历，但实际上写的是一部虚构作品。

《瓦尔登湖》一书的背后隐藏着其他一些美国故事的影子，这些故事的主人公抛开周围熟悉的一切，独自漂泊四方。华盛顿·欧文[①]笔下的瑞普·凡·温克尔被小镇上的人们看不起，但孩子们却无一例外都爱他。“什么赚钱的活儿他都不喜欢，甚至是憎恶”，为了逃避农活和妻子的毒舌，他选择“游荡在深山老林之中”。因为误饮了一种有魔力的酒，瑞普一睡就是二十年，醒来时却发现自己青春已逝，而且所有的人都不认识他了。就像电影《生活多美好》[②]中的乔治·贝利（George Bailey）

---

① 华盛顿·欧文（Washington Irving，1783—1859），美国作家，号称美国文学之父，其《见闻札记》开创了美国的短篇小说传统。——译注

②《生活多美好》（“Is'a Wonderful Life”），弗兰克·卡普拉执导的经典爱情电影，1946年在美国上映。影片讲述了主人公乔治·贝利在圣诞夜准备自杀。于是，上帝派了一个天使，来帮他渡过这个危机，乔治最终明白了自己生命的价值所在，重新鼓起了生活的勇气。——译注

那样，他低声下气地央求："有没有人认识可怜的瑞普·凡·温克尔呀！"[1] 霍桑笔下的威克菲尔德（Wakefield）一次趁着出门办差离家出走，事实上却来到了离家很近的一个街区，一住就是二十年（恰巧也是二十年），而且从这里，他天天都看得见自己的家和悲伤不已的妻子。这是一次神秘的自我放逐，没有任何说得过去的理由。直到有一天，他又无缘无故地回到自己的家，只是他的妻子已经不再爱他，他也垂垂老矣。[2] 梅尔维尔塑造的人物巴托比（Bartleby）是纽约的一个小职员，他常把一句口头禅挂在嘴边："我宁愿不做。"就这样简单粗暴地拒绝了一切，退居自己的内心世界。最终他不吃不喝饿死了自己。

这些故事发人深省。正如霍桑的告诫，"在我们这个神秘世界的混乱表象之中，其实每个人都被十分恰当地安置在一套体系里。体系与体系之间，体系与整体之间，也都各得其所。一个人只要离开自己的位置一步，哪怕一刹那，就会面临永远失去自己位置的危险"。只是，梭罗从来就不曾被"恰当地安置于"康科德的体系里，而且看来他甘愿承担风险成为一个边缘人。他宣布，"我不预备写一首沮丧的颂歌"（60），即便满身伤痛，他也不愿意掉入陷阱。梭罗似乎对瑞普·凡·温克尔二十年昏睡所蕴含的危险有所警惕，在《瓦尔登湖》一书中，他倡导自我省察，并反复强调，"我们必须学会再苏醒，更需学会保持清醒而不再昏

---

① 华盛顿·欧文，《瑞普·凡·温克尔》（"Rip Van Winkle"），收录于 *The Sketch Book of Geoffrey Crayon, Gent.*, *in Washington Irving: History, Tales and Sketches*（New York: Library of America, 1983），见第770，773，782页。

②《威克菲尔德》（"Wakefield"），收录于 *Hawthorne's Short Stories*, ed. Newton Arvin（New York: Vintage, 1946）。"在我们这个神秘世界的混乱表象之中"，下文中以这句话开始的引文，见该书第44页。

睡”（64）。威克菲尔德的冒险有很大的随机性，梭罗的选择却是有意为之，而且坚忍不拔。如果说巴托比只会说“不”，梭罗在《瓦尔登湖》一书中记录的却是他为了活出自我而付出的努力。他在自己发表的第一篇文章中写道：“快乐无疑是生活的条件。”[1]因此，与其他那些故事相比，《瓦尔登湖》显得别具一格，主要因为它是一个成功的故事，拥有一个美好的结局。之所以能够做到这一点，在于梭罗果断地采用了一个方法：他将开始时单纯的逃避（“发现市民同胞们大约是不会在法院中、教堂中或任何别的地方给我一个职位了，……于是我比以往更专心地把脸转向了森林”［16］）转化成了一场自发的实验，其目的不仅是证明他自己关于经济问题的设想，而且要帮助自己找到一种生活方式。就像是威克菲尔德，在街拐角的房子里奇迹般地体验了幸福。

通过《瓦尔登湖》的头两章，梭罗明确地表达了自己关于金钱和工作的想法，之后随着实验的深入，他转而对“机会”（opportunity）一词进行了探讨。一次钱宁来访，将梭罗从沉思中惊醒，他发觉自己竟无计可施：

> 让我看，我想到什么地方去了？我以为我是在这样思维的框框中，我对周围世界的看法是从这样的角度看的。我是应该上天堂去呢，还是应该去钓鱼？如果我立刻可以把我的沉思结束，难道还会有这样一个美妙的机会吗？我刚才几乎已经和万物的本体化为一体，这一生我还从没有过这样的经

---

①“快乐无疑是生活的条件”，摘自梭罗《马萨诸塞州自然史》（“Natural History of Massachusetts”），见 *Collected Essays and Poems*（New York：Library of America，2001），第22页。

> 验？我恐怕我的思想是不会再回来了。如果吹口哨能召唤它们回来，那我就要吹口哨。当初思想向我们涌来的时候，说一句：我们要想一想，这是聪明的吗？现在我的思想一点痕迹也没有留下来，我找不到我的思路了。……备忘录。机会是只有一次的。(152—153)

这只不过是一次让人沮丧的经历，证明了机会稍纵即逝。若想从中获益，就必须认识到当下每一刻都蕴含着新的机遇，且每时每刻都在发生。“目前要写的，是我的这一类实验中的第二个”(60)，他在解决了经济问题之后宣布。到了倒数第二章的结尾，他已经准备好发表新看法：

> 我们有福了，如果我们常常生活在“现在”，对任何发生的事情都能善于利用，就像青草承认最小的一滴露水给它的影响；别让我们惋惜失去的机会，把时间耗费在抱怨中，而要认为行动是尽我们的责任。(211)

不过关于这一点，即便是梭罗本人也发现知易行难。他在瓦尔登湖做实验期间，杜绝一切干扰，营造出一个自律的小天地，不时有所领悟。但是在日记中，他承认，自己仍然需要学习如何把握机遇：

> 度过一天的艺术。如若有幸听闻，我们须得全神贯注。假若睁大双眼，不舍昼夜，就能觅得那妙境的一丝踪迹，也就不枉我为了观察花费的时日吧？

如果付出耐心，如果通过观察，我能够握住一束新的光，能够感到自己一瞬间飞升至毗斯迦山之上，那在我眼中不过是死板文字的世界会变得鲜活而神圣，我难道不应该永远观察下去吗？从今往后，我不应该成为一个守望者吗？如果盯着城市的围墙看上一整年能够获得来自天堂的消息，我难道不应该立刻关闭店铺去做一个守望者吗？

我的职业是永远保持清醒，在自然万物中发现上帝，寻到他的隐身之所，不错过任何一次他开口的机会。（《日记》，1851 年 9 月 7 日）

这是一份要求很高的工作，梭罗不得不在实践中锤炼自己。《瓦尔登湖》就是梭罗的训练手册，记录了他为保持头脑清醒、目标明确、信心坚定而实施的训练过程。它同时也是医治欧文、霍桑、梅尔维尔的一粒解药。直觉似乎告诉梭罗，应该把瑞普·凡·温克尔和威克菲尔德在外逗留的时间除以十。林居两年后，他觉得到了离开的时候："若再多待上一段时日，也许我会停下脚步，在那里永远地生活下去—— 一个人接受老天这样的安排时，总要三思而后行。"（《日记》，1852 年 1 月 22 日）

（联合撰文：金伯利·亨特、保罗·约翰逊、莉齐·保罗斯）

章二十六

哲学家 Philosopher

对比以下几段话：

梭罗：要做一个哲学家的话，不但要有精美的思想，不但要建立起一个学派来，而且要这样地爱智慧，从而按照智慧的指示，过着一种简单、独立、大度、信任的生活。解决生命的一些问题，不但要在理论上，而且要在实践中。(13)

尼采：我总是投注我全部的身心和整个的生命去写我的作品；我不了解任何“纯知

识问题”[1]。

维特根斯坦：我父亲是一个生意人，我也是一个生意人，我希望我的哲学就像做生意，做成一桩买卖，解决一个问题。[2]

受其维也纳同乡西格蒙德·弗洛伊德的启发，维特根斯坦把哲学设想为某种处方（*therapy*），有助于缓解由于语言的误用而带来的痛苦。[3]（借助于语言，我们能够说出“数学命题”的答案，由此假定，其他的命题，比如说“生命”，也应该有一个答案。）那么这份“处方”对梭罗造成过什么样影响？是否动摇过他前往瓦尔登湖的决心？是否遏制过他想像柏拉图那样解读自然的奥义的冲动？梭罗试图为生活找到一个答案，一个难以捉摸却能一劳永逸解决所有问题的“答案”，是否应该将他离开瓦尔登湖之后的郁郁寡欢诊断为这种疗法的后遗症？至于维特根斯坦本人，会把梭罗视为和他一样沉浸于独处、苦行、漫步和手工活儿之中的前辈人物吗？若要谈论梭罗的这一面，瓦尔登湖的实践意义要超出其理论意义。在那里，他集作家、公民以及生意人的角色于一身，一次性地解决了职业、声望和收入等诸多现实问题。事实上，他对一个关键性的词进行了重新定义，现在他坚信，“生活的经济学”（the economy of

---

① 尼采此处的观点，转引自 J. P. Stern，*A Study of Nietzsche*（Cambridge：Cambridge University Press，1979），第 41 页。

② 维特根斯坦把自己定义为“一个生意人”，还有他向马尔科姆的发问（“学习哲学有什么用”），均转引自瑞·蒙克，*Ludwig Wittgenstein: The Duty of Genius*，第 297，424 页。

③ 维特根斯坦借用弗洛伊德的说法把哲学设想为某种处方，蒙克对这一问题的相关论述，见其著作 *How to Read Wittgenstein*（New York：Norton，2005），第 73—74 页。

living)，“与哲学是一回事”（39）。

维特根斯坦表达过同样的看法。“学习哲学有什么用，”有一次，他怒气冲冲地向他的朋友诺曼·马尔科姆（Norman Malcolm）发问，“如果一切不过是让你能够言之凿凿地谈论一些高深莫测的逻辑问题，诸如此类；如果它无法深化你对日常生活中一些重要问题的思考？”不过，维特根斯坦同时认为，需要警惕把家常配方错认为找到了“生活的意义”。

> 假设某人认为自己发现了“生活问题”的解决之道，并且告诉自己说，现在一切都迎刃而解。要认识到自己的错误，他只需要提醒自己，曾经有那么一个时期，这个“解决之道”并没有被发现；但是即便在那个时期，人们的日子也一样过。从这个角度来看，他的发现也许根本无足轻重。[①]

梭罗是否认为，手握一本《瓦尔登湖》就能解决生活中所有的问题？他偶尔也会谦虚一番：“从圆心可以画出多少条半径来，而生活方式就有这样多。”（11）他承认这一点，并进而声明：“我却不愿意任何人由于任何原因，而采用我的生活方式。”（52）但是，《瓦尔登湖》开篇用的第一人称“我”（许多书避而不用所谓第一人称的“我”字；本书是用的。[5]），后来却时常让位给第二人称的“你”，而这些用第二人称开头的祈使句，直接是说给“你们，这些文字的读者”（6）听的，因此有时难免就有说教之嫌。

---

① 见 *The Wittgenstein Reader*，2nd ed.，第 53 页。

不过《瓦尔登湖》一书提倡的并非某种理论（a doctrine），而是一种实践（*a practice*）。按照梭罗心中的构想，哲学家的角色正在发生转变，在之后的一个世纪，维特根斯坦会说出同样的想法。借用维特根斯坦的原话，哲学家是能够“借用实例证明某种方法，然后又将这一连串例证扬弃”[①]的一类人。这种方法确实不好理解。当维特根斯坦对某个特殊的语言游戏进行细致入微的分析时（比如，一群建筑工人用五个指头就数得过来的词语进行交流，一张写着要买五个红苹果的纸条儿），搞得学生们如坠云里：

> 这些充满细节的谈话由重复率很高的实体词构成，很难看出谈话的方向——这里举的例子如何相互作用，所有这一切又如何和那些人们习惯于用抽象术语去描述的问题产生关联。[②]

正如维特根斯坦谈到自己的《哲学研究》一书时所解释的那样，“如果这本书是按照它原本应有的方式去写的话，那么我所说的一切都很容易理解，……但是对于我为什么会这样说，却很难理解”[③]。这个解释触碰到了《瓦尔登湖》的一个实质性问题。该书前两章原本是为了学园讲座所写的演讲稿，其后文

---

① 维特根斯坦，“借用实例证明某种方法，然后又将这一连串例证扬弃”，见 *The Wittgenstein Reader*，2nd ed.，第 59 页。

② 维特根斯坦的学生们的评价（“这些充满细节的谈话由重复率很高的实体词构成，很难看出谈话的方向”），见 D. A. T. 加斯金和 A. C. 杰克逊，《作为教师的维特根斯坦》，*Ludwig Wittgenstein: The Man and His Philosophy*，第 51 页。

③ 维特根斯坦，“对于我为什么会这样说，却很难理解”，引自泽韦林 · 施罗德，*Wittgenstein*，第 26 页。

风大变，开始不厌其烦地记录生活的细节——一次夜晚的垂钓，火车头的轰鸣，不同光线下湖水的颜色，冰雪初融的确切日期，掠过水面的一只潜鸟。《瓦尔登湖》一步步放弃了演绎与推理，代之以层层叠加的细节："然后，我做了这个；然后，我听见了这个；然后，我看见了这个"。这些段落不难读懂，但是随着文字窸窸窣窣逶迤向前，几乎每一位读者的心中都会产生疑问，梭罗为什么要告诉我所有这些呢？

这是一种新的哲学方法，即便是爱默生对此也毫不了解。梭罗所采用的方法将在维特根斯坦那里得到诠释："为了能够看得更清楚……我们必须聚焦当下发生的细节；必须如特写镜头一般凑近来看。"《瓦尔登湖》的内文章节采用的恰恰是这种特写镜头式的视角，用这种视角呈现的内容要比用语言表达的更丰富。然而，这种呈现方式很耗工夫，如此一来，即使是对梭罗抱有最大好感的读者也难免会失去耐心。

梭罗想要尝试着"解决生命的一些问题，不但要在理论上，而且要在实践中"（13），《瓦尔登湖》一书就是代言。虽然已经找到了可行的方法，但仍然有一个问题摆在梭罗面前，按照卡维尔的说法，就是该如何让自己"有资格这么说"。[1] 梭罗的做法让人联想到维特根斯坦那个"生意人"的比喻。他把自己的"经济"实践记录下来，作为质押物以保障读者的注意力不会分散：瞧，他说，我可不是某个只会空想的哲学家——我会建房子，种庄稼，缝衣服，摸黑穿过树林找到回家的路。"我常常希望获得严格的商业习惯"（17），他向任何一位认为

---

① 卡维尔，"问题在于他如何让自己有资格这么说"，见 *The Sense of Walden*，第 11 页。

比起赚钱，搞哲学未免不够“实际”和“冷静”的读者指出这一点。他确信事物真正的成本，更多的在于生命而不在于金钱。这番论调颇为犀利，正如理查德·J. 施奈德观察的，尽管那些常去教堂的邻居在被指责为罪人时一副习以为常的样子，但若是被称为蠢人却会大惊失色。[①]不过梭罗推销自己这套哲学的方式就是让人看到他恰恰是他们中间最实干的那一个。他在写给哈里森·布莱克的第二封信中，谈到了摆在新一代哲学家面前的最紧要的问题：

> 我知道许多人，在日常的事物上，是不愿意上当受骗的。他们不相信月光，他们数钱时毫厘不差，并且知道如何投资，据说他们既精明又世故，他们会花大半辈子的时间站在一张桌子的后面，作为银行的出纳员，发出熹微的光亮，慢慢锈蚀，最终熄灭。但凡他们知道点儿什么，又何必在太阳底下如此劳作？[②]

（联合撰文：亚当·尼古拉迪斯）

---

① 来自理查德·J. 施奈德的说法，见其著作 *Henry David Thoreau*，第 50 页。

② 梭罗写给布莱克的信，见 *Henry David Thoreau*，*Letters to a Spiritual Seeker*，第 36 页。

章二十七

改 善 Proving

或许正因为《瓦尔登湖》一副志向高远、绝不从俗的腔调，才使得梭罗很快被扣上了沉闷呆板、毫无幽默感的帽子。罗伯特·路易斯·史蒂文森认为梭罗从作品中“剔除了”所有能让读者开心一笑的元素，“他不属于那类懂得……如何让文字免于无聊的作家”[1]。史蒂文森的这段话写于1880年，距离梭罗去世仅十八年，但他并不是第一个持这种观点的人。早在1865年，詹姆士·拉塞尔·洛威尔就曾

[1] 罗伯特·路易斯·史蒂文森的评价，摘自其文章《亨利·戴维·梭罗》，见其 *Selected Essays*，第151页。

直言不讳地指出：“梭罗毫无幽默感。”[①] 爱默生从未在任何地方提起《瓦尔登湖》一书，即使是在他自己的日记里。他认为梭罗缺乏“抒情能力和写作技巧”。但即便如此，他还是宁愿读梭罗的诗歌而不是散文，因为他认为梭罗的散文有一个硬伤，就是无法自圆其说。到了20世纪，莱昂·埃德尔干脆一句话盖棺论定，认为梭罗“生来就不适合当作家”[②]。

埃德尔的评价如今看来完全不可理喻，他打击的对象可是一位留下了一部传世之作，而且还有两百万字日记作品的作家啊。然而，我们别忘了，与梭罗同时代有好几位多产作家，其才华都未能经得起时间的检验：比如玛格丽特·富勒、威廉·埃勒里·钱宁，还有老亨利·詹姆斯[③]，他们都下笔千言，但文字均缺乏浑然天成的文学魅力。梭罗与他们的不同之处在于，他应当属于惠特曼或聂鲁达[④]一类的作家（T.S.艾略特除外），只有笔耕不辍，才能创作出一两部上乘之作。因此，即便是《瓦尔登湖》一书的忠实读者，对《康科德河和梅里麦克河上的一星期》、《缅因森林》或者是《科德角》（*Cape Cod*），都从未表现出相同的热情。

在梭罗的作品中，究竟哪些特质惹得爱默生、洛威尔、史蒂文森、埃德尔等一众文坛大家口诛笔伐呢？《瓦尔登湖》如

---

① 洛威尔在其论文《梭罗》中写到，梭罗毫无幽默感，而且评价其才华并非出自天然，见《瓦尔登湖》英文第3版，第414，412页。爱默生的评价见同一本书，第404—405页。

② 莱昂·埃德尔，梭罗“生来就不适合当作家”，见其专著 *Henry D. Thoreau*，第8页。

③ 老亨利·詹姆斯（Henry James Sr.，1811—1882），美国神学家。其长子威廉·詹姆斯为著名心理学家，次子亨利·詹姆斯为著名小说家。——译注

④ 巴勃罗·聂鲁达（Pablo Neruda，1904—1973），智利当代著名诗人，1971年诺贝尔文学奖获得者，代表作品有《二十首情诗和一支绝望的歌》等。——译注

今被奉为经典，但几乎没有人认为它好读。当然，要知道，它原本就不是一本轻松的书：梭罗花了七年时间，七易其稿才完成此书，至于前后花在作为该书内容主要来源的日记和讲稿上的时间就更长了。这是梭罗惯用的写作手法：罗伯特·理查德森将这种写法不止一次地描述为“打造”（worked up），就是将之前创作的文字资料修改、润色成为可供出版的作品。即便看上去像是随手写下的日记，其实也多数是将之前记下的笔记仔细修改过后的结果。尽管洛威尔对梭罗没什么好感，不过他倒是发现了问题的关键：“不管是他的关注力还是他的才华，都并非出自天然。”

罗兰·巴特曾对“知识型劳动”（a labor of knowledge）和“创作型劳动”（a labor of writing）做过区分，他认为后者属于“诗意”模式，是他本人更偏爱的模式，即“任何一种语言领先于想法的论述”[1]。几乎任何一位作家对此都心领神会：当你将主动权交给韵律和词语，写作就放飞了，但是一旦有了一个要刻意表达的想法，写作就会立刻变成一个令人痛苦的翻译过程，一种为那些已经在头脑中飘荡的念头找到语言对应物的挣扎过程。德加曾向马拉美抱怨说，尽管他有许多创意，却无法写出好的十四行诗。诗人如此作答：“你是无法靠创意写出十四行诗的，德加，你要靠语言。”[2]与德加的诗歌类似，梭罗的书看上去也更像是“知识型劳动”：他有话要讲，有经验

---

① 巴特对知识型劳动和创作型劳动的区分，以及他对“诗意”模式下的定义，见其自述 *Roland Barthes*，trans. Richard Howard，第 74，152 页。

② 马拉美给德加的回复，见 *Modern French Poets on Poetry*，第 150 页。

要传达。他描述过自己夜里醒来，脑海中浮现出“一句之前从未想到过的表述，这比所有一切都令我感到更惊奇，更新鲜，更愉悦”——好像梭罗马上就会进入自发写作的状态。他把这种现象归结为之前思考的结果：“有必要明确说明，我们的头脑最终会在我们的意识不参与的状态下完成写作。”（《日记》，1860 年 4 月 1 日）就连外出远足（缅因州，加拿大，科德角，以及瓦尔登湖），他也都是有意为之，以便给自己的写作搜集素材。他为一位朋友拟过一道作文题，正好阐明了自己的写作手法：

> 让我为你拟一个题目——简明而完整地向你自己描述在山上的那次漫步对你而言意味着什么，一次又一次地重读这篇文章，直到满意地发现，这次经历中所有重要的体验都包含在内，不要以为最初尝试的那十几次就能精确地做到这一点，但是继续去试。尤其是经过足够长时间的一次停顿，你感觉似乎触碰到事物的核心或者说是顶点，就在那儿反复出击，直到为你自己攻占这座山头。不是说故事要写得很长，而是要花费相当长的一段时间才能够做到简洁。[①]

梭罗喜爱诗歌和语言，但他似乎更热衷于思考自然和亲近自然。罗伯特·理查德森详细罗列了梭罗读过的书单，令人吃惊的是其中大多数是“非文学”作品，而且枯燥乏味到

---

① 梭罗帮朋友拟的作文题，转引自罗伯特·路易斯·史蒂文森《亨利·戴维·梭罗 》一文，见 *Selected Essays*，第 149 页。

令人瞠目的地步：例如，像《关于马萨诸塞州鱼类、爬行动物、鸟类、草本植物和四足动物、植物病虫害、无脊椎动物的报告》[1]这样的一本书，如果不被归类为“知识型劳动”，又能被划归为哪一类呢？不过有些时候，他似乎也能找到一种不同的创作方式。“听从这一刻的召唤（spur），”他对自己说，“正是昔日之积累给天才的生命带来了灵感和动力。”（《日记》，1852年1月26日）尽管梭罗把这句座右铭更多地应用于生活而不是用于写作，但是偶尔他也会把它用在写作构思上：

> 勤加写作，写上一千篇题目各异的小文章，而不是一次写一个长篇，不要试图在空中翻太多筋斗，白费气力。……那些自然流淌而出的佳句，就像从生活的弹簧地板向上弹起的无数个小小跃动，……那些向着墙壁从脊背中迸发出来的句子。（《日记》，1851年11月12日）

最后一句话算得上是梭罗写得最好的一类句子——鲜活有力，新颖别致。《瓦尔登湖》中最好的章句与之类似，都引人深思，而非平铺直叙。这也是为什么梭罗会在《经济篇》中使用那么多具有多重含义，有时甚至意思相悖的词语：比如：business（商业，交易，生意，事务，业务，职业，行业）、capital（首都，资本，资金，资源，大写字母）、cost（价钱，代价；花费，费用，成本；牺牲）、enterprise（企业；事业，计划；事业心，进取心）、

① 是梭罗以《马萨诸塞州自然史》为题公开发表的第一篇主要论文，内容即一系列“非文学”的报告。

interest（兴趣，爱好；趣味，感兴趣的事；利害关系，利益；利息）等等。另外，该书的别致之处还在于作者有时会有意制造出模棱两可的文字效果，比如开篇第四句话中的“impertinent”（怪异）一词可以说把句子中出现的四个名词同时形容了：我的私事（my affairs）；特别仔细地打听（the very particular inquiries），市民们（my townsmen），以及我的生活方式（my mode of life）……[①]

> 要不是市民们曾特别仔细地打听我的生活方式，我本不会这般唐突，拿私事来渎请读者注意的。有些人说我的这个生活方式怪异。

与此类似的例子还有，当梭罗写到，他“步行到各个农民的田地上（*premises*，［复数］田地、房屋建筑及附属场地；［合同、契约用语］上述各点；［逻辑学中的］大［小］前提……）”的时候（58），他希望我们能够领会，那些田产不仅是土地，还是生活的前提（presupposition）。[②]

梭罗随时都会发明一个新的双关语。他在观察湖面冰层下面游动的小梭鱼时留意到，“它们自然是彻头彻尾的瓦尔登”（191），这里他借用瓦尔登湖名字的谐音暗指小梭鱼们被冰层“围在里面”（walled in）。“我曾经全心全意（thoroughly）办过

---

① 斯坦利·卡维尔认为“怪异”（impertinent）一词形容了“我的私事、市民们，打听，我的生活方式”四个词，参见 *The Senses of Walden*，第46—47页。

② 理查德·波里尔（Richard Poirier）指出“premises”一词在文中有双重含义，参见 *A World Elsewhere: The Place of Style in American Literature*（Madison：University of Wisconsin Press，1985），第86—87页。

学校。”（50）在这里，他借用全心全意（thoroughly）一词的谐音打趣了自己的名字，因为他的家人喜欢把他的名字 Thoreau 念作 *thorough*。所以，如果你发现 *improve*（提高［土地、地产］的价值；利用［机会］；改善，改良）一词多次出现，就应该想到它在文中绝不会只有字面一个意思。

> 还有那些人，在任何情况下都能安居乐业，我也不是向他们说话的。我主要是向那些不满足的人说话，他们在应该可以改善（*improve*）生活的时候，却偏偏只是懒洋洋地诉说他们的苦命和他们那时代的悲惨。（14）

瓦尔登湖的这场实验，从一开始起就是梭罗为了改善他自己命运的一种努力：“在任何气候任何时辰，我都希望及时改善我当前的状况，并要在手杖上刻下记号。”（14）或者，更隐晦一些来说：“我们真正改良了的，或者是可以改良的（improvable）时间，既不是过去，又不是现在，也不是未来啊。”（71）

梭罗的意思是，通过在爱默生的林地上筑屋耕种，他提升（*improving*）了这块土地的价值。但他同时应该着力改善的还有他自己。在头一年里，他和爱德华·霍尔[1]失手点燃了毗邻的 300 多英亩树林，康科德的报纸发表了对此事的评论，认为是“完全的粗心大意”，是出于“我们的两个公民的欠考

---

① 爱德华·谢尔曼·霍尔（Edward Sherman Hoar，1823—1893），1823 年生于马萨诸塞州康科德，1850 年曾担任加利福尼亚州第四司法区地方检察官。——译注

虑”。[1]爱默生渐渐对他失去耐心，他自己的文学创作和教书生涯也走入僵局。梭罗在湖边住下时，再过一周就年满二十八岁了，但这场探险却仍然透着那么点儿少年人的逞强意味。正如莱昂·埃德尔观察的，这次历险就像是一个“孩子”，实际上，要对整座城市和爱默生说，“瞧，我这无家可归的样子，是你们逼得我远离你们所有人，生活在这样一间简陋的棚屋里”。[2]不过，梭罗自己心里明白，万一这场实验成功，他就能借此证明自己。因此，当他写下改善（*improving*）一词时，我们分明听到他说：“我会证明（*proving*）——我有天赋，能赚钱，会手艺，有个性，我就是自己。”

（联合撰文：克雷格·切斯利科夫斯基）

---

① 梭罗失手点燃山林的内容原载《康科德自由人报》，此处转引自杰弗里·S. 克莱默编，*Walden: A Fully Annotated Edition*，第 91 页注释 80。

② 莱昂·埃德尔认为：“在退隐瓦尔登湖前最后的一年里，梭罗在康科德的名声跌至最低点。”因此，他的冒险让他得以从一座敌意的城市里撤离，同时又与这座城市保持非常近的距离。让他通过拥抱作家和哲学家的生涯，理直气壮地宣布自己是“有工作的”。他的行为同时也是一种挑战，希望证明他的生活方式比其他那些市民正在过着的生活要更好。但事实上，在他内心深处，仍然有一个任性的孩子，在对这座城市和爱默生说：“瞧，我这无家可归的样子，是你们逼得我远离你们所有人，生活在这样一间简陋的棚屋里。”他想唤起同情，也想要博得关注。（*Henry D. Thoreau*，第 21 页）

章二十八

问 题 Question

睡过了一个安静的冬天的夜晚，醒来时，印象中仿佛有什么问题在问我，而在睡眠之中，我曾企图回答，却又回答不了——什么，如何，何时，何处。可这是黎明中的大自然，其中生活着一切的生物，她从我的大窗户里望进来，脸色澄清，心满意足，她的嘴唇上并没有问题。醒来便是大自然和天光，这便是大自然和天光，这便是问题的答案。雪深深地积在大地上，年幼的松树点点在上面，而我的木屋所在的小山坡似乎在说："开步走！"大自然并不发问，发问的是我们人类，而它也不回答。(189)

这段文字可爱、神秘，宛若一个清冷的冬日，既静谧又响亮，勾勒出梭罗不为世人熟知的一面。离开湖畔乐土（the Elysian Fields）之后，这位灵魂的探索者将会目睹着自己的想象力一天天消散。对此，谢尔曼·保罗的分析颇有说服力，据他研究，"离开瓦尔登湖之后，梭罗的日记变得越来越像是记录科学事实的档案。……之前，他会畅谈夏天带给他的感受，如今，他只是记录气温的高低"[①]。在保罗看来，"这些日记的内容相当贫乏"，说明梭罗已无力找回林居生活中那种"神游物外的狂喜"，在《康科德河和梅里麦克河上的一星期》中，他把那种状态比拟成"难得一见的间隙"，当"我们超越德行的重要性，进入恒久不变的晨光，在晨光中我们只需继续生活，呼吸芬芳的空气"(《一星期》，369)。

梭罗自己写的一些文字也在加深这种印象，特别是1851年8月19日的那篇日记，这篇经常被研究者引用的日记里弥漫着一种怀旧的失落情绪："恐怕我的知识一年又一年变得越发精准和科学化了；曾经像天穹一样开阔的视野，如今收缩成了显微镜下的方寸天地。我看到的是细节，既不是整体，也不是整体的影子。"那么，"我们只需继续生活，呼吸芬芳的空气"这句话又该如何理解呢？我们可以在《冬天的湖》一章里找到一些不一样的线索。从这个角度来说，梭罗天生喜爱自然，喜欢研究自然史，但由于哈佛的教育经历加上爱默生的影响，他似乎逐渐偏离了自己的天性。饶有意味的是，他的第一篇主要论文《马萨诸塞州的自然史》通篇都是对植物和动物的

① 谢尔曼·保罗，*The Shores of America: Thoreau's Inward Exploration*，第395，184，231页。

描写，而梭罗本人对这一点似乎很满意。直到最后一段才出现了一句箴言："让我们不要低估事实的价值，有一天它会在真理中开花。"然而，那又会是什么样的真理呢？从某种意义上来说，梭罗之所以筹划了前往瓦尔登湖的实验，就是为了回答这一问题。他在《瓦尔登湖》的第二章里写道："我到林中去，因为我希望去谨慎地生活，只面对生活的基本事实，看看我是否学得到生活要教育我的东西。"（65）然而，《冬天的湖》中的这段话却暗示，要想找到答案就要放弃问题以及爱默生式的哲学思辨。梭罗在《一星期》中给出了新的思路："最有智慧的人不宣讲任何教义；无任何架构；他观天看不见椽子，甚至看不见一张蜘蛛网。那只是万里晴空。"（70）

要想请这个样子的梭罗在聚光灯下现身，恐怕没有哪位作家比维特根斯坦更有资格。正如凯瑟琳·莫里斯（Katherine Morris）和戈登·贝克（Gordon Baker）指出的那样，维特根斯坦的效仿对象是弗洛伊德，他认为哲学真正的作用在于治疗，只是为那些受哲学问题的困扰而引起了"个人特别的烦恼"的人士量身定制的。"我从事哲学的方法，"维特根斯坦写道，"其全部的工作就是构建出一种表达方式，化解某些烦恼。"贝克对此的解释是：

> 这些问题被认为是问题提出者思想上的烦恼，甚至是恐惧或焦虑的外化。它们源于思想上的执迷、冲动或是"神经症"。……这些问题需要得到化解，而不是解决或是

找到答案。[1]

贝克借用的是维特根斯坦自己的比喻。“这些问题，”维特根斯坦强调，“严格意义上说，化解时就如同一块糖溶化在水里。”[2]而这个过程的达成，“并不是通过引入新的信息来解决的，而是通过安排我们已有的知识”。这种方法需要对实例进行细致入微的观察并加以描述。

维特根斯坦与梭罗惊人地相似。前者的思考源于他自身经受的哲学意义上的痛苦，梭罗奔赴瓦尔登湖展开实验的背后，则是对寻到一份职业和觅得智慧的渴望与焦灼。[3]事实上，两个人都孤注一掷。像维特根斯坦一样，梭罗很快就意识到，并不是每个人都需要自己开出的这份药方。他在《瓦尔登湖》开篇第一章里这样写道：“我可不想给一些性格坚强的人定什么规章，他们会关注于自己的事业。”（14）这本书的真正受众，是“那些不满足的人”，也包括梭罗自己。梭罗给出的处方与维特根斯坦类似，只是更早一步，这主要得益于他对自己二十六个月的湖畔生活进行细致入微的描述，因此做到了维特根斯坦所说的“面相转换”，并由此揭示出我们的世界、我

---

① 维特根斯坦认为哲学是一种处方，有关这一点的论述主要参阅戈登·贝克的著作，见 *Wittgenstein's Method: Neglected Aspects*，ed. Katherine Morris（Oxford，U.K.：Blackwell，2006），特别是第146，210页。此外我还参考了凯瑟琳·莫里斯为此书撰写的精彩序言，见该书第1—18页，特别是第6页。

② “这些问题，……化解时就如同一块糖溶化在水里”“放下它吧”“语言中已有的常用词语完全够用了”——见 *The Wittgenstein Reader*，2nd ed.，第54，51页。这几处引文的原始出处是维特根斯坦的《大打字稿》。

③ 有关维特根斯坦作为一名哲学家所经历的痛苦，最深入的探讨见瑞·蒙克写的经典传记 *Ludwig Wittgenstein: The Duty of Genius*。

们的邻居和我们日常生活中最为平凡的事物，“每一刹那发生的事都可以说是奇迹”（11）。用维特根斯坦后来强调的观点，就是：“事物中对我们来说最为重要的那些方面，由于它们的简单性和平常性而不为人们所注意。（人们不能注意到某种东西——因为它始终都在我们眼前。）”[①]《瓦尔登湖》一书表达了相同的观点，只是文字更有激情、挥洒自如，宛如一首狂想曲：

> 在永恒中是有着真理和崇高的。可是，所有这些时代、这些地方和这些场合，都是此时此地的啊！上帝之伟大就在于现在伟大，时光尽管过去，他绝不会更加神圣一点的。（69）

维特根斯坦反对传统哲学对艰深术语的依赖：“语言中已有的常用词语完全够用了。”梭罗同样用本地日常用语替代了外来语（exotic）和那些惊人之语，他在创作《瓦尔登湖》一书期间的日记里说：“我略去不寻常的事物，比如飓风和地震，只写寻常的事物。这……是诗歌的真正主题。”（《日记》，1851 年 8 月 28 日）[②] 维特根斯坦曾经针对某一类特别的焦虑开出过处方：

> 哲学家式的担忧及其解决方式有其特别之处，看起来像

① 见 *Philosophical Investigations*，第 43 页及以降。

② 我之所以留意到以下三段来自《梭罗日记》的内容：“我略去不寻常的事物”“只有当我停止思考时，我才开始发现……事物”“最好的思想里……没有道德”。感谢莎伦·卡梅伦的著作，详见 *Writing Nature: Henry Thoreau's Journal*，第 109，49 页。

是一位苦行者，在一个沉重球体的重压下痛苦呻吟，直到某个人对他说“放下它吧”，才能得到解脱。①

梭罗比维特根斯坦更早认识到这一点，并由此踏上了自我救赎之路。对于梭罗而言，“放下”意味着不再寄望于每一个事实都在真理里开出花来：“只有当我停止思考时，我才开始发现……事物。”（《日记》，1851年2月14日）

对于那些心怀忧虑却感受不到问题紧迫性的人，梭罗和维特根斯坦下笔都不留情面，甚至不屑一顾。“我不是说约翰或者约纳森这些普通人可以理解所有这一切”（224），梭罗发出了这样的议论，言外之意是，他们当然应该理解这一切。维特根斯坦的语气则更为严厉：

> 某些哲学家（或者随便你愿意称呼他们什么）的苦恼在于陷入某种可以被称为“丢失问题”（loss of problems）的境地。他们觉得一切都简单，再也不存在深刻的问题。世界变大了，平坦了，失去了所有的深度，他们所写的则是一些极其肤浅烦琐的言词。②

“肤浅烦琐”正是大多数评论家批评梭罗1854年之后的日记时使用的词。但是如果说本文开头那一段引自《冬天的湖》的

---

① 维特根斯坦，“哲学家式的担忧及其解决方式有其特别之处，看起来像是一位苦行者”，见 *The Wittgenstein Reader*，2nd ed.，第53页。

② 维特根斯坦，“丢失问题”引自《纸条集》，见 *Zettel*，ed. and trans. G. E. M. Anscombe（Berkeley：University of California Press，1970），第82页及以降。

文字有任何象征意义，那么“丢失问题”就不一定意味着一败涂地。相反，它标志着梭罗成功地将自己调回到世界的频率，开始按照自然本真的面貌看待自然，而不是追求什么特别的意义。他在1841年的日记中写道：“最好的思想里不仅没有愁思，而且也没有道德。宇宙在倾泻而下的白色光线里向外扩展。自然的道德属性是人类罹患的一种病。”（《日记》，1841年8月1日）梭罗不会轻易放弃这个立场。1856年，他在写给B.B.威利的信中说：“我不记得孔子直接谈起过任何有关人类的‘起源、目的和命运’之类的话题。他要比这务实得多。”同一封信中还提到了史威登堡[①]，认为后者在谈论这些问题时“不是一封面面俱到的推荐信；因为一个能够同时回答所有问题的答案是不可能被找到的，任何超出永恒运动范畴之外的问题，都尚无答案可寻”。《散步》（“Walking”）是梭罗去世前最后几篇随笔中的一篇，作者在文中明确地表达了对“哲学问题”的摒弃：

> 我对知识的渴望时断时续，但是我对把头沐浴在空气中的渴望从未变过，尽管我的双脚并不知道空气为何物。我们能够达到的最高境界不是获得知识，而是获得包含智慧的同情心。我不知道这更高一级的知识是否意味着某种比小说更明朗的东西，以及一种领悟所谓知识并不能解释一切时感受到的豁然开朗——一种巨大发现，认识到天地之间承载着其

① 伊曼纽尔·史威登堡（Emanuel Swedenborg，1688—1772），又译作斯威登堡，瑞典科学家、哲学家、神学家、神秘主义者。五十岁后放弃一切，开始过“天启”的与灵界沟通的生涯。著有《哲学和逻辑学著作集》三卷和《灵界记闻》八卷。——译注

实比我们的哲学所能梦想的更多事物。正如太阳照亮迷雾。[1]

维特根斯坦似乎达到了同样的境界，与梭罗面对丢失问题表达出的狂喜赞叹相仿，他说过一句名言，把“丢失问题”视为终极答案：

> 因为我们所追求的清晰真的是一种完全的清晰。而这只不过意味着哲学问题应该彻底消失。
>
> 真正的发现是在我想做哲学研究时能使我们停止去做的那种发现——这种发现给哲学带来安宁，从而使它不再会被那些使哲学本身成为问题的问题所困扰。[2]

某一天，梭罗在瓦尔登湖畔醒来，发现世界环绕在他的周围。至少在这一刻，他从爱默生那里承继过来的哲学问题不见了，消散在清晨寒冷、明澈的空气中。

---

① 梭罗的随笔《散步》，收录于《瓦尔登湖》英文第 3 版。“我对知识的渴望时断时续”，见该书第 282—283 页。

② 维特根斯坦，“哲学问题应该彻底消失”，见《哲学研究》，第 44 页及以降。

章二十九

读 者 Readers

梭罗对一些社会问题敢于发声，尤其是有关公民不服从的权利和环境保护所发表的言论，使得《瓦尔登湖》一书吸引了越来越多的读者，也正因如此，一个关键性的问题往往被忽视了：梭罗与他的读者到底关系如何？这个问题其实并不好回答。《瓦尔登湖》一书时而鼓舞人心，时而令人沮丧，时而发人深省，时而沉闷无聊，一方面很接地气，但同时又是堂吉诃德式的。至于梭罗自己，则看似集预言家、友伴、意见分子、体力劳动者、懒汉、怪胎、生意人、吹牛大王、自然爱好者和人生导师等诸多角色于一身。如何才能将读者的不同观感和作者扮演的多种角色全部放在心里，真正将这本书读透（thorough，这个词令人联想到他的名字按照康科德方言腔调的发音）？换句话说，梭罗通过《瓦尔登湖》一书打破了自己的写作瓶颈，但它同时也给读者们带来了阅读上的困难：谁才是《瓦尔登湖》一书真正的知音？

《瓦尔登湖》是一部行动指南，但同时更是一篇布道词，在引领人走向真道（the True Way）之前会让他先经受永恒的煎熬。"我的读者之中，"梭罗断言，"还没有一个人生活过整个人生。"（223）这还算是相当温和的批评，更多的时候，他不再泛泛而谈，而是一针见血：

> 人类在过着静静的绝望的生活。所谓"听天由命"，正是肯定的绝望。你从绝望的城市走到绝望的村庄，以水貂和麝鼠的勇敢来安慰自己。（8—9）

另外一些时候，他会直接发难："你们这些人过得是何等低劣、躲来躲去的生活啊，这很明显。"不过他同样没有放过自己，他向自己的化名"约翰·法尔莫"（John Farmer，农夫约翰）发问："在可能过光荣的生活的时候，为什么你留在这里，过这种卑贱的苦役的生活呢？"（151）有时候，他对整个人类感到绝望："清醒就是生活。我还没有遇到一个非常清醒的人。要是见到了他，我怎敢凝视他呢？"（64）面对这种境况，梭罗会像一名热诚的传道者那样规劝："天性难于克制，但必须克制。"（150）

《瓦尔登湖》像所有写得好的布道词那样，不仅给出救赎之道，而且承诺美好愿景："至少我是从实验中了解这个的，一个人若能自信地向他梦想的方向行进，努力经营他所想望的生活，他是可以获得通常意想不到的成功的。"（217）对于那些与梭罗同时代但经常出入教堂的人来说，无疑都能读出《瓦尔登湖》的仿布道体风格，因此，当他们在书中读到"天空在我脚下，正如它之又在我们头上"（190），以及"灵山（Olympus）只在大地的外部，处处都是"（61）这一类俗世论调时，一定感到浑身不舒服。时至今日，在这个后尼采的世界里，梭罗给出的救赎之道依旧令人不适，"还得剥除一层我们的生命"（29）。梭罗剥除了可以剥除的一切：他没有娶妻，没有子嗣，没有稳定的工作，从饮食上说，他从来不碰肉、鱼、盐、糖、酵母、咖啡、茶和酒。（据个别人推测，营养不良有可能是导致他得肺病的部分原因。）至于衣服和鞋，他都是穿烂为止。在《瓦尔登湖》中，他提议，一个人可以很舒服地住在一个铁路工人储藏工具的六英尺长、三英尺宽的盒子里。他坚持认为："看来这并不很坏，也绝不是个可以鄙视的方法。"之后，他又向读者担保："我一点儿也不是说笑话。"（23）

梭罗那令人难以置信的苦行，可以在基督耶稣义不容情的训诫中找到出处：人到我这里来，若不爱我胜过爱自己的父母、妻子、儿女、兄弟、姐妹和自己的性命，就不能做我的门徒。（路加福音 14：26）《散步》是梭罗死后才发表的一篇随笔，写于 1851 年，最初是一篇讲稿。文中的一段话与上面这段引文恰好呼应：

> 如果你已准备好离开父母、兄弟姐妹、妻子孩子和朋友，从此不再相见，——如果你还清了欠款，写好了遗嘱，解决了所有的身后事，成了一个自由的人，那么你就可以去散步了。[①]

这个要求常人根本做不到，那些务实的新英格兰地区的生意人，如果在周日听到这样一篇布道，他们会懂得如何在随后的一周里把它忘掉。基督教教义代代相传，但教众们践行的详情不会留存。一如基督的教言，《瓦尔登湖》一书倡导的精神也会代代流传：清醒、朴素、坚定。不过，正因为对于大多数读者来说，《瓦尔登湖》已经成为一本神圣的书[②]，一本另外一种意义上的《圣经》，因此，它最终还是演变成某种梭罗本人永远都不希望它成为的东西——一本现实之上的书。

（联合撰文：保罗·约翰逊）

---

① 引自梭罗《散步》一文，见 *Collected Essays and Poems*，第 226 页。

② 斯坦利·卡维尔评价梭罗，“作者在写一本神圣的书”，见 *The Senses of Walden*，第 14 页。

章三十

裂 口 Rents

一车子的破帆，造成了纸，印成了书，读起来一定是更易懂、更有趣。谁能够像这些破帆，把它们经历惊风骇浪的历史生动地描绘下来呢？（84）

这段话出自《声》，作者一开篇就把“书面文字”与“一切事物不用譬喻直说出来的文字”（78）放在一起比较，对前者不无贬低。为了让这种看似不可思议的说法成立，梭罗用撕破的风帆作比，因为凭着帆上的裂口就可以直接读出它经历的恶劣天气。世界不言自明，并不需要人类作为传声筒。梭罗赞赏这种人类表达被清零的状态，正如后来安德烈·巴赞选择将表达的可能性全部交付给照相机镜头。巴赞在1945年写道："这真是破天荒第一次，外部世界的影像自动生成，无须人加以干预，参与创造。"巴赞将照片呈现出的影像比作"一种仿印或者说转现"，是薇若妮卡的面纱、都灵圣尸布，一种对镜头前发生的景象进行的防腐处理。这些类比强调了同一个重点，照片只是世界投射在经过化学处理的相纸上的印记，不存在其他中介。巴赞欣赏那些懂得照相机的力量，同时又不去干扰镜头的电影导演。"罗西里尼[①]让事实出镜。"巴赞写道，并献上了自己最高的礼赞。[②]

有时候，听起来就像是梭罗宁愿把自己变成一台照相机，他渴望"真实而充分地再现事实"，其提倡的方法可以说正是巴赞式的，说出来，然后止于此。表达它而不是表达你自己（《日记》，1851年11月1日）。然而，梭罗毕竟曾经深受浪漫主义的影响，因此无法完全放弃华兹华斯的观点，"心灵成了主人，而肉体的感官则是执行其意志的忠实奴仆"（《序曲》，12卷，222—223行）。至少在《瓦尔登湖》一书中，他仍然采纳了华兹华斯的建议：

---

① 罗伯托·罗西里尼（Roberto Rossellini，1906—1977），意大利著名导演、编剧和电影制片人，意大利新现实主义电影大师。代表作品有《罗马，不设防的城市》《德意志零年》《罗维雷将军》等。——译注

② 安德烈·巴赞《电影是什么》（*What Is Cinema?*，2 vols.，trans. Hugh Gray，Berkeley：University of California Press，1967—1971），参阅第二卷第13页（"这真是破天荒第一次，外部世界的影像自动生成"），第14页（"一种仿印或者说转现"，都灵圣尸布，防腐处理），第163页（薇若妮卡的面纱），第100页（罗西里尼）。

> 维持着内外
> 作用的收支平衡，即一种使生命
> 升华的交换，协调着所见的客体
> 和主观目光各自具有的优秀的
> 特点、原本的作用和最佳的性能
> （《序曲》，13卷，374—378行）

事实上，对于梭罗而言，写作已经不再仅仅是一种记录经验的手段，它同时还是获取第一手经验的途径。“又有多少交流不会因为我们的漫不经心而丧失呢？”他问自己。“我不得不记日记，收纳那些发生过的念头和印象，否则很容易遗忘。从某种意义上说，它们远在天边，但换个角度，又近在咫尺。”（《日记》，1851年1月10日）因此，尽管梭罗在《瓦尔登湖》一书中从头到尾都没有提到过自己的写作，但它却恰恰是作者在瓦尔登湖开展实验的根基。

章三十一

废墟 Ruins

在《旧居民，冬天的访客》一章中，梭罗写道，“我不知道在我占用的土地上，以前有什么人建筑过房屋”，并由此发愿：

> 不要让我住在一个建筑于古城之上的城市中，它以废墟（ruins）为材料，以墓地为园林。那里的土地已经惊惶失色，已经受到诅咒。（178）

然而，《瓦尔登湖》一书用典很多，故而有大量注脚，本身就像是“建筑于古城之上的城市”中的一幢宏伟建筑，恰似作者时常赞美的那种“英雄的诗篇”(71)。梭罗将旧世界(the Old World)的城市抛在脑后，去追求一个崭新的开始，可见他确实是一个典型的美国人。不过他对老一辈作家以及他们留下的经典之作极其推崇，加上忘我的学习精神，又完全是一位心存敬畏的古典主义者。梭罗在建造自己的小屋时，使用的是从詹姆斯·柯林斯(James Collins)那里买来的旧棚屋的木板，证明自己完全有能力用旧材料营造出新事物——不仅更美好、更洁净，而且更“经济”。在构筑《瓦尔登湖》一书时，他打算如法炮制。

据爱默生回忆，有一次，他问梭罗：“谁不想写出一些人人爱读的东西呢，就像《鲁滨逊漂流记》那样的？”[①] 说者无心，但听者有意。尽管梭罗夸口说自己“从未读过小说”，但他确实读过《鲁滨逊漂流记》。这一点不仅在他的日记(1841年2月22日)中有体现，在《康科德河和梅里麦克河上的一星期》(290)和《卡塔丁》(“Ktaadn”)中也被提及。[②]《鲁滨逊漂流记》一书的影响在《瓦尔登湖》中非常明显(“我希望及时改善我当前的状况，并要在手杖上刻下记号”[14])，更重要的是，梭罗在书中尽可能弱化了自己几乎每天都会进城的事实，从而渲染出一个避世隐居的“英雄”形象。换句话说，梭罗这部作品的结构基础正是笛福的小说。

在老加图谈论农业的《乡村篇》中，梭罗为《瓦尔登湖》找

---

① 爱默生关于《鲁滨逊漂流记》的评论见罗伯特·路易斯·史蒂文森，见 *Stevenson's Selected Essays*，第150页。

② 梭罗在《卡塔丁》中提到过鲁滨逊·克鲁索，见 *The Maine Woods*(New York：Library of America，1985)，第643页。梭罗在别处也提到过克鲁索，关于这一点参见杰弗森·S. 克莱默编，*Walden：A Fully Annotated Editnon*，第16页注释86。

到了直接可用的框架。[1] 梭罗承认老加图的著作是“我的启蒙者”（60），他完全仰仗的对象。在《经济篇》中，梭罗一开篇就炮火齐射，抨击商业和那些大众认可的职业，他借鉴了加图在前言中表达的观点，认为应该取缔贸易，因为它并不是一个值得信赖的行业，而且容易招来祸患。不过为了证明自己的想法，两位作者都有板有眼地借鉴了商业那一套：加图详细罗列了所有供给和支出，梭罗也依例详细列出了所有花销。正如梭罗在《瓦尔登湖》中仿效的那样，加图用一年四季作为《乡村篇》的结构，并以春天收尾。这套组织原则给加图的实用哲学提供了框架，听上去非常的“梭罗化”：“雨天时，找一些可以在屋子里做的活计。与其无所事事，不如打扫房间。记住，即便什么都不做，家庭的虚耗也是一样的多。”加图最终谈到了小木屋的种种益处，这些观念似乎在梭罗头脑里扎下了根：去欣赏“小木屋有益健康的特性”，加图建议道，“你必须先了解不同种类的木屋以及它们的特质”，因为木屋“同时既干燥又潮湿”。爱默生在写给梭罗的悼词中批评梭罗爱玩悖论的“把戏”，并举了一个例子，据他回忆，梭罗有一次说：“它是如此的干燥，以至于你可以称之为潮湿。”[2]

（联合撰文：布伦达·马克西-比林斯、丹尼尔·奥马利）

---

① 老加图的《乡村篇》，参阅 *De re rustica*（*On Farming*），trans. Andrew Dalby，见 www.soilandhealth.org/01aglibrary/010121cato/catofarmtext.htm。

② 爱默生认为梭罗爱玩“悖论”的把戏，见《瓦尔登湖》英文第 3 版，第 407 页。

章三十二

蜘蛛 Spider

> 不要找新花样，无论是新朋友或新衣服，来麻烦你自己。要找旧的，回到那里去。万物不变，是我们在变。你的衣服可以卖掉，但要保留你的思想。上帝将保证你不需要社会。如果我得整天躲在阁楼的一角，像一只蜘蛛一样，只要我还能思想，世界对于我还是一样地大。（220）

到了《结束语》一章，《瓦尔登湖》一书又恢复了十七章之前，也就是开篇时那种谆谆教诲的口吻。但不同之处在于，《经济篇》和《我生活的地方，我为何生活》两章中，梭罗一落笔就炮火齐射，与晨鸡报晓的啼鸣交相呼应（“我不预备写一首沮丧的颂歌，可是我要像黎明时站在栖木上的金鸡一样，放声啼叫”[60]）。到了最后一章，作者却沉静地给出了一份祝福，并在自喻时选择了一个不同的动物形象。当用在常用成语中时，“蜘蛛”一词常常含有耐心和关切的寓意，这一寓意以暗喻的形式在该书的第二章里出现过，作者是这样写的：“其实我是无论坐在哪里，都能够生活的，哪里的风景都能相应地为我而发光。”（58）这段话刻画出一只蜘蛛从自我营造的中心向外结网的形象。梭罗在爱默生的土地上垦荒、耕作，就像一只在别人的地盘里为自己结网的蜘蛛，只是他把营造出的这一方天地说成是自己的。

让我们跟随着这只蜘蛛，看它会走向何方？最先看到的是《快乐的知识》，在这本书中，尼采提出了“永恒轮回”（eternal recurrence）的概念，并以此为准绳判断一个人如何选择自己的生活：

> 最重之重。——如果某一个白天或夜晚，一个魔鬼偷偷尾随你进入到你最孤独的孤独中来，对你说：“你现在过的、曾经过的这种生活，你将不得不再一次并且继而无数次地去过。其中将没有任何新东西，而是每一种疼痛、每一种喜悦、每一种思想和叹息，以及你生活中非语言所能表达的大大小小的一切，都必然回到你这里来，而且一切都以同样的次序、顺序回来。甚至这只蜘蛛，甚至这道树荫之间透过来的月光，甚至这个时刻，甚至我自己都同样回来。……”“你想要这件事情再一次并且继而无数次地发生吗？”这个问题

会作为最重之重让你的行为来背负！要不然，你该如何善待你自己和生活，以便更多地渴望虚无，而不是渴望这最终的永恒确认、渴望打上最终的永恒印记？[①]

早在1842年，梭罗就先行一步为自己规划了蓝图，当然，如果您相信他只是为了自己的话，“我希望与过往生活中那些时至今日仍然愿意再活一遍的部分相遇”（《日记》，1842年3月26日）。到了《瓦尔登湖》一书，想要尝试的愿望已经变得非常热切：“每个人都应该把最崇高的和紧急时刻内他考虑到的那些做到，使他的生命配得上他所想的，甚至在小节上也配得上。”（65）《瓦尔登湖》出版两年后，梭罗仍然愿意激情洋溢地拥抱这个挑战：“对于现在的我和我所拥有的，我都满怀感激，……我将永远心存感恩，……我已做好准备，在之后的一千年里，随时准备去试，直到尽头，如此想来何其幸福！”[②]

今天看来，《瓦尔登湖》就像是被一束从《快乐的知识》折射回来的光照亮，完全可以说是尼采学说的一次预演。开篇时，梭罗怀抱柏拉图的精神理想；到了结尾，他却转变为一名“尼采主义者”。像尼采一样，梭罗反对“现实”的对立面以及“表象的”世界（“说甚天堂！你侮辱大地！”[134]），尽管辩证法是西方哲学的基础，但他宁肯代之以生的礼赞：

---

① 引自尼采 *The Gay Science*，第273—274页。

② 梭罗在写给布莱克的信中表达了以上观点，见 *Letters to a Spiritual Seeker*，第142页。

在永恒中是有着真理和崇高的。可是，所有这些时代，这些地方和这些场合，都是此时此地的啊！上帝之伟大就在于现在伟大。(69)

让我们跟着《瓦尔登湖》中的蜘蛛，再去翻开《夏洛的网》，这本书的主人公夏洛证实了梭罗的信仰：看来写作真的是可以拯救生命的（蜘蛛夏洛救了小猪威尔伯），她不过在自己的网上编织出了“王牌猪”（SOME PIG AND TERRIFIC）的字样，就让威尔伯的主人相信了这是一头“天赋异禀”的猪，不该只是把它加工成火腿吃掉。当夏洛被她结网的活儿搞得筋疲力尽、快要死掉的时候，她向威尔伯道别，用《瓦尔登湖》式的语言，表达了对这个世界以及四季更迭生生不息的信念：

现在没有什么会再伤害你了。秋天的白昼要变短，天气要变冷。树叶要从树上飘落。圣诞节于是到了，接下来就下冬雪。你将活下来欣赏冰天雪地的美景，因为你对朱克曼先生来说太重要了，他怎么也不会伤害你。冬天会过去，白昼又变长，牧场池塘的冰要融化。北美歌雀将回来唱歌，青蛙将醒来，和暖的风又会吹起。所有这些景物、声音和香气都是供你享受的。威尔伯，噢，这个美好的世界，这些珍贵的日子……[1]

---

① 引自E.B.怀特所著《夏洛的网》，见*Charlotte's Web*（New York：Harper and Row，1952），第163—164页。

《夏洛的网》出版两年后，它的作者E.B.怀特[①]发表了一篇著名的文章，纪念《瓦尔登湖》出版一百周年（《〈瓦尔登湖〉——1954》）。[②]他在文章中心有灵犀地引用了梭罗自己关于蜘蛛的那段描写，“其实我是无论坐在哪里，都能够生活的，哪里的风景都能相应地为我而发光”，并且评论道，“就像一张蜘蛛网，《瓦尔登湖》具有一种既粗粝又脆弱的特质：如果它稍有逊色，或者说略微少那么点儿古怪，它就会是一本糟糕透顶的书”。

说起怀特，自然要提到《纽约客》。一言以蔽之，这份杂志就是为那些收入不菲、聪明世故的人量身打造的。1843年，也就是梭罗在纽约茫然失措的那一年里，他也曾想极力冲破这个圈子的壁垒，却无功而返。市场上的失意成了梭罗十八个月后移居瓦尔登湖的直接动因。《纽约客》创刊于爵士乐的巅峰时期（1925年2月21日），其后雕琢出睿智、世故、文雅的杂志形象，这些质素当然都是梭罗嘲弄的对象。然而吊诡之处在于，这份杂志后来却继承了梭罗留下的文化遗产，成了环境保护主义运动的主要阵地。继1951年刊发了蕾切尔·卡尔森[③]的《我们周围的海》（*The Sea Around Us*）之后，《纽约

① 埃尔文·布鲁克斯·怀特（Elwyn Brooks White，1899—1985），美国散文家、讽刺作家、诗人，常年担任《纽约人》杂志的专职撰稿人。除《自由》（1940年）等大量散文存世外，还是《风格的要素》一书的合著者兼修订者。其儿童读物《小斯图亚特》（1945年）和《夏洛的网》（1952年）深受读者喜爱。——译注

② 怀特的《〈瓦尔登湖〉——1954》（“Walden—1954”）一文重版收录于《瓦尔登湖》英文第3版，详见第443页。

③ 蕾切尔·卡尔森（Rachel Carson，1907—1964），美国海洋生物学家，她的作品《寂静的春天》（*Silent Spring*）引发了美国乃至全世界范围的环境保护事业。——译注

客》的编辑威廉·肖恩（William Shawn）于1962年编发了卡尔森的生态保护宣言《寂静的春天》。这是一篇五万字的长文，有史以来第一次披露了DDT的危害。1982年，肖恩连载了一篇更长的文章，乔纳森·谢尔（Jonathan Shell）的《地球的命运》（*The Fate of Earth*），作者运用丰富的想象力描述了核战争的毁灭性后果。六年后，《自然的终结》（"The End of Nature"）一文发表，作者是《纽约客》最为激进的环保主义者比尔·麦吉本，他的观点和论调完全是梭罗式的，这差点让他丢了这份杂志编辑的差事。1997年，麦吉本为《瓦尔登湖》的新版写了一篇序言，他坚持认为，"对任何一个身体力行的环保主义者来说，《瓦尔登湖》都是一本必读书"，因为它提出了"两个非常有力的现实问题"："拥有多少才算足够？如何才能知道我需要的是什么？"[①]"如果你能够回答它们，"梭罗曾经强调说，"你就能完善你的生活。"时至今日，这些问题的答案甚至将决定地球的命运。

---

① 比尔·麦吉本（Bill McKibben）的评价摘自他写给《瓦尔登湖》一书的序言，见 *Walden*（Boston：Beacon Press，1997），第xi页。

章三十三

剥　除　Stripped

> 在用美丽的饰物装饰房屋之前，必须把墙壁剥去一层，还得剥除一层我们的生命。（29）

《瓦尔登湖》一书有些章节说教味较浓，特别是前两章，作者反复叮咛希望抹去现实问题与哲学之间的界限。当然，这也正是梭罗进行这场实验的核心所在，对此他在《经济篇》中早有阐述："要做一个哲学家的话，不但要有精美的思想，不但要建立起一个学派来……而且要解决生命的一些问题，不但要在理论上，而且要在实践中。"（13）在梭罗看来，现实问题和哲学问题并无主次之分，不管先考虑哪一个都是正当的。正因为如此，当他从詹姆斯·柯林斯那里买来旧棚屋的木板为自己建造小屋的时候，内心受到启发并发表了一番关于建筑的高论，而这番议论，进而又出人意料地转化为一句道德箴言："还得剥除一层我们的生命"。

爱默生曾经不无嘲讽地说，假如梭罗要想实践自己的人生信条，那真是再容易不过了。"他不受诱惑，没有食欲，没有所谓的激情，对浮华的琐事没有兴趣，"在致梭罗的悼词中，他这样写道，"他没有受过职业培训，从未婚配，孤独一生，他从不去教堂，从不参加选举，他拒绝向政府纳税，不吃肉，不喝酒，不知晓香烟的用处。"[①] 即便在那些最贴心的读者眼中，梭罗的生活也从来都是"剥除"得一干二净。不过，梭罗对《瓦尔登湖》的内容在多大程度上进行了"剥除"，却不容易看得出来。梭罗向读者保证，会"简单而诚恳地写出"自己的湖畔生活，最终却呈现一本曲高和寡的书，让读者不得其门而入。梭罗很少讲故事，也不会吊人胃口。他一次也没有提到过爱默生的名字，也没有谈起过自己的家庭。虽说书中有几则趣闻，提到柯林斯家的猫，一只在猎人的追捕下无路可逃的狐狸；还有几则说的是柯洛城（Kouroo）中的一位艺术家，以及"一只猎犬，一匹栗色马和一只斑鸠"，但都写成了晦涩难懂的寓言。我们已经太习惯《瓦尔登湖》一书给人的距离感，因此只有在翻开梭罗的日记时，碰巧发现某一天里记录了作者特有的那种心绪起伏，才能明白他究竟从书中剥除了什么：

---

① 爱默生的评价见《瓦尔登湖》英文第 3 版，第 395—396 页。

> 这一两天天气较冷，清晨披着一件薄衫，坐在房子西侧打开的窗户旁，能够感受到一股寒意，在那样的时刻，你自然会寻找太阳。然而，这寒意会让你的思想专注起来。……我感到，这寒意竟像是对我有益。即便它只是令我的生命更添思虑！谁说思虑就一定与忧愁相连。若这忧愁饶益人的心灵，我不仅不会逃避，反而会热诚地追寻。它带给我真切的喜悦。它把我从生活的平庸琐碎中解脱出来。……寒意降临，露珠凝结，空气洁净。这一片寂静显得更加深沉，更加意味深长。每一个声响都像是来自大自然中一个更大的慰藉。我的一颗心伴着林子里的风声跳到了嗓子眼儿。我，昨天的生活还那么凌乱而浅薄，却在这一瞬发现了我的灵魂，我的灵性。……啊！ 如果我能就这样生活，我整个的生命里，就不会再有散乱无序的时刻了！我的心情就总是能与自然相合了！（《日记》，1851 年 8 月 17 日）

梭罗拒绝“写一首沮丧的颂歌”（5），因此哪怕只是这样一种片刻忧郁带来的愁思，作者也不会在书中提起。不知从哪一刻起，他下定了决心，认为要想把邻居们唤醒，就不容许流露出丝毫的动摇。正如罗伯特·路易斯·史蒂文森指出的那样，梭罗唯有装作相信，“指南针并不会因为此地更丰沃而颤动，它稳定地指向北方”[①]。因此，《瓦尔登湖》并不是梭罗表达内心冲突的舞台，这本书记录的是他在道德诉求的推动下做出的生活选择。由于读了太多现代小说和回忆录，我们已经被

---

① 史蒂文森的观点引自《亨利·戴维·梭罗》一文，见其 *Selected Essays*，第 133 页。

训练得不仅期待情节，而且对情节背后的主题思想也充满期待。梭罗却将这些文学类别固有的构成要素，包括忏悔、讲故事、命运翻转、优柔寡断、草率行事等统统革除，并借此剥除文学的装饰，一如他剥除生活中的所有享乐。《瓦尔登湖》一书文字精要、叙事节制，正因为如此，才堪称是与梭罗在林间为自己开创的生活高度吻合的精神对应物。

（联合撰文：布莱恩·布朗、亚当·尼古拉迪斯）

章三十四

轨道和路径 Tracks and Paths

菲茨堡铁路距离小屋不足六百码，火车一天五次沿着铁轨呼啸而过，并传来各种声音——“铁路车辆的轧轧之声”“火车头的汽笛声”和引擎那地动山摇的如雷吼声（81—82）。起初引起梭罗关注的正是这些声音，但后来他的注意力却不同寻常地转向了“轨道”（track）本身，并借用这个词比喻死气沉沉、墨守成规的生活。看着铁路工人们来回跑车，作者的关注点第一次发生了转变。

货车上的人，是在全线上来回跑的，跟我打招呼，把我当作老朋友，过往次数多

了，他们以为我是个雇工；我的确是个雇工。我极愿意做那地球轨道上的某一段路轨的养路工。（81）

火车的汽笛声中带有某种“要别个在轨道上让开”的警告意味（81），恰好符合梭罗对机械作为“反人性的意象”的联想，它“调整了整个国家的时间”，是不可替代的“一个命运，一个阿特洛波斯[①]，永远也不会改变”（83）。斯蒂芬·芬德描写过铁路的出现给康科德居民带来的冲击：它方便了超验主义者们与他们在剑桥和波士顿的同事们的联系，但与此同时，将当地人的小本生意一下子抛进了大城市的商业竞争并遭受重创。[②]最显著而直接的变化是地方时间的丧失，因为列车时刻表强制执行标准时区的时间：根据梭罗的观察，随着火车的到来，“农夫们可以根据它来校正钟表”（83）。

《瓦尔登湖》一直强调事物名称的重要性，“命运”一词似乎暗示着我们无法选择生活的“轨道”。然而在《经济篇》中，梭罗却宣布我们其实是可以选择的，这是《瓦尔登湖》一书中最重要的一点：

人可是在一个大错底下劳动的啊。……一种似是而非的，通称“必然”的命运支配了人，他们所积累的财富，被飞蛾和锈迹再腐蚀，并且招来了胠箧的盗贼。这是一个愚蠢的生

---

① 阿特洛波斯（Atropos），希腊神话中命运三女神之一，负责剪断生命之线。——译注

② 关于铁路带给康科德地区的冲击，参阅斯蒂芬·芬德为牛津世界经典丛书版《瓦尔登湖》一书所写的序言，见 *Walden*，第 xvii—xix 页。

命，生前或者不明白，到临终，人们终会明白的。(7)

“人类在过着静静的绝望的生活”(8)，因为他们把自己的选择错误地归咎为“命运”或者说“迫于生计”。[①] 如果这样的一群人发觉自己被困在一条轨道上，或者说困在一条“职业的老路”(106)上，他们唯一应该做的就是起身离开。“除了你自己的道路之外，条条路都是宿命的道路，”梭罗写道，“那么，走你自己的路吧。”(83)事实上，《瓦尔登湖》提前说出了维特根斯坦那句名言里的观点：“哲学的任务……实际上更多的在于自己。在于一个人的视角。在于一个人对事物的看法（以及一个人从中想要得到什么）。”[②] 梭罗希望人们认识到，我们自己才是生命的主宰。

当然从某些方面来说，这种解读未免过于简单。在《瓦尔登湖》中其他一些段落，“track”一词是作为“path”（小路）的同义词出现的，前者的含义却亲切得多。比如某次从康科德城夜归小屋，由于“森林里也比你们想象的来得更黑”，梭罗只能用脚去探寻“我自己走出来的模糊的小路（track）”(117)。风雪之后，“行人经过了之后，不要半小时，那足迹（tracks）就看不见了”(180)。因此他又是形单影只了。他学会了如何踏出一条小路并循路而行：“风把一些橡树叶子吹到了被我踏过的地方；它们留在那里，吸收了太阳光，而融化了

---

① 梭罗对如何描写我们的处境感觉敏锐，斯坦利·卡维尔对于这一点尤其关注，详见其著作 *The Senses of Walden*。

② 维特根斯坦，“哲学的任务……”，见 *The Wittgenstein Reader*，2nd ed.，第46页。

积雪，这样我不但脚下有了干燥的路可走，而且到晚上，它们的黑色线条可以给我引路。”（172）即便在深冬，“我自己的深深的足印（tracks）……往往反映出天空的蔚蓝色”（179）。梭罗甚至天马行空地借用“track”（路轨）一词暗指我们每一个人都有属于自己的天国铁路（railway）：

> 上帝之伟大就在于现在伟大，……只有永远渗透现实，发掘围绕我们的现实，我们才能明白什么是崇高。宇宙经常顺从地适应我们的观念；不论我们走得快或慢，路轨（track）已给我们铺好。（69）

不过，当他解释自己为什么会离开瓦尔登湖时，“track”（轨迹）和“path”（小径）这两个词在他的笔下又成了局限的代名词：

> 惊人的是我们很容易稀里糊涂习惯于一种生活，踏出一条自己的一定轨迹（track）。在那儿住不到一星期，我的脚就踏出了一条小径（path），从门口一直通到湖滨；距今不觉五六年了，这小径依然还在。（217）

另外一个引起梭罗关注的名词是“习惯”（habit）。谢尔曼·保罗认为，梭罗在瓦尔登湖的实验是“为了获取灵感而驯化自己的劳动”[1]，其过程中不可避免地会形成某些习惯——比

---

① 谢尔曼·保罗认为，梭罗在瓦尔登湖开展实验是“为了获取灵感而驯化自己的劳动”，见其著作 *The Shores of America: Thoreau's Inward Exploration*，第 221 页。

如不间断的写作、细致的观察以及自我节制。这个过程还让人联想到另外一个与铁路有关的词，我们可以把它说成是某种训练（training），梭罗在书中也使用过这个词：“这需要一种训练（training），像竞技家必须经受的一样。”（72）梭罗的这些习惯，其实是一套训练方法，目的是找到清醒而幸福的生活方式，而《瓦尔登湖》一书正是对这些习惯的记录。

“track”和“path”这两个词之所以在文中前后用意不同，恰恰说明梭罗对于可能发生的过度训练（*over* training）是有所察觉的。当某种习惯成了惯性，成了故步自封（beaten track），就会变得没有出路。一种习惯到何时会转化为无效劳动呢？对于《瓦尔登湖》一书来说，这个问题非常关键，对于解答梭罗为什么最终会选择离开也至关重要。在《快乐的知识》一书中，尼采承认，他喜爱“短暂的习惯”（brief habits）。但是“有一天，它的期限到了”，他不带一丝遗憾地写道：

> 在我看来，膳食、思想、人、城市、诗歌、音乐、学说、议事日程、生活方式的情况都是这样。
>
> 我讨厌持久的习惯，我会认为，一个暴君来到了我身旁。……我对我所有的苦难和病痛以及我身上始终不完美的地方心存感激，因为它们提供给我上百个后门，我可以由此而逃离持久的习惯。[1]

① 尼采关于习惯的论述，见 *The Gay Science*，第 236—237 页。

借用尼采的说法，瓦尔登湖的隐居生活就是梭罗生命中一段短暂的习惯，当他感到暴君在敲门时就果断放弃。总而言之，他的这部书和最终重返康科德的决定反映出，一直以来，他对生活的常态既抗拒又向往，因此备感压力，尼采理解这种困境：

> 当然，对我来说最不能忍受的事情、真正可怕的事情，是一种完全没有习惯的生活，一种不断要求即兴创造的生活——这会是我的流放地、我的西伯利亚。

当梭罗发觉到了言必有创新、有深意的时候，就又开始追求文字平实的本意了。他之所以离开林居，至少一部分原因是这条小路变成了一条常走的路，因为，正如此刻我们所理解的，他需要新的变化，沿着那条小路，他来到了瓦尔登湖，并由衷赞叹："它本身却没有变化，还是我在青春时代所见的湖水。"随后他补充道："我反倒变了。"（132）

再有另外一个问题：梭罗在林间开辟的小路，那条至今仍然有人走的小路，其实就是《瓦尔登湖》这本书，是一代又一代读者前赴后继走上的一条特殊的路径。梭罗担心这些读者会懒于开创属于他们自己的路径；他还担心某一天发现自己困在了同一条道路上。他宣布："我觉得也许还有好几种生命可过。"他要挑战自我去寻找一些别样的瓦尔登湖。虽然未能如愿，他却将这段经历转化成了一条永不消逝的带有路标的道路。因此，若想实现初衷，《瓦尔登湖》就不得不做到一种平衡：既能引领读者走向自我转变之路，又不能强迫读者照搬梭罗的方式去生活。“我却不愿意任何人由于任何原因，而采用我的生活方式，”他表示，“我愿意每一个人都能谨慎地找出并坚持他自己的合适方式。”（52）但是鉴于《瓦尔登湖》一书令人心悦诚服，而且也确实提供了一条随时可以启程的现实路径。它发出耀目的光芒，照亮了康科德的树林，并且，从更深的层面上说，它照亮了生命本身。

（联合撰文：保罗·约翰逊、罗伯特·麦克唐纳
以及查尔斯·迈耶）

章三十五

无法考察 Unexplorable

我们需要旷野来营养，……在我们热忱地发现和学习一切事物的同时，我们要求万物是神秘的，并且是无法考察的，要求大陆和海洋永远地狂野，未经勘察，也无人探测，因为它们是无法探测的。我们决不会对大自然感到厌倦，……我们需要看到我们突破自己的限度，需要在一些我们从未漂泊的牧场上自由地生活。(213)

这段鼓舞人心的文字是20世纪深层生态

运动[①]的灵感源泉，从中可以看出梭罗对待科学的矛盾态度。尽管与哈佛大学动物学家路易斯·阿加西[②]书信往来密切，而且他本人于1850年加入了波士顿自然历史学会（Boston Society of Natural History），梭罗本人的兴趣却一直都更偏向于对现象进行描写和分类，而不是对现象进行解读。若非认同华兹华斯对科学的否定态度（剖析无异于屠刀，“We murder to dissect”，《转折》[*The Tables Turned*]，《抒情歌谣集》[*Lyrical Ballads*]，I.28），梭罗完全可以完美地把“科学之眼”描绘为“荒凉贫瘠的”（《日记》，1851年11月1日），并且宣布，“只有当我停止思考时，我才开始发现……事物”（《日记》，1851年2月14日）。

《纽约时报》的专栏作家托马斯·弗里德曼（Thomas Friedman）倡导可再生能源，他总是说，“大自然不过是化学、生物以及物理”。但在19世纪初，大自然显然意味着更多。“我感到我们的伟大超出所料！”（《达顿河》，34.14）华兹华斯的这句著名的诗为浪漫主义提供了完美的注脚，而唤醒这份情感的正是自然本身。

大自然的力量能够唤起人类的直觉，超越生死，是否要比科学分析更富有生命力呢？梭罗在瓦尔登湖的树林中散步时，

---

① 深层生态运动（Deep ecology movement），一个全球性的草根环境运动，源于挪威著名哲学家阿恩·奈斯（Arne Naess，1912—2009）于1973年发明的术语“深层生态学”，他的理论将生态学扩展到哲学与伦理学领域，并提出了生态自我、生态平等与生态共生等重要的生态哲学理念。——译注

② 路易斯·阿加西（Louis Agassiz，1807—1873），生于瑞士，后来在美国哈佛大学任教，著名古生物学家、冰川学家、地质学家，被尊为“冰河时期的发现者”。在他的助力下，古生物学得以被确立为一门新的科学。——译注

这个问题总是如影随形。

《瓦尔登湖》一书给出的答案有时颇为激进，带有反人类的色彩，“我们需要看到我们突破自己的限度，需要在一些我们从未漂泊的牧场上自由地生活”（213）。他在日记中也经常赞叹那些人类秩序退出的时刻：

> 从峭壁之上可以瞧见美港湖（Fair Haven Pond）上的月光。在无边无际的森林中间，湖面波光粼粼。……如此月光，值此良辰，文明悉数退于风景之外。（《日记》，1851 年 9 月 5 日）

在其他几篇日记里，梭罗的反人本主义态度表现得更为明显：

> 完全真实和准确地描述事物是不可能的——比如黄昏、清晨以及晨暮之间的所有现象——总会多少关系到人、社会，是的，更多的时候是基督教。当人类坠入梦乡，世间万物又会是何等样貌？我参加完人类的葬礼，步入大自然的奇观。任何一个存在都要伟大得多——譬如太阳、月亮和繁星——去除了人类和人类的欲望，美景一览无遗！天籁穿越时间的界限，飘荡而来。（《日记》，1851 年 11 月 10 日）

姑且不谈这篇日记圣咏一般的腔调，梭罗很少因为“我们突破了自己的限度”而感伤。华兹华斯在描写类似的体验时，常常使用哥特小说似的笔调，“低沉的呼吸声，就在我的身后，跟随而来；还有些分辨不清的声音”（《序曲》第一卷，322—323）。而梭罗则根植于现实表达，真实得令人生畏。其中最著名的一些段落都是在瓦尔登湖期间撰写的，但他并没有让这些文字以及背后的情绪在《瓦尔登湖》中出现。其中一段后来被收入《缅因森林》，作者用天启一般的语言描述了他登上克塔登山（Ktaadn）顶峰时的情景：

> 这是地球上未形成的土地，……事实上，这是一个生产云的工厂，……这是广阔巨大的，人类从没定居过的地方。旁观者登山时，其身体的一部分，甚至某个要害部分，似乎要从他肋骨宽松的栅栏中逃走。他比你所能想象的更孤独。他比人居住的平原更缺少起码的思想和应有的理解力，他的理智混乱模糊，而且像空气一样单薄，广阔，巨大，超人的大自然使他处于不利地位，而且单单抓住他，偷偷取走他的一些天赋。她没像在平原上那样向他微笑，她似乎严厉地说，你为什么提早来这里？这个地方不是为你准备的。[1]

尽管个性上从不妥协，但梭罗心里明白，如果《瓦尔登湖》一书包含太多这样的内容，会更加没有销路。对于这一类的体验，梭罗的态度是矛盾的，因为其中蕴含着某种力量，既令人望而生畏，又令人欢欣鼓舞。这种矛盾的态度贯穿《瓦尔

---

① 克塔登山一段，见 Thoreau，*A Week on the Concord and Merrimack Rivers*，*Walden*；*or*，*Life in the Woods*，*The Maine Woods*，*Cape Cod*，第640页。

登湖》全书。

西奥多·阿多诺[①]曾经驳回瓦尔特·本雅明[②]的一个研究课题，并劝诫道："你的研究处于魔幻与实证主义的十字路口。此处已被施魔咒。只有理论能够打破这个魔咒。"[③]这段话回响至今。徘徊在科学与诗歌之间，梭罗同样也站在了十字路口，但正如《春》中的一段话暗示的那样，他并不需要被治愈：他宁愿活在魔咒里。实际上，在修改《瓦尔登湖》书稿的那几年里，他已经开始哀叹魔力的消散：

> 恐怕我的知识一年又一年变得……既不是整体，也不是整体的影子。(《日记》，1851 年 8 月 19 日)

不过到了第二天，正如莎伦·卡梅伦指出的，梭罗又一次更新了他的科学笔记，对植物学语言的精准表示由衷赞叹，并希望能够用同样精准的语言描述人类的情感与道德。[④]

这样的内在矛盾很难调和，《瓦尔登湖》一书的文字有时像外科手术一样精准，有时又像狂想曲一样奔放，两者不断切换。其实这样的写法也隐含着梭罗的另外一个意图。如果

---

① 西奥多·阿多诺（Theodor Adorno，1903—1969），德国哲学家、社会学家、音乐理论家，法兰克福学派第一代的主要代表人物，社会批判理论的理论奠基者。——译注

② 瓦尔特·本雅明（1892—1940），德国犹太裔学者、哲学家、作家，被誉为"欧洲最后一位文人"。代表作品有《发达资本主义时代的抒情诗人》《德国悲剧的起源》《单向街》《巴黎拱廊街》等。——译注

③ 阿多诺的劝诫，见 *Aesthetics and Politics*（London：Verso，1980），第 129 页。

④ 梭罗在精神和科学两个维度之间摇摆，见 Sharon Cameron，*Writing Nature: Henry Thoreau's Journal*，第 136—137 页。

"我们要求所有的事物都充满神秘且无法捉摸"，那么《瓦尔登湖》也一定会是这样一本书。梭罗又怎么可能写出一本既好读但同时又"充满神秘且无法捉摸"的书呢？苏珊·桑塔格认为，如果删去所有的文字说明，每一张照片都会成为一件艺术品。[①] 从某种意义上说，梭罗似乎有了相同的发现：如果从原有的语境中抽离出来，只进行最简单的描摹——湖水确切的深度，冬天的第一次冰封——这些文字就会转化为文学：

> 一年四季中任何一段回忆对我们的影响都令人称奇。当我在日记中与任何一段这样的回忆相遇，它都会带给我诗一样的悸动。……你只需要诚实地记录下一个普通的夏日和这一天的心情，然后在冬天里阅读，它就会把你带回到那夏季的一天，而且带给你更为丰富的体验。(《日记》，1853年10月26日)

这种例子在日记中比比皆是，大段的哲学讨论常常突然转向。其中有一段关于《康科德河和梅里麦克河上的一星期》的评论，结尾一句话就像是从《老农历书》(*The Farmer's Almanac*)中摘抄的：

> 我想我的《康科德河和梅里麦克河上的一星期》有一个

① 苏珊·桑塔格的观点来自其专著《论摄影》，见 *On Photography* (New York: Farrar, Straus and Giroux, 1977)，第107页。喜爱照片的道德家总是希望文字可以挽救照片。(这种态度，与美术馆馆长的态度正好相反，后者为了把新闻摄影师的作品变成艺术，总是只让人看照片而隐去原有的说明文字。)

显著的特点，它是一本露天的书，这个词适合描述埃及的那些神庙，它们向着天空敞开，暴露在苍穹之下。我认为它不带有一点周围的房子的气息，所有写下的，事实上在相当程度上，都是户外的。只是在我写作它的后期，从我使用过的一些词语中可以看出，我生活在一幢房子里，过着家居的生活，但也只是碰巧而已。我确信闻起来时，它不带有任何书房或图书馆的气味，哪怕是诗人阁楼的气味，这气味来自田野和树林；这是一本露天的书，或者说是没有屋顶的书，它敞开在苍穹之下，浸润在苍穹之中，笑迎所有风雨，而不会只是摆在书架上。

土豆快开花了。(《日记》，1851 年 6 月 29 日)

这篇日记的第一段是大众熟知的“梭罗体”。第二段只有六个字：“土豆快开花了。”而真正的梭罗，其实就栖身在两者之间的某个位置。即便是他一生中最为重要的一天，也没有得到特别的礼遇：

8 月 9 日。周三。前往波士顿。
《瓦尔登湖》出版。接骨木莓。蜡像开始泛黄。
(《日记》，1854 年 8 月 9 日)

“单单那些事实、名称和日期就比我们所能揣想的传递得更多。”(《日记》，1852 年 1 月 27 日）但也有可能传递得更少，当它们堆叠在一处，尤其是在《瓦尔登湖》内文的那些章节中时，梭罗的这本书就显得更加“神秘”了。

最重要的是，对于自己的林中经验，梭罗无法给出一个简单的定义；他只能说感觉上是什么样的。而即便是这些感觉，由于放弃了传统写法，也只能借助文字进行渲染："我每天生命的最真实收获，也仿佛朝霞暮霭那样不可捉摸、不可言传。我得到的只是一点儿尘埃，我抓住的只是一段彩虹而已。"（147）如此一来，虽然《瓦尔登湖》也从传统散文那里借用了一些手法，但它注定是某种不一样的东西。罗兰·巴特在谈及自己的自传时说过一句话："代替论证的是意象的展开。"[①] 这句话完全适用于梭罗的《瓦尔登湖》。《瓦尔登湖》一书的意象如今雄踞美国人想象力的核心，它属于一个男人，居住在湖畔自己动手搭建的一间小屋里，小屋长约 4.6 米，宽约 3.5 米，周围只有自然为伴。抛开梭罗对这段经历不厌其烦的所有诠释，这个意象，就如同《瓦尔登湖》一样，将永远是"神秘的，并且是无法考察的"。

---

① 巴特，"代替论证的是意象的展开"，见其自述 *Roland Barthes*，trans. Richard Howard，第 152 页。

章三十六

职　业　Vocation

为了谋生，梭罗在一生的不同时期分别当过学校老师、大学讲师、杂工（在爱默生家）、工厂经理（家族的铅笔生意）、工业设计师（自家的铅笔生意）、家庭教师和测量员。他在《瓦尔登湖》中这样写道："人之所需……是要有所为，或是说，需有所是。"（19）所有这些常规意义上的工作都只会在他内心引起焦虑，让他透不过气来。唯有写作例外，但写作的收入不足以糊口。早在1841年，梭罗还不满24岁，他就已经开始把传统意义上的工作视为某种死亡："大多数人一旦入了某一行便劫数难逃。世界该立即为他们送上一曲挽歌。"（《日记》，1841 年 3 月 27 日)《瓦尔登湖》给出的忠告是："要尽可能长久地生活得自由"(60)，或者换句话说，不要签订任何劳务合同。"我曾经全心全意开办学校，"梭罗写道——一方面调侃了自己名字的发音，同时也难得一见地承认自己以前也是干过一些行当的——，"结果这一笔生意损失了我不少时间，吃亏得很。"(50)"我也尝试过做生意，"他继续抱怨，"可是我发现要善于经商，得花上十年工夫，也许那时我正投入魔鬼的怀抱。"(51)

梭罗之所以瞧不上普通的职业与爱默生的影响有关。在 1837 年一篇题为"美国学者"(The American Scholar) 的随笔中，爱默生探讨了这些职业的破坏性："那买卖人从未意识到他工作的真正价值，他埋头于那行当的点滴中，把灵魂交给金钱。传道士成为形式，律师变作僵死的法典，机工退化成机器，水手仅仅是一节船上的缆绳。"[①] 到了二十五六岁的时候，梭罗仍然没能找到一份在邻居们看来正经可干的工作，他逐渐形成了新的看法：一个人之所以选择一份职业，不仅仅出于对某一类事情的强烈兴趣，也有可能出于对某类枯燥乏味的工作的反感。在从瓦尔登湖写给哈里森·布莱克的信中，梭罗将这种反感转化为一种挑战：

---

① 爱默生在《美国学者》中对公众认可的职业进行了批评，见 *Essays and Poems*，第 54 页。谢尔曼·保罗在其著作 *The Shores of America: Thoreau's Inward Exploration* 中对这一点进行了深入探讨：通过重新发现和肯定精神生活，通过追求超越平庸的物质生活以外的东西，爱默生摒弃了他那个时代公认的职业。他使追随他的人产生了怀疑，但同时也使想追随他的人感到困难，因为那些新的职业虽自由但不确定。

我知道许多人，在日常的事物上，是不愿意上当受骗的。他们不相信月光，他们数钱时毫厘不差，并且知道如何投资，据说他们既精明又世故，他们会花大半辈子的时间站在一张桌子的后面，作为银行的出纳员，发出熹微的光亮，慢慢锈蚀，最终熄灭。但凡他们知道点儿什么，又何必在太阳底下如此劳作？[①]

爱默生在写给梭罗的悼词里不乏批评，但他也承认梭罗"从不虚度光阴或自我放纵"[②]。梭罗在小屋里笔耕不辍：完成了《康科德河和梅里麦克河上的一星期》的初稿、关于托马斯·卡莱尔的长文、《论公民不服从的权利》和《瓦尔登湖》大约一半的内容，还有后来收入《缅因森林》的《克塔登山》部分。他提前实践了斯蒂芬·桑德海姆[③]和詹姆士·拉派恩[④]在音乐剧《星期天和乔治在公园》("Sunday in the Park with George")中所做的那种区分：工作是你为别人做的；……艺术是你为自己做的。1854年秋，梭罗发表了《没有原则的生活》("Life Without Principle")，在这篇他写过的最尖锐的文章中，梭罗将这种态度转化成了一种生存考验：

---

① 梭罗写给布莱克的信，见 *Letters to a Spiritual Seeker*，第36页。

② 爱默生承认梭罗"从不虚度光阴或自我放纵"，见《瓦尔登湖》英文第3版，第395页。

③ 斯蒂芬·乔舒亚·桑德海姆（Stephen Joshua Sondheim，1930— ），美国词曲作家，有"概念音乐剧鼻祖"之誉，1973年至1981年任美国剧作家协会主席。代表作有《春光满古城》《理发师陶德》《魔法黑森林》等。——译注

④ 詹姆士·拉派恩（James Lapine，1949— ），美国导演、编剧，主要作品有《监护》《魔法黑森林》等。——译注

> 不要雇用一个为了钱而为你工作的人，雇用那个出于喜爱而为你工作的人。
>
> 很明显，没有几个人的工作是称心的……只需一点钱或名声就能将他们收买，放弃眼前的追求。

用现代人的说法就是，如果赢得一张彩票就能令你第二天放弃工作，那只能证明你压根儿就入错了行。

《瓦尔登湖》开篇即对乡邻们关于他的“生活方式”的“特别仔细”的打听给予回应（5），并且借此机会介绍了自己的营生：“我到瓦尔登湖山区的目的……是去经营一些私事，为的是在那儿可以尽量少些麻烦。”（16—17）随后他交出了一个详细开列的账簿，甚至把花销精打细算到四分之一美分，证明自己其实是个实干的人。但是对于梭罗用诗意的语言描述的“生意”，康科德的生意人们其实欣赏不了：

> 多少个秋天的，嗳，还有冬天的日子，在城外度过，试听着风声，听了把它传布开来！我在里面几乎投下全部资金。……或守候在山巅黄昏中，等待夜幕降临，好让我抓到一些东西。……我委任我自己为暴风雪与暴风雨的督查员，我忠心称职，又兼测量员，虽不测量公路，却测量森林小径和捷径，并保它们畅通。（15）

这些“事业”（enterprises）——借用《瓦尔登湖》书中的说法，听起来都不大像一份工作。当然，梭罗在湖边发明的，其实是一个他为自己量身打造的职业，他在日记里列出了这份工作的职责：

> 我走上前去，向生活提出了新的要求。我希望给这个夏天开个好头。做一些对事情本身和我自己都有价值的事情。超越我和我的乡邻们的日常事务。过好平凡的每一天，当下一刻即得永生。……但愿我能够成为一个追逐美的猎手，没有什么能够逃得过我的眼睛！我渴望传扬宇宙的荣耀。……到了年底，一个（男）人理应比年初的时候更配得上他自己。

这是一份艰苦的工作，而且耗费了他毕生的时间。

（联合撰文：布伦达·马克西－比林斯）

章三十七

没有束缚 Without Bounds

> 我希望在一些没有束缚（界限，边界）的地方说话。（218）

《瓦尔登湖》的《结束语》部分文采斐然，上面这句话就出自这一章，读起来玄妙高深，不过也不禁令人想到梭罗那份乡村测量员的工作。他写作这部书似乎是为了帮助读者划定自己的疆界，而且为此提供了一整套测绘工具（指南针、尺子、圆规）和测量数据：从铁路到梭罗小屋之间分界桩的数量，从他的居住地到康科德的确切距离，瓦尔登湖的大小和水深，毗邻的农庄和湖泊的面积。[1] 在《我生活的地方，我为何生活》一章里，梭罗借用自己的活计一语双关，“正是这样我把住所周围一二十英里内的田园统统勘察（*surveyed*）了一遍”（58），包括——此处又用了另外一个双关语——“各个农民的田地（premises）”。他还引用了柯珀[2] 的《本应由亚历山大·塞尔柯克撰写的诗篇》（*Verses Supposed to Be Written by Alexander Selkirk*）——塞尔柯克是笛福笔下的鲁滨逊·克鲁索的原型——中的一句诗，并在“勘察”一词上加了着重号：“我勘察一切，像一个皇帝。”（59）

梭罗常常通过帮他的邻居们测量田产赚钱过活，对于他“在一些没有束缚的地方说话”的愿望，我们又该如何理解呢？此外，梭罗还倾吐过另外一份渴望，两者异曲同工，而且都是借助空间性的词语加以传达的：“我爱给我的生命留有更多余地（margin）。”（79）言外之意，梭罗似乎把外部环境施加在自己身上的一切规则、习俗、计划都视为幽闭恐惧症的诱因。用爱默生的话说，“他是个天生的新教徒”[3]。有些一流的《瓦尔登湖》评论者认为，这种条件反射式的抵制也延展到语言本身，梭罗确实认为，语言也是横亘在生活道路之上的某种障碍。“很难在一本日记中写下任何时候都令我们感兴趣

---

① 梭罗对测量的关注与他作为测量员的工作有关，威廉·德雷克（William Drake）在他的文章中对此做了有益的讨论，见“Walden,” *Thoreau: A Collection of Critical Essays*，第83—84页。

② 威廉·柯珀（William Cowper，1731—1800），英国诗人，浪漫主义诗歌的先行者。其主要作品有赞美诗67首，讽刺诗8首，长诗《任务》（1784年）及短诗百余首，此外还翻译了荷马的两部史诗。——译注

③ 爱默生在悼词里评价梭罗是一个天生的“新教徒”，见《瓦尔登湖》英文第3版，第395页。

的事，因为写日记并不是我们的兴趣，”有一次他这样写道，“因为书写本身并不会引起我们的兴趣。”[1] 安德鲁·德尔班科的看法则更富冲击力，他认为梭罗“本质上轻视文化”。“梭罗的发现在于，”德尔班科进一步说明，“正是语言本身……令他感到僵化，因为语言使他受制于其他人头脑中产生的那些陈词滥调。”[2] 有一些证据支持这种说法。福楼拜担心自己落入俗套，编过一本《庸见词典》（*Dictionary of Received Ideas*）。梭罗似乎更早一步表达过同样的顾虑，他在 1857 年的一封信中写道：

> 我们如何才能证明自己的工作是原创性的？生活千变万化，而我们用来描绘生活的语言却都出自一个模子。[3]

几乎可以肯定的是，梭罗反社会化的倾向有时候会波及语言，从而不可避免地成为社会化的公共现象。如此一来，一个困境就产生了：他憎恶一切与大众价值和品位有关的东西，但语言的沟通性正是建立在为我们所共有的基础之上的。

《瓦尔登湖》一书是否涉及这一问题？梭罗在书中表现出一种用非日常（*uncommon*）的方式使用日常语言的努力；他希望把我们的语言转化成他自己的语言。当然如果他通篇

---

① “很难在一本日记中写下任何时候都令我们感兴趣的事”，转引自罗伯特·理查德森，*Henry Thoreau: A Live of the Mind*，第 154 页。

② 安德鲁·德尔班科对梭罗的看法，见其著作 *Required Reading: Why Our American Classics Matter Now*，第 39—40 页。

③ 引自 Barbara Johnson，“A Hound，a Bay Horse，and a Turtle Dove：Obscurity in Walden”，见《瓦尔登湖》英文第 3 版，第 484 页。

都这么写，我们也就读不懂他的书了。好在他只是对“成本”（cost）、“价值”（worth）、“资金”（capital）等一些商业和经济学词语进行了重新加工，通过将这些词语超常规使用，打破疆界，从而赋予它们新的意义。[①]“所谓物价（cost of a thing），乃是用于交换物品的那一部分生命，或者立即付出，或者以后付出。”（24）“我那种职业（trade）比大多数人的有更多的秘密。”（15）“于是我比以往更专心地把脸转向了森林……我决定立刻就开业（business），不必等候通常需要的经费（capital）了。”（16）在这些句子中，一些广泛使用的日常用语呈现出某种崭新的面貌。

梭罗看待语言的态度有更为激进的一面，正如杰弗里·奥布赖恩指出的那样，梭罗担心“一种语义麻痹感”[②]。在《瓦尔登湖》完稿之前，他写道：“只有当我停止思考时，我才开始发现……事物。”（《日记》，1851年2月14日）他意识到，即便通过最严苛的训练获取的知识，也摆脱不了语言维度的束缚。正如奥布赖恩所说，梭罗深切体会到，这些词语“具有一种使感官麻痹的奇特能力。一种文化如果只能照本宣科，就会变成僵尸王国”。梭罗的呼声是，“给我一个任何智力都无法理解的句子吧”（《一星期》，151）。对于一个希望把自己的书卖出去的作者来说，这简直不可理喻。但这正是梭罗的另一面。他会在偶尔听到缅因州的印第安人说土话时欣喜赞叹，“一种

① 梭罗创造性地使用一些商业类的词语表达新的含义，见朱迪斯·P. 桑德斯，“Economic Metaphor Redefined: The Transcendentalist Capitalist at Walden”，见 *Henry David Thoreau's "Walden,"* ed. Harold Bloom，第59—67页。

② 杰弗里·奥布赖恩的观点，见其论文《梭罗的生命之书》。

纯粹的原始野性的美洲的声音，如同一只红毛栗鼠发出的喊叫，我连一个字（节）也听不懂”[1]。

在奥布赖恩的眼中，梭罗居于雪莱的浪漫主义（创作时，人们的心境，宛若一团行将熄灭的炭火……当创作开始时，灵感就在衰退了）[2]与罗兰·巴特的后现代主义（在日本，他发现自己什么也不懂，身处一种“意义被排除”的空无之境）[3]之间的某个位置。不过纵观《瓦尔登湖》全书，为了实现这一图景，梭罗似乎陷入对语言的热恋，难以自拔，不仅把它视为唤醒读者的工具，而且也臣服于语言自身的魅力。梭罗留下了将近200万字的日记，说明对他而言，生活和语言是密不可分的：写作不仅仅是他记录自己经历的媒介，而且还是他与世界之间订立的盟约。

然而，既然“希望在一些没有束缚的地方说话”，梭罗的作品在出版时就不可避免地会遭遇困难。他发现，比起必须依赖于某种结构的一本书，独立成篇的日记对他而言更为相宜，他用自己特有的文体解释说，书籍“本身必须是它们作者的生命无拘无束、自然而然的收成”（《一星期》,98）。1852年1月，在《瓦尔登湖》又一稿的修改期间，他坦言自己对于长篇写作抱有疑虑：

---

① 见《一星期》，第696页。

② 雪莱将“创作中的心境”比作“行将熄灭的炭火”，引自《为诗歌辩护》（“A Defense of Poetry”），见 *Poetry and Prose*, ed. Donald H. Reiman and Neil Fraistat（New York: Norton，2002），第531页。

③ 巴特谈论日本的内容，见其著作《符号帝国》，特别是第69—76页。

我不知道，但是就这样把用日记记录下来的想法原封不动地印成铅字也许反而更好——而不是将相关的篇目汇编成一篇篇随笔。它们现在与生活血肉相连——在读者看来也不会是牵强附会的。这样更简单——不那么艺术化——我感到如果另有机会，我不会再为自己的速写套上一个正式的画框。(《日记》，1852 年 1 月 27 日)

一天之后，他仍然在为此烦恼：

也许我再也找不到这么好的一种容器来安放我的思想了，而我现在却正在将它从中舀出。画布上的水晶永远都不可能比它本身更加耀目——同样，在哪里才能为你的思想找到真正的胶水？如何才能将它们黏合在一起，却不留下任何一点痕迹？（《日记》，1852 年 1 月 28 日）

梭罗希望“在一些没有束缚的地方说话”，他的日记就是体现。日记带给他哪些益处了？为什么一旦篇幅变长，这些益处就会丧失？记日记如同坐旋转滑梯一样直抒胸臆，写一本书却少不了修辞方面的考虑，该如何在两者之间获得平衡？梭罗给出的第一个答案是《康科德河和梅里麦克河上的一星期》，这本书就像是一个储藏箱，把他之前写过的所有东西分门别类，然后按照一周七天的顺序归档在提前拟好的标题下面。“就像是一个亨利·梭罗短篇作品的文库。”一个传记作家这样写道。[1]虽然阅读的乐趣时常被打断，但梭罗并没有试着去隐藏“档案的标记”。

一个世纪之后，维特根斯坦承认自己遇到了同样的困难：

> 如果我只是为自己思考，而不是想写一本书，那我就围着主题跳来跳去。对我来说，那是唯一自然的思考方式。强迫我的思想进入一个规定的序列，这对我来说是一种折磨。[2]

为了解决这个难题，维特根斯坦采用了和尼采一样的方法，就是将他的书变成这些思想碎片的合集。那么，为什么梭罗在写作《瓦尔登湖》时没有采用同样的方法？假设他这样做了，《瓦尔登湖》又会是怎样的面貌？会变成一本重新誊写的日记吗？

维特根斯坦展开了对界限问题的哲学探讨，他试图通过《逻辑哲学论》在可以用有意义的语言表达的事实命题与那些只能被呈现的形而上学的命题之间划清界限。[3]虽然“世界的意义必定在世界之外”[4]，无法用语言表达，但维特根斯坦崇敬尝试着去表达的冲动：

---

① 传记作家亨利·康比（Henry Canby）把《一星期》比作“亨利·梭罗短篇作品的文库”，转引自谢尔曼·保罗，*The Shores of America: Thoreau's Inward Exploration*，第202页。

② 维特根斯坦，“如果我只是为自己思考”，引自其 *Culture and Value* 第28页及以后。

③ 大卫·皮尔斯（David Pears）认为界限是维特根斯坦哲学的核心：“在他的两个哲学研究阶段，他的目标都是要划定语言的界限。”（转引自 Bryan Magee，*Modern British Philosophy*，第45页。）

④ “世界的意义必定在世界之外”，见维特根斯坦《逻辑哲学论》，§6.41。

我用它们所做的一切，恰恰是超出了这个世界，就是说超出了有意义的语言。我的全部想法，我相信也是所有想要写作或谈论伦理学或宗教的人的想法，就是要反对语言的界限。这种对我们的围墙的反对肯定是无望的。伦理学是出于想要谈论生命的终极意义、绝对的善和绝对的价值，这种伦理学不可能是科学。它所说的东西对我们任何意义上的知识都没有增加任何新的内容，但是记载了人类心灵的一种倾向。我个人对此无比崇敬，我的一生绝不会嘲弄它。①

维特根斯坦表达的“人类心灵的一种倾向”，想要为伦理发声的愿望，正是梭罗创作的初心。然而，如果《瓦尔登湖》只存在于大众的想象之中，它就无非只是一篇追求更好生活的宣言，而不是真理的见证。

（联合撰文：布兰登·内斯伦德）

① 引自维特根斯坦《关于伦理学的讲演》（“Lecture on Ethics”），见 *The Wittgenstein Reader*, 2nd ed.，第 258 页。

章三十八

X点：瓦尔登湖的深度 X Marks Walden's Depth

1846年的冬天，梭罗绘制了一份瓦尔登湖地图，主要是想看看，这个湖是否真的像当地人所说的那样“没有底”。他趴在冰层之上，仅凭一小块石头和一根钓鳕鱼的钓丝，就测出了湖水的准确深度：31米。同时，他还留意到，“在（湖岸）最长的距离上画了一道线，又放在最宽阔的地方画一条线……最深处正巧在两线的交点”（195）。他认为这是“惊人的巧合”，并特意在地图上将这个交点标记为X点。离开林居之后，梭罗时刻提醒自己不要自以为是，“我并不急着去发现宇宙大道；我要把它的微细之处看得更明白！”（《日记》，

1851年12月25日）但是在《冬天的湖》一章中，梭罗又一马当先冲上了赛道，以发现了X点为傲，他不禁浮想联翩：

> 谁知道是否这暗示了，海洋最深处的情形正如一个湖和一个泥水潭的情形一样呢？这个规律是否也适用于高山？——若把高山看作是倒过来的山谷。（195）

这番揣想引发的古生物学推测估计只有请夏洛克·福尔摩斯出山才能探出究竟："如果我们知道大自然的一切规律，我们就只要明白一个事实，或者只要对一个现象做忠实描写，就可以举一反三，得出一切特殊的结论来了。"（195）之后梭罗并没有就此止步，而是飞奔向前，展开了《瓦尔登湖》中最令人费解的一段文字：

> 据我所观察，湖的情形是如此，在伦理学上又何尝不是如此。这就是平均律。这样用两条直径来测量的规律，不仅指导我们如何观察天体的太阳系，还指导我们如何观察人心，而且就一个人某一天特定的日常行为和生活组成的集合的长度和宽度，我们也可以画两条这样的线，那两条线的交叉点，便是他的性格的最高峰或最深处了。也许我们只要知道这个人的河岸的走向和他四周的环境，我们便可以知道他的深度和那隐藏着的基底。（196）

面对如此随心所欲的一长串隐喻，即便是最忠实的读者也难免会失去耐心。但这正是《瓦尔登湖》的特别之处，也是整部书如此激荡人心的缘由：一旦察觉到任何一个机会，梭罗都会抓住不放，并试着看它们将自己带向何方。“我们有福了，如果我们常常生活在‘现在’，”他在《春天》一章里鼓励人们，“如果对任何发生的事情都能善于利用。”（211）一次钱宁意外造访，打断了梭罗的沉思，他由此发现了一个秘密：“备忘录。机会是只有一次的。”就在瓦尔登湖地图上标识的X点，一个“机会”正浮出水面。

法国超现实主义者发起的运动就基于这种创作理念。在《娜嘉》中，安德烈·布勒东对此阐释得很清楚：

> 围绕着我下面要进行的叙述，我想先讲述一下我生活中那些留下了深刻烙印的片段，而我所说的生活，是在它的有机组织之外的，也就是说，它完全听命于偶然。……将我引入一个类似禁区的世界，也就是一个各种事件在里面突然相遇的世界。……就像是闪电，可以让我看见什么，而且真的是看见，虽然它们有时转瞬即逝。那是一些可能具有完全无法证实的内在价值的时点，但是，它们具有完全无法预料的、极端偶然的特性，它们唤醒各种模棱两可的想法的方式是那么独特。……这些事件虽然属于纯粹观察的结果，却每次都呈现出某种信号的所有现象，然而又无法说出究竟是什么信号。[1]

梭罗比他们更早一步体会到这种境界，字里行间也传递出

① 引自安德烈·布勒东《娜嘉》一书，第19—20页。

同样的热切：

> 我看到太阳自远处的雪松林上方落下，……就像往梦境里面张望。这是一条通往我的未来的林荫道。这样一些特殊的巧合，伴随着薄雾中闪电发出的某道亮光，全世界都淹没在这束颤动的静谧的光线中，让人难以久视。（《日记》，1850年11月21日）

布勒东的创作建立在随时随地展开的探索之上，“一系列事件的发生、一系列情形的出现，完全超出了我们理解的能力”。对于梭罗而言，这样的感悟却无一例外都由自然万物触发。

> 如青烟薄雾一般，我的夏日时光就这样，一周又一周、一月又一月地溜走了。直到最后某个温暖的清晨，恰好，我看到一层薄雾从溪边向着沼泽飘落，它的影子轻快地掠过田畴，从这偶然的路过中捕捉到一种新的意义；一如这正从地球表面升起的雾气，在即将来临的一周又一周的时光里也会从现实的地平面上升起。（《日记》，1841年12月29日）

《瓦尔登湖》开头两章的内容最为人称道，引用率也最高，尤其是《经济篇》。梭罗奉劝读者过一种“简单”生活，通过将需求降到最低来提升生命的维度。托马斯·卡莱尔则在《旧衣新裁》一书中借用除法将人生比作分数，并建议读者“缩小分母”。梭罗对此心领神会，他为卡莱尔的作品写过一篇评论予以褒扬。

《瓦尔登湖》一书，就像是一个被标记为 X 的交叉点，梭罗渴望紧紧地握住生命赐予的每一个当下，去拓展生命的可能性。在他看来，机遇在人生几何图谱中的分布是神圣的。我们身边发生的每一次偶然，正如湖水的最深处恰好在两条线交会的 X 点一样，都值得我们细探究竟。

章三十九

岁月 Years

梭罗的林居生活自1845年7月4日开始，至1847年9月6日结束，尽管梭罗告诉读者，《瓦尔登湖》一书是这二十六个月经历的忠实记录，但罗伯特·萨特尔迈耶的研究显示，这部书其实是“长期孕育的结果”。梭罗在瓦尔登湖期间，确实完成了该书前两章《经济篇》和《我生活的地方，我为何生活》的大部分内容，但整本书直到1854年才面世，而且直到出版前一刻梭罗还在修改第七稿。从日记中甄选内容加工成随笔和书稿出版，是梭罗惯常的做法，他本人对这种剪刀加糨糊的方法曾经给予无情的批判，而且亲口承认《瓦尔登湖》一书中包含有隐居之前很多年里记录的内容。于是，一个实际上是二次创作的版本就这样诞生了，而且其内容错综复杂，反映了作者在远远不止两年的时间跨度里心境的变迁。用萨特尔迈耶的话说：“该书伴随着作者一起成长，变得不再只是瓦尔登湖期间的生活记录……而是更像他过往所有经历的集中再现。”[1]华兹华斯的《序曲》情况类似，这本诗集动笔于1799年，但直到作者辞世后的1850年才面世，在此期间，作者的生平与前后不断修改润色的内容被糅合在一处，成了作者自我发现的路径。[2]

研究《瓦尔登湖》一书的文本专家有一个很有说服力的看法，他们认为梭罗虽然一直找不到出版商，但就这本书而言，也许反而是好事：为了出版人生中的第二部书，梭罗被迫坐了七年的冷板凳，不过他利用这段时间增加了书稿的篇幅，内容也更加出彩。当然由于过程漫长，他又习惯于从日记里提炼素材，这部书就不可避免地成了不同时期、不同地点所写内容的拼盘。事实上，《瓦尔登湖》一书的写作手法与后世的电影剪辑类似，即利用不连续的片段构建出连贯的叙事。为了让拼接的痕迹不那么明显，商业电影发展出一种被称为“组接”

---

① 罗伯特·萨特尔迈耶的观点，见其论文《重塑〈瓦尔登湖〉》，《瓦尔登湖》英文第3版，第489—490页。关于梭罗对书稿的修改，J. 林登·尚利（J. Lyndon Shanley）的研究亦颇有创见，见其著作 *The Making of Walden*（Chicago：University of Chicago Press，1957）。

② 在关于《序曲》的一篇论文中，苏珊·沃尔夫森（Susan Wolfson）提到，“修改并不仅仅出于作品本身的考虑，它润色的是自传本身，是一种抵制……以免自传在最终确认无疑并被固定下来之前，为自负的幻影所捕获”。参见 Wolfson's “Revision as Form: Wordsworth's Drowned Man,” *William Wordsworth's The Prelude: A Casebook*, ed. Stephen Gill（Oxford：Oxford University Press，2006），第78页。

（continuity）的分镜头拍摄法，“匹配”（matching）成为最重要的原则：通过连贯的动作、连续的视线、相同的音效和一致的外貌，两个镜头之间明显的接缝被图像的相似性隐藏起来。比如说，如果加里·格兰特[①]凝望英格丽·褒曼[②]时脸颊刮得很干净，那么当她回头望向他时，就不应该看见他的脸上长着胡子。

作家们并不需要借助文字处理软件学习如何打破叙事链条。写作时他们可以通过写作技巧，采用跳跃性构思并对文稿进行无限次的修改。但是无论是随笔作家、小说家，还是电影导演，都需要“组接”内容，从而将不同来源的材料制作成一个流畅的整体。如果一位小说家注意力不集中，会造成情节上的不一致（一个独生子突然之间跑出个兄弟姐妹，华生医生的腿伤变成了肩膀上的伤），从而损害故事的真实性。[③]同样，如果一篇随笔文风变化过大，也会让这篇文章的可信度大打折扣。

《瓦尔登湖》一书采用了倒叙写法，与华兹华斯的一句名言正好呼应：艺术“起源于在平静中回忆起来的情感”。梭罗希望将自己生命中不同阶段的文字和思想糅合在一起，也恰好

---

① 加里·格兰特（Gary Grant，1904—1986），生于英国，原名阿奇博尔德·亚历山大·里奇（Archibald Alexander Leach），美国著名演员、制作人，曾获奥斯卡终身成就奖。代表作品有《战地新娘》《深闺疑云》《西北偏北》等。——译注

② 英格丽·褒曼（Ingrid Bergman，1915—1982），瑞典女演员，好莱坞全盛时期的著名影星，获得过三次奥斯卡金像奖，两次艾美奖以及一次托尼奖。代表作品有《卡萨布兰卡》《煤气灯下》《美人计》《东方快车谋杀案》等。——译注

③ 小说情节前后不统一会让内容失真，不过若出现在夏洛克·福尔摩斯的小说中，却有可能引得一票粉丝涌向火车站，搜证机车编号。

与华兹华斯另外一句著名论断相合："我们的思想改变着和指导着我们的情感不断流注，事实上是我们已往一切情感的代表。"[1]（换句话说，梭罗不愿意局限自己只讲述瓦尔登湖时期的感受；这段时光变成了一块磁石，将他过去人生中所有读过的、看过的、想过的、经历过的一切都吸附过来。）正如罗伯特·弗罗斯特对《瓦尔登湖》一书的赞美：

> 一个人可以一辈子都写得好甚至非常好，但一生中只会有一次足够幸运，能够为自己找到一个好的主题——一个真正的容器（*gatherer*），他内心的一切在此得以宣泄。一部书就足以让梭罗不朽，即便里面的有些内容并不属于这部书。他说过的话，竟没有一句听起来不像是从这部书中引用的。想想这个男人有多成功吧，他只用了一个词的书名，就装入自己全部的人生。着实令人钦慕！[2]

不管离题多远，《瓦尔登湖》的大部分内容始终保持着一种松散的统一。唯有时态和一些资料来源略有瑕疵。因为写的是过去的经历，《瓦尔登湖》照常使用了过去时："当我写（wrote）后面的那些篇页，或者后面那一大堆文字的时候，我在孤独地生活（lived），在森林中，在马萨诸塞州的康科德城瓦尔登湖的湖岸上，在我亲手建筑（had built）的木屋里，距

---

① 华兹华斯的名言见"Preface to Lyrical Ballads," *Selected Prose*，第 297 页（"平静中回忆起来的情感"），第 283 页（"我们的情感不断流注"）。

② 罗伯特·弗罗斯特对《瓦尔登湖》一书的赞美，原载 *Listener*，26 August 1954，319，重印收录于 *Twentieth Century Interpretations of Walden*，第 8 页。

离任何邻居一英里，只靠双手劳动，养活（earned）我自己。”（5）“我比以往更专心地把脸转向了（turned to）森林。”（17）“我借来（borrowed）一柄斧头。”（31）“我第一天住在（took up my abode）森林里。”（61）——前三章的叙述用的都是过去式。然而到了第四章《声》，时态突然产生了变化：“在这一个夏天的下午，当我坐（sit）在窗口，鹰在我的林中空地盘旋（are circling）。”（81）再翻过几页，时态的错位更加明显：一段话开始用现在时，“现在火车已经驰去（are gone），一切不安的世界也跟它远去了……我（I am）格外地孤寂起来。”（86）之后在下一段起首第一句，就切换了另外一种时态，“有时……在风向合适（was favorable）的时候……我听到（heard）钟声”（87）。到了后面《寂寞》一章，现在时再次出现：“这是（is）一个愉快的傍晚……我在大自然里以奇异的自由姿态来去（come and go）……我居住（live）的地方，寂寞得跟大草原一样。”（90—91）过去时和过去完成时一般用于叙述历史和讲故事，当梭罗突然切换成现在时，只能表明这段话是从日记中直接借用的，当然这也带来某种现场感，能够暂时消解回忆堆叠在一起的复杂结构。至少在这短短的一瞬，读者伴着梭罗一起，重新回到了瓦尔登湖。

在书中其他一些地方，还可以挑出梭罗犯下的一些“剪辑错误”，梭罗声称“后面那些篇页，或者后面那一大堆文字”是他在林居的二十六个月中写下的，但文中有些内容却显示，他在离开此地后曾多次故地重游。在随后的一章中，梭罗写道：“两年来，湖一直在涨高，现在，1852年的夏天，比我居住那儿的时候已经高出五英尺。”（124）《室内的取暖》一章，则记录了1845年至1853年间，瓦尔登湖每年全面冻结的确切日期。(202)另外，“1850年2月24日，一个寒冷的夜晚过去后，在令人愉快的黎明中”，他记录了自己如何击打冰层发出敲锣那样的声音。正如威廉·E.凯恩指出的，在这样一些段落，梭罗“有时完全打乱了时间的链条”，更夸张的是，作者对此似乎并不在意。[①]

是啊，对我们而言，这又有什么关系呢？只有那些全神贯注、心细如发的读者才能注意到这些瑕疵。梭罗为何在书中保留了这些破绽，难道就是为了偶尔引起读者的注意？抑或正如他在《瓦尔登湖》第一页宣布的那样，他只是想遵循自己的规则？——“我对于每一个作家，都不仅仅要求他写他听来的别人的生活，还要求他迟早能简单而诚恳地写出自己的生活。”(5)梭罗终其一生笔耕不辍。也许《瓦尔登湖》一书的穿帮之处，恰恰提供了一个窥见其真实写作状态的机会：为了将写作素材变成可以出版的形式，他投入全部的身心，不断重起炉灶，日行不辍坚持记录和观察，而且永远保持着意志的澄明。

（联合撰文：维罗妮卡·乔丹）

① 威廉·E.凯恩指出，梭罗对时间上是否连贯并不在意，见“Henry David Thoreau，1817-1862：A Brief Biography，” *A Historical Guide to Henry David Thoreau*，第42—43页。

章四十

桑给巴尔 Zanzibar

周游全世界，跑到桑给巴尔去数老虎的多少，是不值得的。但没有更好的事情做，这起码还是值得做的事情，也许你能找到“薛美斯的洞”[1]，从那里你最后可以进入你内心的深处，……“到你内心去探险”。这才用得到眼睛和脑子。只有败军之将和逃兵才能走上这个战场，只有懦夫和逃亡者才能在这里入伍。(216)

在梭罗笔下，“值得”(worth)一词既有

① 约翰·薛美斯曾著文论证地球是空心的。

趣又矛盾。尽管他反对在桑给巴尔数老虎之类无聊的工作，但他自己却不惜花费时间对马萨诸塞州的每一种苹果都进行了仔细的分类，并且对瓦尔登湖丰富的有机生活详述细节，甚至探测出了瓦尔登湖的确切深度。他对桑给巴尔自然并非一无所知，这地方象征着异域远方的，是梭罗极力排斥，但又忍不住受其吸引的地方——请留意作者的矛盾心理：他排斥桑给巴尔，恰恰因为他读过相关的书籍（查尔斯·皮克林[1]写于1851年的《人类种族》）。梭罗时常会翻看各种游记（或旅行书），最后不得不限制自己每周只能读一本，这一点恰恰泄露了他有多着迷。“在我的工作之余，我还读过一两本浅近的关于旅行的书，后来我自己都脸红了，我问了自己到底我是住在什么地方。”（71）

梭罗的心口不一难免引起人们对他所抱持的价值观的好奇。“但没有更好的事情做，这起码还是值得做的事情，也许你能找到‘薛美斯的洞’，从那里你最后可以进入你内心的深处。”他用这番传教士般的口吻，将自己身上的矛盾之处化解了一部分。通过这句话，梭罗想告诉我们什么呢？是华莱士·斯蒂文斯（Wallace Stevens）说过的“描述即启示”吗？或者是说，即便从事的是相对单调沉闷的职业，如果带着使命感努力诚实地工作，终会有所发现？这些说法会不会只是为了再次引入对价值问题的探讨？在《瓦尔登湖》一书讨论的核心价值里面，有没有哪一种区别于日常的劳作，能够引领我们踏上通向自我发现之路，而不是毫无希望的虚掷时间？

---

① 查尔斯·皮克林（Charles Pickering，1805—1878），美国人类学家、博物学家。

结合这段话的上下文，作者提议专注于当下的生活而非远方的风景（“到你内心去探险”，这才用得到眼睛和脑子，只有败军之将和逃兵才能走上这个战场，只有懦夫和逃亡者才能在这里入伍）。梭罗坚信，真正的探险者只会向内心扬起风帆。他发现，那些有助于发现自我的工具（志向、奉献、纪律），是能够在日常工作中逐渐获得的，比如说测量和记录大自然中的点点滴滴，包括在桑给巴尔数老虎。因此梭罗自我安慰道：“这起码还是值得做的事情。”由此可见，梭罗的确把《瓦尔登湖》视为一本训练手册，撰写它的目的就是为了表明，与日常生活和解有助于达成我们最高远的目标。因此，“这起码还是值得做的事情”，不是劝人幡然悔悟，而是说给那些初学者听的，练习弹奏这些音阶吧，梭罗似乎在说，终有一天你会弹奏出天籁之音。

> 至少我从实验中了解这个，一个人若能自信地向他梦想的方向行进，努力经营他所想望的生活，他是可以获得通常还意想不到的成功的。（217）

（联合撰文：哈尼夫·阿里）

译后记

翻译这本书的时候，我正住在美国马萨诸塞州波士顿近郊的布鲁克莱镇。每天清晨即起，准备早餐，然后送女儿上学；目送她走进劳伦斯学校的大门后，我会继续沿着圣弗朗西斯科街再走半个街区，然后左转，再右转，就会看到一座桥，桥的对面是芬威区，已经属于波士顿市区的地界了。如果想要探访波士顿美术馆，就过桥向右走，如果想要逛逛“红袜子”队的主场，就过桥向左走，都是步行可至的距离。但我一般不过桥，我会沿着引桥一侧的台阶下行，去探访“我的瓦尔登湖”。

“我的瓦尔登湖”其实不是湖，而是一条河；“我的瓦尔登湖”也并不清澈，虽然古木夹道，衬得河面上碧森森的，但其实只是一条裹着泥沙从城市里蜿蜒流过的浊水，所以本地人干脆叫它“泥巴河”（Muddy River）。尽管一侧就是大名鼎鼎的波士顿绿线铁轨，不时有一辆绿皮车叮叮当当地驶过，另一侧长满树木的高坡之上是一条大马路，人流、车流喧闹熙攘，但一旦逐级而下，来到河边，沿着随风飘落的树叶点缀的小路穿过桥洞，人就不知不觉间安静下来了，车声、人声都还在，但又似乎远了，不在了，不恼人了。河的两岸，新英格兰地区常见的树种都可以看到，有巨大的橡木、山毛榉，也有秀气的白皮松和红枫，所以，“我的瓦尔登湖”一年四季姿容不同，但都是优美而静谧的。河滩有泥沙沉积，常会见到自然朽坏的树干横卧在那里，慢慢降解，又化为滩涂的一部分。滩涂之上长满野花野草，自然就成了动物们的乐园。最常见的是野鸭。波士顿的冬季漫长寒冷，鸭群却不肯南迁。河面结冰后就在干枯的芦苇丛中暂时栖息，啄食草籽果腹，日暖冰融时就回到河中，缩起头来奋力游水。待到夏日将至未至，植物恣意蓬勃时，又会携儿带女在河岸上下健步来去，雀跃追逐。有时会有蓝鸦飞过，它们背部的羽毛其实是棕色，但在光线的晕染下会魔术般呈现明丽的蓝色。近旁的河岸还有一只隐居的老龟，春夏两季偶尔外出见客，因为体型巨大，头一次见到时我还以为是哪位骑着自行车掠过的中学生滚落了书包，幸而不曾伸手去捡。

因为有着这许多的新鲜事物，“我的瓦尔登湖”自然是一年四季也看不厌的。于是，每天早晨 7 点到 9 点，风也罢，雨也罢，雪也罢，我都会如约而至，“无丝竹之乱耳，无案牍之劳形”，只做一个“孤独的漫步者”。我尤其喜爱冬日的大雪天气，空气冷脆得像玻璃，河道和河岸被天地之间的白色弥合成一片，雪片偶尔跌入河面的冰洞，融化前会发出嘶的一声轻叹。就这样日复一日走了两年。渐渐地觉出内心有些东西不一样了，似乎沉着下来了，不大惦念过去，也不大担心未来了。再看梭罗的文字，也便有了一些不一样的感觉，比如1838年2月7日的这一则日记："尽管芝诺（希腊哲人）的血肉之躯还是要去航海啊，去翻船啊，去受风吹浪打的苦啊，然而芝诺这个真正的人，却从此以后，永远航行在一片安安静静的海洋上了。"

我很庆幸是在这样的时间节点和心境下开始这本书的翻译。因为正如本书的作者罗伯特·瑞所说，《瓦尔登湖》并不是一本好读的书。徐迟老先生在他翻译的《瓦尔登湖》中文版的译者序言里也这样说："你也许最好是先把你的心安静下来，然后你再打开这本书，否则你也许会读不下去，因为它太浓缩，难读，艰深，甚至会觉得它莫名其妙，莫知所云。"我想这个评价也适用于眼前这本谈论梭罗和他的《瓦尔登湖》的书。这是一本奇妙有趣的书，但同样并不是一本好读的书。因为瑞和他的学生们，是带着对梭罗精神境界的向往，带着"以真正的精神读真正的书"的雄心开始他们的阅读和探究之旅的。全书四十篇读书札记天马行空，主题各异、长短不一，但都是从《瓦尔登湖》一书中注意到的某一个令他们感到触动但又无从表达的事物着手，然后在这种原始的神秘感的推动下展开"质疑地阅读"后采撷的果实。他们各自踏上不同的小径，穿过文字的丛林，掠过湖面的波光，一路与爱默生、霍桑、尼采、萨特、维特根斯坦、华兹华斯、布勒东、马拉美邂逅。有时他们会遇见梭罗本人，他不再"以事情最好的一面示人"，而是放下书中昂扬的气度，吐露辛酸惆怅的心事。有时各自追寻的同学们交会在同一个路口，面对同一片风景发出不同的感叹，然后又各自上路。最终，他们与他们的老师瑞相会在湖边，惊诧于彼此旅途中的发现，于是郑重地将彼此分享的编织在一起并形诸文字。因为敦促他们启程的是内心的好奇而不是头脑中的问题，所以最终落于笔端的文字也不是答案，而是思维飞扬的过程、吉光片羽的体悟，有些甚至只是一个简单的念头，乃至一串数字。因此，如果读者只是图省力，想要一劳永逸地从这部书里找到解释梭罗其人或《瓦尔登湖》的某种权威意见，恐怕是会失望的。如果只是抱着消闲和娱乐的心随便看看，恐怕也不会收获太大的乐趣。然而，如果读者抱着单纯的好奇心、求知欲以及一探究竟的勇气，静下心来读这本书中的文字，就会发现它们既驳杂又单纯，带着某种奇异的朝气和吸引力，竟与梭罗这个人以及他笔下的瓦尔登湖和谐地共振。

在翻译的间隙，我也曾两次到真正的瓦尔登湖寻幽探秘，毕竟我的居所距离康科德不过一个多小时的车程。我曾沿着湖畔的小径走入树林，“试听过风声”，也曾经用手臂丈量小屋的尺寸。然而内心感到与梭罗的文字和那片湖水最紧密的连接，却发生在翻译这本书的书桌前、在“泥巴河”河畔的小路上。瑞在本书的序言中谈到，梭罗通过《瓦尔登湖》一书想要颂扬的，其实是“那些我们生活中习以为常的事物，譬如，一个不大不小的湖，一条穿过树林的小路，那些与我们共享一片天地的动物，夜空，故乡，二三知己，其实都有着数不清的面貌，随着四季的更替、伴着一天里不同的辰光以及我们情绪的起落，变化万千，永不止息”。他认为，这些才是读懂《瓦尔登湖》一书的钥匙。如果读者“想找到它，就不能心急。我们必须心甘情愿地、一遍又一遍地回到一些特定的段落，寄希望于每一条新的小路都会带来一次新的邂逅，从而在组成我们大多数日子的重复之中生发出梭罗所推崇的那种发现快乐的能力”。

我相信，瑞和他的学生们找到了这把钥匙，而读者，也会通过阅读这本书找到这把钥匙。而我，同样在翻译这本书的过程中，在日复一日的行走中，重新拾起了发现快乐的能力。

是为记。

刘靖

二〇二一年八月

援引译文及参考书目

《瓦尔登湖》,〔美〕梭罗著，徐迟译，上海：上海译文出版社，2006年

《梭罗日记》,〔美〕梭罗著，朱子仪译，北京：北京十月文艺出版社，2005年

《梭罗集》,〔美〕梭罗著，陈凯、许崇信、林本椿、姜瑞璋译，北京：生活·读书·新知三联书店，1996年

《论文化与价值》,〔英〕维特根斯坦著，楼巍译，上海：上海人民出版社，2019年

《第三意义——关于爱森斯坦几格电影截图的研究笔记》,〔法〕罗兰·巴特著，李洋、孙啟栋译,《理论研究》，2012年第2期

《哲学研究》,〔英〕维特根斯坦著，陈嘉映译，上海：上海人民出版社，2005年

《尼采全集》(四卷本),〔德〕尼采著，北

京：中国人民大学出版社，2013—2015年

《维特根斯坦文集》（八卷本），〔英〕维特根斯坦著，韩林合编译，北京：商务印书馆，2019年

《艾略特文集》，〔英〕T.S. 艾略特著，陆建德主编，李赋宁、王恩衷等译，上海：上海译文出版社，2012年

《符号帝国》，〔法〕罗兰·巴特著，孙乃修译，北京：商务印书馆，1994年

《文之悦》，〔法〕罗兰·巴特著，屠友祥译，上海：上海人民出版社，2002年

《罗兰·巴特自述》，〔法〕罗兰·巴特著，怀宇译，天津：百花文艺出版社，2002年

《论摄影》，〔美〕苏珊·桑塔格著，黄灿然译，上海：上海译文出版社，2018年

《序曲或一位诗人心灵的成长》，〔英〕威廉·华兹华斯著，丁宏为译，北京：北京大学出版社，2017年

《最高虚构笔记：史蒂文斯诗文集》，〔美〕华莱士·史蒂文斯著，陈东飚、张枣译，上海：华东师范大学出版社，2009年

《我可以触摸的事物：史蒂文斯诗文录》，〔美〕华莱士·史蒂文斯著，马永波译，北京：商务印书馆，2018年

《十九世纪英国诗人论诗》，〔英〕珀西·比希·雪莱、塞缪尔·泰勒·柯勒律治、威廉·华兹华斯著，刘若端、曹葆华译，北京：人民文学出版社，1984年

《娜嘉》，〔法〕布勒东著，董强译，上海：上海人民出版社，2009年

《论自然·美国学者》，〔美〕爱默生著，赵一凡译，北

京：生活·读书·新知三联书店，2010 年

《电影是什么？》,〔法〕安德烈·巴赞著，崔君衍译，北京：文化艺术出版社，2008 年

《了不起的盖茨比》,〔美〕斯科特·菲茨杰拉德著，邓若虚译，海口：南海出版公司，2012 年

《华兹华斯叙事诗选》,〔英〕华兹华斯著，秦立彦译，北京：人民文学出版社，2018 年